KB243151

월명성희

월명성희 2

이중수 판타지 장편 소설

초판 1쇄 찍은 날 § 2004년 7월 5일
초판 1쇄 펴낸 날 § 2004년 7월 15일

지은이 § 이중수
펴낸이 § 서경석

편집장 § 문혜영
편집 책임 § 김희정
편집 § 장상수 · 유경화 · 김민정 · 최하나
마케팅 § 정필 · 강양원 · 이선구 · 김규진 · 홍현경

펴낸곳 § 도서출판 청어람
등록번호 § 제1081-1-89호
등록일자 § 1999. 5. 31
어람번호 § 제1-0509호

주소 § 경기도 부천시 원미구 심곡1동 350-1 남성B/D 3F (우) 420-011
전화 § 032-656-4452 팩스 § 032-656-4453
http://www.chungeoram.com
E-mail § eoram99@chollian.net

ⓒ 이중수, 2004

ISBN 89-5831-162-2 04810
ISBN 89-5831-160-6 (SET)

이종수 판타지 장편 소설

월광의

月明星稀

2

도서출판 청어람

사투(死鬪)

잘됐다. 너무나 잘됐다. 장료의 입가에 희미한 미소가 지어졌다. 설마 조조가 직접 검을 빼어 들 줄이야. 그녀가 직접 그의 오른팔에 화살을 박아 넣지 않았던가? 게다가 무신이라고까지 불리는 그녀의 주공과 사투(死鬪)를 벌이고 몸이 성할 사람은 아무도 없을 것이다. 그게 설령 신이라도. 저런 만신창이의 몸이라면 어쩌면 가능할지도.

"치워, 맹덕!"

하후돈이 조조를 막아가며 차갑게 말했다. 조조가 조금은 의외라는 시선으로 하후돈을 바라보았다.

"뭐지?"

"내 말은 말 같지가 않나 보지?"

하후돈의 눈이 이글이글 타오른다.

"자네는 검객이 아니야. 네 주(州)의 동량(棟樑)이라는 자가 그렇게 사사로이 검을 빼어 드는 건가?"

"말했잖은가. 가끔은 객기를 부리고 싶다고."

조조가 대수롭지 않게 말했지만 돌아오는 반응은 싸늘했다. 애초에 불안감을 가지고 있지 않은 것은 아니었다. 그것이 여포와의 싸움으로 폭발하고 만 것임을 하후돈은 잘 알고 있었다. 조조 맹덕도 천하무적은 아니라는 것을. 그도 심장이 뚫리면 죽고 마는 나약한 인간에 지나지 않음을 뼈저리게 깨달았기 때문이다.

"부상이 다 낫지도 않았잖아. 자네는 천하무적이 아니야. 착각하지 마."

"상관없잖은가. 그동안 자네가 보아오던 조조 맹덕이 천하무적이었나? 그랬다면 자네가 착각한 거로군. 나는 아주 나약한 인간이야. 나약하지 않으면……."

"……."

"싸움을 즐길 수 없잖아?"

조조의 입가에 냉소가 맺힌다. 스스로 천하무적이라고 외친 제갈량에 대한 비웃음일까? 그의 시선이 제갈량의 무심한 눈에 꽂힌다.

"또 궤변!"

하후돈이 성난 목소리로 외쳤다. 너는 언제나 이런 식이다. 도대체 그 얼음 같은 눈으로 무엇을 바라보고 있는지 알려주지 않는다. 착각, 착각이라고?

"게다가 자네는 왼쪽 눈을 잃었어. 정상이라면 모를까. 비키게, 원양."

"나는 아까 말했네. 절대로 다시는 자네를 내 앞에 나서게 하지 않는다고. 정 가고 싶다면……."

"……."

"내 시체를 밟고 가라."

하후돈이 유엽도를 자신의 목에 갖다 댄다. 얼마나 가까이 갖다 댔는지 새빨간 피가 목 울대를 타고 주르륵 흘러내린다. 조조의 눈썹이 조금 꿈틀거렸다.

"과연… 그러한가?"

조조가 천천히 두 눈을 감았다.

키익.

의천의 창백한 검신이 다시금 모습을 감춘다.

"그래, 화월(火月)이라 불리는 자네의 도(刀)를 보여주는 것도 좋겠지."

"훗, 도륙을 내주지."

하후돈이 웃음을 터뜨리며 돌아섰다. 꽉 막힌 남자는 아니지. 양쪽 어깨에 중상을 입은 몸으로 검을 휘두르는 것이 얼마나 무모한 짓인 줄은 스스로도 잘 알고 있을 것이다.

"그쪽은 나서지 마."

장료가 아미를 찌푸리며 활을 들어 하후돈을 겨누었다. 잘 돌아가는 상황에서 재를 뿌리다니.

"뭐? 지금 나를 협박하는 거냐? 그 활로?"

하후돈이 어이없다는 듯 실소를 지었다. 저렇게나 가녀린 손으로 활 시위나 제대로 당길 수 있을런지.

"두 번의 경고는 없다."

휘이잉!

바람이 그녀의 머리칼을 헝클어뜨리고 지나감과 동시에 그녀의 손가락이 활시위를 놓았다.

'이런 개 같은 일이!'

한 치의 군더더기도 없이 너무나도 깨끗한 자세다. 등골이 시려오는 이 기분. 차가운 바람이 살점을 저미는 느낌. 싫은 기억이 스멀스멀 기어올라 온다. 정말로 싫은 느낌. 불현듯 그녀가 그의 눈을 꿰뚫은 남자와 겹쳐 보인다. 도대체 왜 오늘 일진이 이따위야? 하후돈은 날아드는 화살을 인상을 찌푸리며 멍하니 바라보았다.

쉬익!

돌연 미묘한 경풍(輕風)이 하후돈의 뒤에서 불어온다. 무척이나 부드럽고 미세하기 이를 데 없는 소리였지만 분명 그것은 바람 소리였다. 그리고 금방이라도 하후돈의 목을 꿰뚫을 것 같은 기세의 화살과 그 연약한 바람이 충돌했다. 아니, 충돌이라고 할 수 있을까? 하지만 그것은 분명 충돌이었다.

"아, 아니!!"

장료의 새파란 입술이 부들부들 떨린다. 맹렬한 기세로 날아가던 화살이 바람에 의해 튕겨져 버린 것이다. 평상시와 같이 혼을 담아 쏜 화살. 절대로 빗나갈 리가 없는 화살. 그런데, 그런데 왜? 저런…….

"…바람을 벴군."

제갈량의 입에서 신음성이 터져 나온다. 아무런 전조도 없이 순간의 발검(拔劍)만으로 바람을 벨 수 있는 건가? 과연 중원제일검.

"그새 또 방심했군, 하후돈."

조조가 싸늘하게 쏘아붙였다. 그의 왼손에는 어느새 깨끗한 빛을 발하는 의천이 뽑혀 있었다.

"그리고… 물어보고 싶은 게 있는데……."

채 말이 끝나기도 전에 조조의 몸이 움직였다.

탁.

단 두 번 발을 굴렸을 뿐이다. 하지만 그는 어느새 삼 간(三間:1.8미터) 이상 거리를 좁혔다.

탁.

한 번 더 지면에 발을 디뎠을 때 그는 이미 장료의 지척에 닿아 있었다.

"마, 말도 안 돼."

나, 꿈이라도 꾸고 있는 건가? 마치 달의 환영에라도 홀린 것처럼 조조는 질풍처럼 날아와 검을 휘두르고 있었다.

쐐애액!

허공을 가르는 날카로운 바람 소리를 들으며 장료는 두 눈을 감았다. 이렇게 죽는 거군요, 주공.

카아앙!!

갑자기 귀를 자극하는 날카로운 쇳소리가 들려온다. 장료는 조심스럽게 눈을 떴다. 그녀의 입에서 절로 신음성이 흘러나온다.

"아……!"

거기에는 이신이 딱딱하게 굳은 표정으로 검 두 자루를 든 채 서 있었다.

"과연 그대의 활이었군."

조조의 눈빛이 그 어느 때보다 차갑게 가라앉아 있다. 쌍검술(雙劍術)인가? 재미있군.

"해명을 해보겠나?"

조조가 싸늘한 목소리로 다그쳤다.

챙강!

이신이 검 두 자루를 모두 바닥에 놓아버렸다. 그리고는 부드러운 손길로 장료를 품에 안아갔다.

"아……!"

장료가 막 뭐라고 말을 하려고 할 때 이신의 입이 열렸다.

"검을 치워주십시오. 저와 혼약을 약속한 분입니다."

이 여자는 무슨 일이 있어도 살린다. 이신은 굳은 표정으로 조조를 바라보았다. 하후돈에 허저에 조조. 날고 뛰는 재주가 있어도 벗어날 수가 없다. 내가 감싸준다. 그 수밖에는.

"…지금 무슨 장난이지?"

조조는 차가운 눈으로 이신을 바라보았다. 나는 장님이 아니야. 저 여자의 정체가 누구라는 것쯤은…….

"……."

이런, 알고 있었나? 이신의 손이 심하게 떨린다. 하지만 그 떨림은 오직 장료밖에 짐작하지 못했다. 이신의 손이 그녀의 등에 가려져 있었기 때문이다.

장료는 심장이 터질 것만 같아 길게 숨을 내쉬었다. 그 숨소리가 몹시 떨리며 푸들푸들 새어 나왔다. 금방이라도 숨이 막힐 듯한 흥분이 온몸을 휘감는다. 뭐라고 입을 열어 말하고 싶었지만 소리가 되어 나오지 않는다. 어째서? 나, 이 남자의 품에서 보호받고 있는 거지? 적이었는데, 얼마 전까지 분명 적이었는데.

"장난이라면 운명의 장난이겠지요."

이신의 입가에 쓸쓸한 미소가 맺힌다.

"사랑하는 여인과 적이 될 수밖에 없는 운명, 그리고……."

"……."

"어쩌면 주공마저도 버릴 수밖에 없는 운명……."

이신의 뺨을 타고 눈물이 흘러내린다.

"…저를 내치시겠습니까, 나의 주공이시여?"

이 정도면 훌륭한 연기가 아닌가? 이신은 속으로 쓴웃음을 지었다. 싸구려 삼류 소설에나 나올 법한 대본으로 목숨을 건 연기라……. 나도 제정신이 아니야.

"……."

조조의 얼음 같던 눈이 작게 동요한다. 눈물. 그대 같은 남자가 겨우 계집 때문에 눈물을 흘리다니……. 이 맹덕이 인정한 남자가 말인가.

"……."

이신을 쳐다보는 장료의 눈에 복잡한 빛이 어린다. 어째서 그토록 나약하고 슬픈 표정을 짓고 있죠? 왜 우는 거죠? 나 같은 여자, 살려봤자 아무런 이득도 없을 텐데 어째서 지금까지 쌓아왔던 모든 것을 기꺼이 불태워 버리려는 거죠? 장료는 떨리는 가슴을 진정시키느라 입술을 잘근 깨물었다. 그래, 차라리…….

"상공(相公), 소첩(小妾) 같은 건 그냥 내버려 두세요. 그 마음만으로도 소첩은 지금 죽어도 여한이 없답니다."

장료의 눈에 촉촉한 것이 어린다. 그녀를 볼 때마다 하늘조차 한없이 안쓰럽고 한없이 슬퍼진다. 그녀의 창백한 볼이 심하게 떨린다. 그 모습을 차마 보지 못하겠는지 외모와는 다르게 의외로 마음 약한 허저는 고개를 돌려 버린다. 하지만 이신은 벅찬 가슴을 진정하지 못해 숨조차 제대로 가누지 못했다. 연기다. 분명 연기라는 것은 잘 알고 있었다. 그러나 그녀의 입에서 나오는 말은 그 어떤 진실보다도 그의 가슴

을 더 진탕질해 놓았다. 결국 그는 참지 못하고 그녀를 으스러져라 꽉
껴안았다. 무슨 일이 있어도, 죽는 한이 있어도 감싸주고 싶은 여자다.
이렇게나… 이렇게나…….

"좋지 않아."

제갈량이 인상을 찌푸렸다. 흥취가 깨져 버렸다. 검이 식어버렸다.
어쩌면 이대로 무방비 상태인 조조의 등을 베어버리면 끝나는 일이다.

"조조, 어서 나서라. 내 검이 식기 전에."

쉬이익.

제갈량의 투박한 검이 조조의 등에 겨눠진다.

아차!! 하후돈과 허저의 얼굴이 일그러진다. 겨우 몇 치의 거리. 하
지만 정작 조조는 전혀 당황하지 않고 침착하게 입을 열었다.

"…그렇게 죽기를 원한다면 소원을 들어주는 것도 괜찮겠지."

"……."

무슨 허세냐? 제갈량의 눈썹이 꿈틀거렸다.

"후."

차갑다 못해 등골에 서리가 낄 정도로 서늘한 미소가 조조의 입에
그려졌다. 그와 함께 조조의 왼손이 움직였다.

"이……."

등에 눈이라도 달린 것처럼 조조의 검이 빠르게 뒤로 회선(回線)했
다. 제갈량도 동시에 검을 뺐었다.

찌이익! 짜악!

서로 횡으로 엇갈리면서 칼날이 서로의 옆구리를 긁고 지나갔다.

"생각보다 빠르군."

어느새 뒤로 돌아선 조조가 다소 의외라는 듯 중얼거리며 검을 베어

간다.

부악!

허공을 가르는 섬뜩한 음향이 들려온다.

카아앙!

제갈량의 검이 조조의 검을 막아낸다.

찌릿.

제갈량의 인상이 저도 모르게 찌푸려졌다. 엄청난 한기(寒氣)다. 팔이 저려올 정도로 위력적이라니.

키익!

또 한 번 검과 검이 격돌한다. 또 한 번 땅이 깊게 패인다. 제갈량의 발이 어느새 흙을 깊게 패며 뒤로 미끄러져 간다. 과연 조조.

"재미있군!!"

나는 절대 지지 않는다. 제갈량의 눈에서 짙은 살의가 불타오른다. 그의 검이 질풍 같은 기세를 토해낸다.

까앙! 채애앵!

눈 깜짝할 사이에 허공에서 검격이 두 번이나 엇갈린다.

파곽!

제갈량이 땅을 차고 날아오른다.

"비참(飛斬)."

쉬이익!

마치 폭풍과도 같이 검풍(劍風)이 요동친다. 조조의 머리칼이 바람에 흩날린다.

타악!

"아니!!"

절로 감탄이 흘러나오는 숨 막힐 듯한 사투. 모두의 입에서 경악성이 터져 나온다. 조조가 제갈량의 검을 향해 날아오른 것이다. 공중에서 두 사람이 엇갈린다.

촤악!

착지하는 제갈량의 허리에서 피가 안개처럼 뿜어져 나온다.

비틀.

제갈량은 피가 날 정도로 입술을 깨물며 겨우 자세를 잡고 조조를 노려보았다. 당사자들만이 알 수 있는 검격의 교환.

"……."

조조는 믿기 힘들게도 오른 손등으로 가슴을 노리고 간 칼날의 옆면을 쳐낸 것이다. 그리고 허리를 베어오는 왼손의 검격. 비참하게도 깨지다니…….

"후후."

절망적인 상황에서도 입가에는 미소가 지어진다. 장난이 아니군. 즐거워, 나를 불태울 수 있어서.

"마음에 안 들어. 오른손잡이였군."

언젠가 여포가 뱉어냈던 말을 그대로 뱉어내며 제갈량은 살의가 가득 찬 눈빛을 흘렸다.

…저게 팔을 다친 사람의 실력인가. 역시 인간이 아니야. 하후돈이 고개를 절레절레 저었다. 저렇게나 위력적인 검세(劍勢)를 연이어서 펼쳐 내다니. 하지만 그런 조조를 상대하는 흑의의 깡마른 사내도 하후돈을 놀라게 하기에는 충분했다. 저런 조조의 폭풍적인 검세를 상대로라면 되도록 실수를 줄이는 안정적인 수비 지향 검술로 가는 게 옳을 것이다. 아니, 그렇지 않으면 대번에 생명을 잃어버리는 경험을 하게

될지도 모른다. 그런데 저 겁없는 사내는 단 한 치도 물러서지 않고 공격적인 검세를 끊임없이 뽑아내고 있다.

채앵!

검과 검이 요란하게 맞부딪친다. 제갈량의 흑의는 피로 완전히 절어 있었다. 물론 애초부터 검붉었지만 이번에는 자신의 피라는 게 다를 뿐. 인간이 이렇게나 정확한 검격을 구사할 수 있는 건가? 그 어떤 혼신의 공격을 펼쳐 내도 정확하게 받아넘긴다. 게다가 마음에 들지 않아, 저 표정. 저 얼음을 무참히 부숴 버리고 싶다. 산산이.

"회참(回斬)!"

제갈량의 몸이 조조의 검을 받아넘김과 동시에 크게 선회하며 조조에게 파고든다. 그리고 이어지는 날카로운 참격. 무척이나 빠르고 정확하다. 걸렸다! 검을 회수해서 막아낼 시간 따위는 없을 것이다. 이제 지금까지 그가 베어왔던 무수한 사람들처럼 그렇게 죽어야 할 터. 하지만 들려오는 것은 살을 베어내는 섬뜩한 소리가 아니라 쇳소리였다.

카아앙!

칼자루로!! 조조는 한 치의 표정 변화도 없이 의천의 칼자루로 제갈량의 참격을 막아냈다.

퍼억!

이어지는 조조의 발길질에 격타음이 울려 퍼지며 제갈량은 반대편으로 패대기질 쳐졌다.

"왜……?"

왜 이렇게 내가 고전(苦戰)하는 거지? 이 내가 왜? 우습게도 몸의 상처가 늘어나면 늘어날수록 살의가 끓어오른다. 저 얼음, 아무래도 산산이 부숴 버리고 싶어.

"대단하군요!"

장료의 입에서 절로 경탄성이 흘러나왔다. 심검의 경지에 오른 초일류검객이 상대조차 안 되다니. 게다가 팔에 심각한 부상을 입은 상태에서. 왜 그가 세상에서 주공과 그 이름을 나란히 했는지 이제는 알 것같다.

"…저 남자, 강하군요."

이신이 중얼거렸다. 승상을 상대로 저렇게나 버티다니. 게다가 상처를 입어도 눈빛이 전혀 죽지 않는다. 시퍼런 날을 간직한 눈으로. 또한 번 제갈량의 몸이 움직인다. 상처를 입은 몸이라고는 믿기지 않을 정도로 빠른 속도다.

"망참(罔斬)."

쐐액!

빽빽한 빗줄기처럼 검광(劍光)이 허공을 온통 휘감는다. 정말 제갈량의 외침처럼 단 한 치의 도망갈 틈도 없는 그물과도 같은 검세였다.

"제법이군."

조조의 입이 열렸다. 그가 뒤로 반 보 물러나자 검풍에 의해 흙이 공중으로 흩날린다. 그리고 조조의 검이 빠르게 위로 치솟는다.

까앙!

놀랍게도 조조가 검광의 파도 속에서 정확히 제갈량의 검끝을 튕겨내었다. 가히 신기에 가까운 솜씨.

"……."

조조의 몸이 가속한다. 동시에 눈으로 식별하기조차 힘든 무서운 속력의 흰 빛이 제갈량의 옆구리로 뻗어 나갔다.

촤악!

제갈량이 황급히 몸을 틀었지만 조조의 검을 완전히 피해내지는 못했다. 그의 왼쪽 옆구리에서 새빨간 선혈이 흘러나온다.

"과연."

"……."

"한순간도 방심하지 못하게 만드는군."

조조가 진심으로 감탄한 투로 말했다. 제갈량이 인상을 찌푸린다.

"대단하군."

단지 무기에 불과한 칼이 그의 손에 쥐어지자 살아 있는 생명처럼 꿈틀거린다. 게다가 몸놀림이 무척이나 빨라서 다음 행동을 예측하기가 힘들다.

"후우."

제갈량은 가만히 호흡을 가다듬는다. 몸이 정상이 아니란 것이 확연히 느껴진다. 고통보다도 더욱 그를 아프게 하는 것은 생각만큼 몸이 제대로 움직이지 않는단 것이다. 제길, 이렇게나 강한 줄 알았다면 겨우 문을 부수는 데 따위에 우참(雨斬)을 쓰는 게 아니었다.

"한 번 더……."

제갈량은 피를 너무 많이 흘려서 비틀거리는 몸을 억지로 가다듬었다. 이제 선택의 여지는 없다. 더 이상 심각한 상처를 입기 전에 비검(秘劍)으로 승부하는 수밖에는.

"우참."

제갈량의 파리한 입술이 조그마한 소리를 뱉어냈다.

조조의 얼음 같던 표정에 처음으로 동요의 감정이 나타난다. 제갈량이 희미하게 빛나는 달 아래서 눈까지 감고 검무(劍舞)를 추기 시작한 것이다. 제갈량의 몸에서 살의가 씻은 듯이 가라앉았다. 대신 무척이나 위태로운 발놀림을 연신 내딛는다. 피를 많이 흘렸기 때문일까? 그의 몸은 금방이라도 쓰러질 것같이 비틀거렸다.

"……."

검이 춤을 춘다. 사람과 검이 한 몸이 되어 춤을 춘다. 감정도 없는 고철에 불과하건만 위태로운 낭떠러지의 끝자락에 있는 듯 몸을 불태워 정염(情炎)의 춤을 추고 있다. 신검합일(身劍合一). 검을 들면 번뇌도, 욕망도, 갈등도 없이 오로지 무심(無心)으로 검과 하나가 되는 경지. 그 전설의 경지가 지금 약관의 사내로부터 펼쳐지고 있다.

"신검합일인가? 부질없는 발악이다."

갑자기 조조의 검이 참을 수 없는 살광(殺光)을 뿌리기 시작했다. 살기의 폭풍이 순식간에 장원에 몰아친다. 그리고 그 폭풍의 중심에 차가운 눈을 가진 사내가 세 자의 검을 들고 버틴 채 서 있다. 위험해. 여기서 죽인다. 앞길을 막을 존재 같은 것 필요없다. 생(生)과 사(死). 누가 살고 누가 죽는가? 목숨을 건 진검 승부(眞劍勝負)의 말미에서 조조는 결국 비검(秘劍)을 개방했다.

스르릉!

아름다운 보석이 박힌 의천의 검집이 깨끗한 빛을 발하는 칼날을 삼켜 버렸다. 그리고 내내 오른쪽 허리에 걸려 있던 의천의 검집은 왼쪽 허리로 옮겨졌다.

"으음……."

하후돈이 어두운 표정으로 알 수 없는 신음을 흘렸다. 저런 애송이에게 우수발검(右手拔劍)이라니, 도대체 무슨 생각이냐, 맹덕?! 저 정도의 경지 따위는 이미 오래전에 오른 맹덕이 아닌가?

"우수(右手)?"

허저의 눈이 빛난다. 여포를 상대할 때를 제외하고는 단 한 번도 오른손으로 검을 잡아본 일이 없는 승상이었다. 오죽하면 '좌수(左手)의 맹덕'이라고까지 불리는 승상이 아닌가. 허저의 가슴은 앞으로 닥칠 일에 대한 흥분으로 가득 찼다. 어쩌면 저 검은 옷의 사내는 진짜로 강할지도 모른다. 물론 승상의 상대가 될 것 같다는 생각은 터럭만큼도 들지 않지만.

"과연……."

실로 재미있고도 놀라운 일이다. 이신의 입가에 작은 미소가 맺혔다. 승상이 저 깡마른 사내를 호적수(好敵手)로 인정했단 말인가? 하지만 최악의 선택이다. 승상과 적이 된 건.

"……."

돌연 검무가 멈췄다. 그리고 어느새 제갈량이 두 눈을 뜬 채 살의를 불태우며 서 있다. 등골에 서리가 맺힐 정도로 강렬한 살의. 살검(殺劍)의 극의에 다다른 자객의 분위기를 풍기며 제갈량이 걸음을 내딛는다.

"우참(雨斬)."

타다닥!

제갈량이 조조를 향해 질풍처럼 돌진한다. 순식간에 그들의 거리가 좁혀졌다.

피슉!

조조가 앞으로 한 걸음을 내딛는다. 그리고 발검. 공기가 찢어지는 소리가 소름 끼치게 울려 퍼졌다.

"섬풍(閃風)!"

휘오오오!!

성난 바람이 갑자기 제갈량을 향해 불어가기 시작했다. 제갈량의 옷자락이 펄럭거리고 머리가 흩날린다.

"큭……."

세상에 이런 일이 있는가? 몸이 앞으로 나아가지 않는다. 숨이 막히고 내식이 헝클어진다.

울컥.

"우엑!"

선홍(鮮紅)의 선혈이 제갈량의 입에서 뿜어져 나왔다. 그 피는 바람의 영향으로 고스란히 제갈량의 얼굴을 새빨갛게 적셨다. 저승에서 돌아온 수라(修羅)와도 같이 피범벅이 된 얼굴로 제갈량이 고함을 질렀다.

"나는… 천하무적이다……!!"

제길, 이따위 바람에. 한 걸음만 더, 한 걸음만 더 내디디면 우참으로 저 얼음장 같은 얼굴을 산산이 박살 내버릴 수 있는데. 바람을 찢어발긴다. 찢어발기고 싶다.

"이따위… 이따위……."

제갈량이 신경질적으로 중얼거리며 온 힘을 다해 앞으로 나아가려고 시도했다. 하지만 몸은 굳은 듯 꿈쩍도 하지 않는다.

키잉.

다시 한 번 의천의 검집이 창백하도록 아름다운 검신을 삼킨다. 무슨 생각이냐, 조조?

"아니!!"

갑자기 성난 바람이 씻은 듯이 종적을 감췄다. 이런!!

휘청.

갑작스레 멈춘 바람에 제갈량의 몸의 균형이 미묘하게 흐트러졌다.

좋지 않아. 위험한 순간이다. 제갈량의 무심한 표정은 이미 깨져 버린 지 오래였다.

"무슨 기술인지는 모르지만 나에게는 무용지물이다."

그 순간을 놓치지 않고 조조의 몸이 한순간 땅을 차고 도약했다.

"이단 발검술!!"

이신이 놀라 탄성을 내질렀다. 바람으로 몸의 자유를 빼앗은 뒤에 또 한 번의 발검이라니…….

"……."

눈 깜짝할 사이에 공중에서 조조가 발검한다. 제갈량의 이마에서 식은땀이 흘러내린다. 공중에서 발검을! 미처 흐트러진 자세를 바로잡기도 전에 섬광(閃光)과도 같이 조조의 의천이 발검한다. 조조의 필살(必殺)의 비검은 은색의 빛줄기로 화해 순식간에 제갈량의 가슴으로 쏘아져 갔다.

숨 막힐 듯 불쾌한 감정이 제갈량을 엄습해 온다. 바람 소리다. 축축하고 차가운 바람이 그를 향해 불어온다. 제갈량은 입술을 피가 날 정도로 악물었다. 바람이 속삭인다. 죽어.

"……."

오른손이 말을 듣지 않는다. 그가 살아온 날만큼이나 무수한 생명을 빼앗던 그의 오른손은 마지막 순간에 그의 손을 들어주지 않았다. 그 순간 그는 다가오는 공포에 숨이 막혔다. 미친 듯이 다가오는 검. 두근두근. 심장이 폭발이라도 하는 듯이 요동친다. 그리고 그 익숙한 심장의 고통이 그를 일깨운다. 꿈이 아니다. 현실…….

"조조!!"

제갈량이 혼을 태우듯 맹렬히 부르짖었다. 가져가라! 그리고 목숨을 내놓아라!

파샥!!

뼈가 으스러지는 소름 끼치는 음향과 함께 제갈량의 왼팔이 몸에서 분리됐다. 폭포수처럼 선혈이 뿜어져 나오며 잘려진 팔이 땅바닥을 형편없이 뒹군다. 그리고 바람의 착지(着地). 동시에 참을 수 없는 고통 속에서도 제갈량은 온 의식을 집중해 검을 베어갔다. 앞으로 한 걸음. 그리고 우참(雨斬).

"아니……!!"

조조의 얼음 같던 표정에 처음으로 놀람의 감정이 드러났다. 왼팔을 희생해서 목숨을 구하다니!

쐐애액!!

제갈량의 검이 허공에 아름다운 선을 그렸다. 무척이나 나약한 듯 검끝이 가늘게 흔들린다. 역시 상처 때문에 제 상태가 아닌가 보군.

"의미없는 발악이다."

조조의 왼손에 들린 의천의 검집이 여느 때와 같이 완벽하게 제갈량의 검을 막아간다. 끝까지 단 하나의 허점조차 허용하지 않는 완벽한 수비. 그리고 제갈량의 검격과 의천의 검집이 맞부딪쳤다.

채애앵!!

귀를 자극하는 금속성과 함께 무언가가 허공으로 솟구친다. 산산조각이 난 검집의 파편이 조조의 뺨을 스친다.

주르륵.

뺨이 화끈거리고 따갑다. 곧 이어 그것이 피라는 것을 깨달았다.

"……"

제갈량의 검이 믿을 수 없게도 너무나 간단하게 의천의 검집을 산산조각 내며 조조에게 다가왔다.

푸슉!!

어느새 제갈량의 검은 그의 허리를 깊숙이 베어가고 있었다. 선홍(鮮紅)의 피보라가 허공을 수놓는다.

휘청.

조조의 몸이 크게 흔들린다.

"이런……."

조조가 믿을 수 없다는 표정으로 자신의 허리를 바라보았다. 안개처럼 뿜어져 나오는 피. 그리고 쇠꼬챙이로 맨살을 쑤시듯이 아파오는 허리. 베였다. 내가 베이다니. 조조가 무너지듯 그 자리에 쓰러졌다.

"하아… 하아……!"

제갈량이 연신 거친 호흡을 토해낸다. 지금이면, 지금이면 죽일 수 있어. 의식이 끊임없이 그에게 속삭이지만 몸은 전혀 말을 듣지 않는다. 다리가 후들거리며 검을 쥔 손이 올라가지 않는다. 젠장.

콰악!

조조가 검을 지팡이 삼아 몸을 일으킨다. 그의 눈은 어느새 다시 눈보라처럼 차갑게 가라앉아 있었다.

"이 정도로… 패국(沛國)의 조조를 죽일 수 있을 줄 알았나?"

"……."

팔이 조금도 움직이지 않는다. 제갈량은 귀신 같은 몰골로 그에게 다가오는 조조를 그저 인상을 찌푸린 채 바라보았다. 제길, 이대로 죽을 도리밖에는 없는가?

쉭.

조조의 검이 지겨울 정도로 느릿느릿한 속도로 뻗어온다. 평상시라

면 눈을 감고도 피할 수 있는 속도지만 지금은 눈을 멍하니 뜨고 바라
볼 도리밖에는 없었다.

푸욱.

오른쪽 어깨가 찌르듯이 아파왔다.

챙강.

제갈량의 손에서 투박한 검은 검이 떨어져 땅바닥에 나뒹굴었다.

"……."

저항할 마지막 수단마저 상실한 제갈량은 입을 굳게 다물고 조조를
노려보았다. 제길, 어째서 나는……. 천하무적일 텐데…….

"…가라."

조조의 입에서 뜻밖의 소리가 흘러나왔다.

"승상!!"

이구동성으로 목소리가 튀어나온다. 정신이 돌아버리기라도 한 건
가? 저런 위험한 자를 놓아주다니.

"무슨 속셈이지?"

제갈량의 눈이 크게 흔들린다.

"속셈이라……."

조조가 차가운 미소를 지었다.

"후."

그는 작게 한숨을 쉬었다. 내려뜨린 그의 오른손에 들린 의천의 날
에 가벼운 핏기가 묻어 있다. 그가 뜻없이 오른손을 들어 붕 소리가 날
만큼 커다란 동작으로 의천을 허공을 향해 뿌린다. 더없이 매끄러운
곡선이 그려지고 칼날 위에 흩뿌려졌던 핏기가 그 서슬에 허공으로 털
려 나갔다.

"검을 거꾸로 쓸 줄 아는 것은 그대만이 아니야."

"무슨 소리지?"

"피에 전 흑의 차림으로 야밤에 단신으로 성에 뛰어들어 내 너를 죽이겠노라고 떠들어대는 객기는 그대만 부릴 수 있는 것이 아니라고 말하고 있는 거다, 유오(幼烏:어린 까마귀)."

"……."

그 말속에서 조조가 그동안 했던 말과는 다른 그 무언가가 느껴져 잠시 제갈량은 멈칫했다. 조조가 차가운 미소를 지으며 말을 이었다.

"그대가 왜 여기 왔는지 모르겠군. 하지만 검을 거꾸로 쓰면 나도 곧 죽을 것이다. 그대의 검이 아니라도. 내 곁에 나를 죽일 사람은 널렸거든."

조조의 시선이 슬며시 이신에게 머문다. 이신은 놀란 가슴을 진정시켰다. 왜 하필 나야?

"뭐?"

제갈량의 창백한 얼굴이 일그러졌다.

"지금의 그대에게는 내가 아니더라도 그대를 죽일 사람이 널렸다는 거야. 구태여 내 검에 피를 묻힐 필요는 없겠지."

"……."

'다시 한 번 검을 겨루는 것도 괜찮겠지. 물론 그때까지 그대가 검을 똑바로 든다면.'

조조는 알 수 없는 미소를 지으며 발걸음을 뗴었다. 허저며 장료며 하후돈이며 이신이며, 무엇보다도 제갈량이 무언가에 홀린 듯한 표정으로 그 뒷모습을 바라보는 것 따위는 개의치 않는 듯 여유로운 발걸음이다.

"맹덕!"

하후돈이 조조의 앞을 가로막는다. 그의 하나 남은 눈이 분노로 타오른다.

"미적지근해. 자네답지 않게 너무 미적지근해! 무슨 생각이냐, 맹덕? 자네가 죽이지 않겠다면 내가 죽이겠다."

조조가 작은 미소를 지었다.

"후후, 무엇을 겁내는 거냐, 원양? 한쪽 눈을 잃더니 그새 겁이라도는 건가?"

"장난하지 마라, 맹덕! 너를 벨 수 있는 사람이 몇 명이나 있다고 생각하는 거지? 게다가……."

치명상이잖아. 하후돈이 말을 억지로 꿀꺽 삼켰다. 그의 눈에는 보인다. 금방이라도 땅에 쓰러져 버릴 것같이 위태위태한 조조의 모습이. 여포가, 관우가 그런 일을 할 수 있을까? 조조를 땅에 눕혀 버릴 수 있을까?

"후."

나지막하게 한숨을 흘리는 조조의 안색이 그 어느 때보다 창백하게 보인다.

"죽이려면 죽이게."

"……."

"저항도 못하는 상대를 죽이는 게 취미라면 말이지."

울컥.

하후돈은 속에서 터져 나오는 화를 억눌렀다. 그런 게 아니잖아.

"자네 맘대로 해라!"

하후돈은 붉어진 얼굴로 성큼성큼 장원을 나섰다. 제길, 나도 약해

졌군. 저런 녀석 걱정할 필요 따위 없는데.

"……."

조조는 그 뒷모습을 바라보며 천천히 의천을 검집에 집어넣었다. 오늘은 더 이상 필요가 없을 것이다. 아니, 어쩌면 한 번 더 필요할지도. 조조의 차가운 눈이 이신에게 고정됐다.

"허저, 의원에게 정중히 모시게."

"알겠습니다."

뒤도 돌아보지 않고 내린 조조의 명령에 허저가 노골적으로 불만의 표정을 지으며 대답했다. 그런 남자였다, 허저는. 마음속의 표정을 감추는 데 익숙하지 않은. 허저는 곧 육 척의 거구를 움직여 아직도 무언가 생각에 잠긴 듯한 제갈량을 숫제 들쳐 업고 밖으로 나섰다.

"……."

곧 장원은 목숨을 건 사투가 언제 있었냐는 듯이 어둠의 정적에 휩싸였다. 싸움으로 이리저리 패어버린 흙들과 그 위로 흩뿌려진 붉은 피만이 그것을 증명할 뿐. 조조가 냉소를 지었다.

"이제 그대 일만 남았군."

*　　　*　　　*

을씨년스러운 바람이 몰아친다.

휘이이이!

방통은 눈을 가늘게 뜨고 흩날리는 나뭇잎을 바라보았다.

"소저를 구해준 사내……."

"네?"

월영이 의아한 시선으로 방통을 바라본다. 몹시 쌀쌀한 밤에 창문가
에 앉아 차와 함께 하염없이 밤하늘을 바라보던 방통이 문득 입을 열
었기 때문이다.

"…운명이 변해 버렸군요."

물끄러미 응시하는 그의 시선이 떨린다.

왜 파군성(破軍星:북두칠성의 일곱째 별)이.

＊　　　　＊　　　　＊

"……."

서늘한 기운이 이신과 조조 사이에 감돈다. 장료는 어두운 표정으로
이신의 옆모습을 바라보았다. 조조의 세 번째 명검으로 알려진 남자.
상처의 영향인지 처음보다 무척이나 창백하고 식은땀이 맺혀 있는 그
모습에 절로 장료의 기분이 울적해진다. 왜 그런 몸으로 나를 구하러
오셨나요? 이 장료가 당신이 생명까지 바쳐 구해야 할 정도로 당신에
게 가치있는 여자란 말인가요?

"…더 시간을 지체했다간 목숨이 위태로울 수도 있습니다."

먼저 입을 연 쪽은 이신이었다. 조조가 작게 웃음을 흘렸다.

"여전하구먼 그래. 그게 그대가 말했던 충(忠)인가?"

"……."

이신은 말없이 조조의 눈에 시선을 고정한다. 여전히 속을 알 수 없
는 차갑게 가라앉은 눈이다. 이신은 그의 감정을 읽길 포기한다. 괜히
억측을 했다간 악영향을 미칠 뿐이다.

"사람의 목숨을 구하고자 함은 인간의 당연한 도리입니다."

“의자(醫者) 같은 소리를 지껄이는군.”

조조가 쌀쌀맞게 내뱉으며 피 묻은 왼손을 펼쳐 보였다.

“피를 부르는 세 번째 명검. 누구보다 죽음에 가까이 있는 그대가 뱉을 말은 아니지.”

“…….”

…그런 건가? 나에게는 그런 말을 할 자격이 없는 건가? 이신은 다분히 냉소적인 웃음을 터뜨렸다. 자기 식대로의 자비란 건가?

“연유는 묻지 않겠네. 나에게 필요한 것은 그대에게 무슨 과거가 있고 왜 나를 따르는지가 아니라 그대의 능력이니까.”

“…감사하군요.”

“단지…….”

조조가 호흡을 가다듬으며 말을 이었다.

“묻고 싶은 게 있네만…….”

“얼마든지 말씀하시길.”

조조의 눈이 한기(寒氣)를 내뿜는다. 순간적으로 이신의 몸에 작은 소름이 돋는다. 심상치 않은 질문일 것 같은 느낌이 그의 등골을 스치고 지나간다. 조조의 시선이 순간적으로 달에 걸린다. 그리고는 혼잣말을 하듯 중얼거렸다.

“나를 사랑하는가?”

“…….”

이신의 표정이 싸늘해진다. 당신, 그런 질문을……. 조조의 왼손이 어느새 오른쪽 허리에 걸린 의천의 검집을 잡아간다. 대답 여하에 따라 쓰겠다는 의미일까?

“선택은…….”

“…….”

“두 가지뿐이로군요.”

이신이 평소 같지 않은 싸늘한 냉소를 뿌린다. 사랑. 그를 더없이 슬프게 만들었던 그 단어. 또 한 번 나를 시험하려는 것일까? 사랑을 겪기 전의 그였다면 망설임없이 조조를 사랑한다고 대답했을 것이다. 그것이 옳은 답일 거라고, 목숨을 부지하는 길이라고 생각했을 것이다. 하지만 이제 사랑은 배신과 동의어라는 것쯤은 뼈저리게 느꼈다. 그것도 가장 멋지고 악랄한 배신. 그것이 사랑의 위선이다.

“사랑하지 않습니다. 이 세상의 그 누구도.”

이신이 차갑게 내뱉었다. 나 자신도 사랑하지 않는다. 나 자신마저도 배신할 수는 없는 일 아닌가? 조조의 손이 천천히 검집에서 떨어졌다. 그의 눈이 작게 폭풍우 친다.

“역시…….”

“…….”

“그대는 자격이 있어.”

이신은 가만히 눈을 감았다. 세상 사람들이 나를 사랑하게 할지언정 내가 다른 사람을 사랑하지는 않는다, 과연 조조 맹덕이 한 소리였던가? 그의 사랑이었던 여자는 누구였을까? 이신은 입을 열어 물어보고 싶은 욕구를 간신히 억눌렀다.

“자.”

문득 들려오는 바람 소리에 이신은 눈을 뜨고 그에게 날아드는 물체를 받았다. 그것은 나무로 된 작은 함이었다.

“이건?”

“서주자사(徐州刺史)의 인수(印綬). 이제는 그대가 서주의 주인이네.

지금은 하나지만 내가 천하를 가지면 후한 열세 주(州) 중 세 주의 주
인이 되게 해주지.”

기뻐해야 할까? 세 주라……. 어마어마하군. 이신은 가늘게 웃음을
흘렸다. 그것이 당신의 보답입니까, 아니면 미끼입니까? 일단은 물어
주지요.

“…감사합니다, 승상.”

방 벽에 등을 기댄 이신이 가물가물 아른거리는 촛불을 응시하고 있
다. 그는 환각의 바다에 침몰한 듯 멍한 표정이다.

“이 공(李公).”

장료가 조심스럽게 말을 꺼냈다. 아까 일 이후로 이신은 뭔가 심기가
불편한 듯 안색에 그림자가 드리워져 있었다. 무엇보다 그 눈. 우수(憂
愁)가 가득 어린 그 눈이 장료의 감정을 자극한다. 마치 거울처럼 그의
눈에서 지금 그녀의 모습이 비춰 보인다. 동질감이 느껴지는 슬픔, 그
리고 근심.

“예?”

하지만 장료를 돌아보는 그의 입가에는 어느새 미소가 맺혀 있었다.
장난기 어린 그의 한마디에 장료의 두 볼이 빨갛게 물든다.

“이제는 상공(相公)이라고 안 부르시나요?”

“아, 그건…….”

당신을 위해서 연기를……. 장료가 붉어진 얼굴로 시선을 내리깐다.
이신이 부드럽게 그녀의 어깨를 잡아간다.

“잘됐어요. 살아서… 살아줘서…….”

“이 공.”

"…아직도 복수를 원하시나요?"

이신이 정색을 하고 물었다. 정중앙에 놓인 촛불이 어두운 강물 속에 홀로 떨어져 춤을 추고 있는 것 같다. 그 뒤로 이신의 눈이 은은한 빛을 발하며 흔들린다. 장료가 천천히 고개를 저었다.

"이런… 게 복수라면… 싫어요."

단 하나의 성취감도 없이 고통과 슬픔만이 몰려오는 방식. 아마 자신은 조조에게 복수를 하려는 게 아니라 죽을 곳을 찾았던 건지도 모른다. 내가 당신을 또 한 번 찌를 수 있을까요? 그녀가 창백한 입술을 잘근 깨물었다.

"다행이에요. 목숨을 부지할 수 있어서."

"예?"

"휴우, 이번에도 찔리면 어쩌나 하고 걱정했습니다."

이신이 과장스럽게 한숨을 지어 보이며 말을 이었다.

"참을 수 없을 만큼 아팠거든요. 왜 한번에 죽여주지 않았나 하는 원망까지 들더라구요."

"미, 미안해요."

장료가 아무 죄 없는 아랫입술을 잘근잘근 깨물며 기어들어 가는 목소리로 말했다.

이런, 이런. 이신은 그런 장료를 보며 속으로 혀를 찼다. 남장을 풀어서 그런지 지금의 그녀 행동은 영락없는 여인의 그것이었다. 이 여인을 보고 전장에서 그 여궁신(女弓神)을 누가 떠올릴 수 있을까? 아니, 이런 여인이 어떻게 그 많은 사람들을 죽일 수 있었을까?

"소저는 큰 별이 될 운명입니다."

이신의 입가에 희미한 웃음이 걸린다.

"에?"

장료는 멍한 표정으로 그런 그를 바라본다. 지금 내 앞에서 점 얘기를 하는 거야? 그 관로마저 탄복하고 돌아간 그녀의 예지력이었다. 지금까지 단 한 번도 그녀의 앞에서 운명이나 미래 얘기를 꺼내는 용기 있는 작자는 없었다. 그야말로 번데기 앞에서 주름 잡는 격이니까.

"저기… 소녀도 점이라면 조금은 칠 줄 압니다만……."

장료가 여전히 황당하다는 눈으로 이신을 바라보았다. 하지만 마음 한편으로는 궁금하기도 했다. 천하제일의 전술가라는 남자는 과연 점에도 정통할까?

"후후, 소생도 조금은 칠 줄 압니다. 이를테면……."

"……."

"소저의 성이 원래 섭(攝)씨란 것 정도는 알 수 있지요."

장료의 눈이 번개라도 맞은 듯 파르르 떨린다. 그녀의 목소리가 절로 떨려서 나온다.

"그, 그걸 어떻게……?"

지금은 죽고 없는 그녀의 주공을 제외하고는 아무도 모르는 사실이다. 그걸 어떻게 생면부지의 남자가 알고 있단 말인가? 진짜 점술일까?

"말했지 않습니까. 소생도 점은 조금 칠 줄 안다고."

점 같은 것일 리가 없지. 이신은 속에서 터져 나오려는 웃음을 억지로 참았다. 정사 장료전에 나오는 구절을 조금 인용했을 뿐. 그런 점을 칠 수 있다면 일찌감치 거리에 돗자리를 펴고 나앉았을 것이다.

"그럴 수가… 그럴 수가……!"

장료는 여전히 믿지 못하는 표정이었다. 점으로 그런 것까지 가능할 리가 없어.

"후후, 사실 점이란 게 믿을 것이 못 되지요. 소저가 안문군 마읍현 출신이라는 건 확실하지만 말입니다."

"이 공, 저랑 동향(同鄕)이었던가요?"

장료가 놀란 눈으로 이신을 바라본다. 어떻게 고향까지 알고 있는 거지?

"하하, 그럴 리가. 제가 승상과 같은 패국(沛國) 출신이란 것은 널리 알려진 사실이 아닌가요? 역시 점이라면 안 믿으실라나?"

"점이라고요?"

장료는 무언가 혼란스러운 느낌이었다. 분명 점은 아니다. 하지만 어떻게?

"예, 점."

"후."

이신이 갑자기 작게 바람을 불어 촛불을 꺼버렸다. 순식간에 방 안은 어둠에 휩싸였다. 장료는 왈칵 겁이 났다. 그제야 실감이 난다. 지금 자신은 눈앞의 남자와 단둘이서 함께 있다는 것을. 스스로의 심장을 찌르라고까지 한 남자다. 마음으로는 이신을 믿고 있지만 한구석으로는 두려운 마음이 고개를 드는 것은 어쩔 수 없었다. 이신의 부드러운 목소리가 들려온다.

"소저는……. 운명을 믿으십니까?"

"운명이요?"

장료는 반사적으로 이신을 바라보았지만 어둠 탓인지 제대로 보이지 않는다. 그의 목소리가 다시 들려왔다.

"예, 운명이요. 운명 말입니다."

"…믿어요."

　결국 사랑하는 주공도 그녀의 점괘에서 벗어나지 못했다. 성난 승냥이처럼 몸부림쳐도 운명의 파도 안에서 벗어나지는 못하는 것이다. 그게 천의(天意)니까.

　"…그렇군요."

　이신의 입에서 나오는 말이 추처럼 무겁다.

　"역시 운명이라는 거겠지요, 소저와 제가 만난 것은."

　"……."

　"거기다 사랑하는 연인을 잃고 방황하는 것까지 놀랍도록 닮아 있군요. 아니, 단순히 제가 그렇게 느끼는 것일까요?"

　역시 그 묘한 동질감의 정체는 그것이었던가? 사방이 조용하다. 그녀의 귀에 들려오는 것은 이신의 거친 호흡 소리뿐이다. 금방이라도 그의 뜨거운 호흡이 얼굴에 닿을 것만 같다. 얼마나 지났을까. 그의 입이 다시 열렸다. 하지만 그 목소리에는 슬픔이 가득 어려 있었다. 어둠 때문에 보이지는 않지만 아마 무척이나 슬픈 눈을 하고 있을 거라고 장료는 생각했다.

　"제가 사랑한 분은… 살인청부업자였습니다."

　"예?"

　"아아, 자객(刺客) 말입니다."

　이신의 씁쓸한 웃음이 들려온다.

　"자객이요?"

　장료가 놀란 목소리로 반문한다. 사마천의 사기(史記)에 자객열전(刺客列傳)이 따로 있을 정도로 사람들의 존경을 받는 자객도 없는 것은 아니다. 위(衛)의 형가, 진(晉)의 예양과 같은 자객. 하지만 대부분의 자객은 돈만 주면 무고한 사람도 가리지 않고 해치는 등 사회의 해악(害惡)

그 이상은 아무것도 아니었다. 그들은 돈 많고 힘있는 자들의 도구로
전락해 버린 것이다.

"예, 저를 죽이려… 검을 들고 왔더군요."

아아, 그래. 그녀는 무척이나 낭만적인 킬러였지. 총도 아니고 구닥
다리 같은 검이라……. 이신의 시선이 저도 모르게 벽에 기대어놓은
검 두 자루 쪽을 향한다.

"이 공을……."

과연 조조의 세 번째 명검을 부러뜨리러 올 정도면 평범한 자객은
아니었을 것이다. 제정신이 박힌 자객이라면 만금(萬金)을 안겨준다 할
지라도 거부할 테니까. 분명 스스로의 확고한 신념을 가진 검술에 뛰
어난 비범한 여인이었을 것이다. 아까 그 흑의를 입은 남자처럼.

"제가 어쨌을 것 같나요?"

이신의 말속에서 비릿한 웃음기가 느껴졌다. 어둠이 눈에 익으면서
흐릿하게 그의 모습이 들어온다. 하지만 세세한 표정까지는 들어오지
않는다.

"격검(擊劍)하셨군요."

조조의 일격을 막아낼 정도로 검의 명수(名手)가 아닌가. 하지만 이
신의 입에서 웃음과 함께 뜻밖의 소리가 흘러나온다.

"후, 전혀요. 저는 빌었습니다. 피눈물을 흘리면서 살려달라고 빌었
지요. 저에게는 모실 일흔 먹은 노모(老母)와 병에 걸린 아내와 딸자식
이 있다고 말도 안 되는 헛소리를 지껄이면서 제가 세상에서 가장 불
쌍한 사람이라고 빌고 또 빌었습니다."

"거, 거짓말!!"

장료의 목소리가 높아진다. 지금 그런 말을 믿으라는 거야? 전장에

서 피를 부르는 사신(死神)인 당신이 목숨을 구걸했다고?

"사실입니다. 저는 평범한 인간이거든요. 목숨은커녕 작은 상처 하나 입기도 두려워하는 그런 평범한 인간 중의 하나입니다."

"말도 안 되는 소리를. 스스로 저를 위해 목숨을 던져 버릴 정도의 당신이 그런 인간이라고요? 말해 봐요, 이 공!"

"후후, 그건 저는 이미 죽었기 때문입니다. 죽은 사람이 죽음을 두려워한다면 그것만큼 우스운 일이 또 있을까요?"

제정신이 아니야. 무슨 소리를 하는 거지? 장료는 고운 아미를 찌푸렸다.

"이 공, 취했나요?"

술도 안 마신 사람에게 취했냐고 물어보는 자신이 이상했지만 그렇지 않고서는 그를 어떻게 받아들여야 할지 납득하기 힘들었다.

"…아무래도 옛 추억에 취한 것 같군요, 당신을 안고 싶은 것을 보면."

칠흑 같은 어둠 속에서도 이신은 순식간에 장료의 팔을 낚아채어 그대로 품에 안는다.

"…이거 놓아요."

장료가 애원하듯 말했지만 이신의 귀에는 들리지 않는 것 같았다. 얼굴이 화끈거린다. 그의 뜨거운 입술이 그녀의 얼굴 이곳저곳에 뜨거운 불을 놓는다.

"으음……."

그가 귓불을 깨문다. 귓불을 더듬는 혀가 축축하고 부드럽다. 나른하고 뜨거운 기분이 눈앞에 몰려든다. 장료는 파르르 떨리는 눈을 감았다.

“역시… 이런 것으로는 위로받을 수 없겠지요. 상처받은 자들의 자기 위로 같은 성교 따위는.”

“…….”

문득 들려오는 이신의 목소리에 장료는 천천히 눈을 떴다. 방 안에는 적막뿐 손을 뻗어도 아무것도 닿지 않는다. 방문이 활짝 열려 있다.

후드드득.

그제야 장료의 귀가 빗소리를 인식한다. 어느새 밖에는 폭우가 쏟아지고 있었다. 그녀는 떨리는 발걸음으로 방을 나선다. 순식간에 싸늘한 빗방울이 무겁게 몸을 짓누른다.

“이 공.”

이신은 떨어지는 빗발을 맞으며 석상처럼 움직이지 않는다. 그의 몸에 흐르는 빗줄기가 마치 그의 흐느낌같이 느껴진다.

번쩍! 콰르르릉!!

때마침 갑작스런 뇌우가 그녀의 눈과 귀를 찢어놓았다. 그리고 뇌우의 빛 속에서 그의 얼굴이 기이하게 그녀의 눈에 똑똑히 들어온다.

“아아…….”

그녀는 신음성을 흘리며 바닥에 주저앉았다. 빗속에서야 드러나는 그의 상(相)이 잡힌다.

맙소사! 사자(死者)의 상이라니……!

“저는 이미 죽은 사람입니다.”

그의 슬픈 목소리가 그녀의 귀에 환상처럼 울린다.

“…….”

비가 온몸을 축축이 적신다. 목덜미에도, 등에도, 다리에도 빗물이 흘러내리고 있다. 머리카락이 비에 눌어붙어 이마에 끈적하게 달라붙는다.

"이 공……."

장료의 여린 목소리가 빗속을 뚫고 들려온다. 어두워서 잘 보이지는 않았지만 그녀의 안색은 창백하기 그지없을 것이다.

"들어가세요. 찬비를 오래 맞으면 몸이 상하십니다."

이신이 그녀에게 들어갈 것을 권했지만 장료는 가만히 고개를 좌우로 흔들었다.

"뒷이야기를 해주세요."

왜 죽은 사람이죠? 장료는 굵은 소름이 돋은 온몸을 흠칫 떨면서도 흔들림없는 눈으로 이신을 응시했다.

"…들어가시는 게 좋을 거예요."

"왜죠?"

"빗속에 온몸이 젖은 여자를 미치도록 좋아하거든요, 저란 인간은. 제 인내심은 그리 강하지 않습니다."

"…상관없어요."

당신을 믿으니까. 장료가 망설임없이 대답한다. 이신이 처연한 웃음을 지었다.

"겁이 없으시군요. 역시 그 장료 문원입니까? 후후."

"순결 잃기가 겁이 난다면 계집의 몸으로 난세에서 검을 뽑지도 않았겠죠."

거짓말. 이신은 속으로 쓴웃음을 지었다. 그렇게나 두려워했으면서. 스스로 자결을 하려 할 정도로 몸을 떨었으면서. 그렇게나 강했던가?

순간에 느껴지는 짧은 동질의 감각을 공유하는 것이 사랑의 한 조각으로 느껴질 정도로. 무서울 정도로 강렬한 호감을 이 여인에게 가질 정도로.

"착각이십니다. 소저도, 그리고 저도."

"……."

"그만큼 사랑의 열병이 강했다는 것이겠죠. 소저와 저는 그저 거울의 반대편에 지나지 않는다는 것을 착각할 정도로."

"틀려요. 당신은 거울의 반대편이 아니라……."

"소저?!"

이신이 놀란 눈으로 흠칫 몸을 떤다. 장료가 떨리는 손에 힘을 주어 그를 꼭 껴안았다. 이신의 온몸에 여과없이 비에 젖은 그녀의 몸의 곡선과 떨림이 느껴진다. 그녀의 머리에서 풍기는 향기로운 냄새가 이신의 가슴을 뜨겁게 자극한다. 그녀가 따스한 입김을 발산하며 이신의 귀에 대고 속삭였다.

"당신은… 거울에 비춰 보이는 나 자신이에요. 몸을 던져 위로하고 싶을 정도로 상처 입은."

"……."

금방이라도 그녀의 뜨거운 입술에 빨려 들어갈 것만 같다. 촉촉하고 달콤한 혀의 감각이 그의 이성을 마비시킨다. 혀와 혀가 얽힌다. 짜릿짜릿한 감각이 쉴 새 없이 등골을 스치고 지나가 제대로 눈을 뜨기도 힘들다. 떨리는 그녀의 미세한 속눈썹을 바라보며 이신은 눈을 감고 힘을 주어 그녀를 껴안았다.

쏟아지는 폭우 아래서 그들은 그렇게 오래도록 입을 맞추었다.

무척이나 따스하다. 입을 맞출 의도는 없었다. 그저 그의 눈을 더욱 가까이에서 보고 싶었을 뿐이다. 하지만 그의 눈을 보니 자신의 축촉한 붉은 입술이 제멋대로 움직여 그의 입술에 포개지고 말았다. 그리고 불이 붙은 나무처럼 온몸이 달아올랐다. 얽힌 혀에서 나오는 타액이 달콤하고 따뜻하다. 남자의 몸이 이토록 따뜻하게 느껴지다니. 그녀의 온몸으로 느껴지는 그의 목덜미도, 가슴도, 등도 따뜻하다. 나른함이 몰려와서 입술을 떼기가 싫다. 이대로 영원히 시간이 멈췄으면 좋겠다는 생각이 그녀의 머리에 떠오른다.

콰르르릉!!

돌연 시끄럽게 요동치는 천둥 소리가 그들의 입맞춤을 깨뜨려 놓았다.

"……."

이신은 여러 가지 감정이 뒤섞인 눈으로 장료를 바라보았다. 그의 입술은 묘한 미소를 머금고 있다. 슬픔과 쾌락이 교차하는 미소를.

"당신을 만난 건 운명입니까?"

"…예, 아마도."

장료가 잔뜩 붉어진 얼굴로 간신히 속삭이듯 말했다. 그녀의 손가락은 자신도 모르게 방금까지 달콤한 입맞춤을 나눴던 입술에 놓여 있다.

"…때로는 운명에 감사할 때도 있군요."

이신이 슬픈 미소를 깨끗이 지우며 부드러운 미소를 지어 보였다. 장료도 미소로 화답한다.

"…소녀도 운명에 감사합니다."

"편히 들어… 가십시오. 전 이만."

이신은 미소 지었다. 나지막하고도 착잡한 미소였다. 들이치는 빗줄기는 점점 더 기세가 기승스러워져 방 안으로도 들이치고 있었다. 이신을 따라 방으로 발을 디딘 장료의 머리칼 끝과 소매 끝으로도 빗방울이 방울방울 맺혀 떨어지고 있었다.

"싫습니다만."

장료는 고집스레 답했다. 이미 그의 입술은 추위를 견디지 못해 보랏빛으로 질려 있었다. 그러나 이 불길하고도 아름다운 빛깔은 이 창백한 여인에게 더없이 어울렸다.

"소저."

이신은 피식 웃었다. 그는 미간을 가볍게 찌푸리며 고개를 저어 보였다.

"저도… 사내입니다."

"……."

"그렇듯 속살이 다 비춰 보이는 모습을 계속 보이시다가는……."

이신은 잠시 입을 다물었다가 내뱉듯이 말을 이었다.

"저에게 당신을 잃게 될지도 모릅니다. 그렇게나 소중히 지켜왔던 당신을 말입니다. 여 공이… 아마 많이 서운해할 것입니다."

"그럴 리가."

장료는 짤막하게 답했다.

"이 공은… 그럴 분이 아니잖아요."

"사내의 욕정이란 모르는 것입니다. 방금 방 안에서도 밖에서도 이미 소저를 희롱하지 않았습니까?"

"……."

방금 전의 그 달뜬 몇 번의 입맞춤이 떠올라 장료는 그만 얼굴을 붉혔다. 그녀는 입술을 깨문 채 고개를 돌렸다. 천천히 쥐었다 폈다 하는 동작만을 반복하고 있는 그녀의 길고 여윈 손이 그 복잡한 마음의 한 조각을 보여주고 있었다.

"…실망이에요."

장료는 미소 지었다. 얇고 가느다란 입술의 끝이 가볍게 위로 들려지자 믿어지지 않을 만큼 매끈하고 고혹적인 미소가 떠올랐다. 몸에서 방울방울 떨어지는 빗방울을 발로 지그시 디뎌 그녀는 마치 망령과 같은 가벼운 걸음으로 이신 앞으로 다가섰다.

"그게……."

장료는 천천히 눈을 감았다 떴다. 긴 속눈썹에 비가 방울져 눈물인 듯 이슬인 듯 맺힌다. 물기에 젖어 더욱 검게 빛나는 그 눈매는 피하지도 않은 채 한동안 가만히 이신을 바라보았다.

"희롱이었단 말이군요?"

"……."

이번에는 이신이 얼굴을 붉혔다. 아니라고, 그런 뜻은 아니라고 말하고 싶었지만 차마 입이 떨어지지 않았다. 고개를 주억거리는 그를 바라보며 장료는 싱긋 웃었다.

"첩 장료 문원……."

"……."

"계집의 몸으로 난세를 살며 여태껏 남에게 빚져 본 일은 없습니다. 갚아드리지요."

날아드는 새처럼 장료의 입술이 이신의 입술 위에 덮였다. 숨이 멎는다. 심장의 박동 소리가 잡히듯 귓전으로 가까이 다가왔다. 차가운 비에 젖은 입속, 그렇기에 더욱 따뜻한 온기. 가만히 닿아만 있던 입술이 소리없이 열렸다. 그리고 가볍게 이신의 입술을 핥아왔다.

“아아!”

저도 모르는 탄식이 벌어진 입술 사이로 새어 나왔다.

“……”

안 된다. 이신은 눈을 내리깔았다. 이 여자가 살아가는 이유를 빼앗은 것이 바로 나인 것을. 내가 무슨 자격으로 이 자리에 끼어들어 이 여자의 입술을 희롱하고 있단 말인가? 나는, 나는…….

하지만…….

“……”

이신의 팔이 장료의 가는 허리를 끌어안았다. 저도 모르게 입술에서 입술을 떼어 가볍게 들려진 턱 선에 입술을 대었다. 소리없이 미끄러지는 입술의 움직임에 장료의 여린 턱 선이 반응하듯 위로 쳐들려졌다. 그 순간 두드러지는 매끈한 목의 선에 숨이 막혀 버릴 것 같다. 상황을 정리할 새도 없이 이신의 달아오른 입술이 그 희고 가느다란 목덜미에 붉은 낙관을 찍는다.

“……”

장료의 가는 팔이 이신의 목을 휘감아 안았다. 비에 젖어 숨을 곳도 없는 그 뒷덜미를 쓰다듬어 등줄기에 이르러 그 손은 놓치지 않겠다는 듯 힘을 주어 그를 자신의 품에 가두어 안았다. 귓전을 때리는 빗소리와 누구의 것인지 모를 심장의 박동 소리, 두 사람의 숨소리가 점점 거칠어졌다. 잠시 떨어져 서로의 눈을 바라보던 두 사람은 다음 순간 누가 먼저랄 것도 없이 격하게 서로의 입술을 탐했다. 그 한 조각 온기가 미치도록 그리워서. 그리고 어느새 장료의 뺨 위로, 이신의 눈매 위로 쏟아지는 빗방울에 섞여 가느다란 눈물이 배어났다. 그리고 우습게도 그들은 모르리라 생각했다. 자신이 지금 울고 있다는 것을 입을 맞추고 있는 상대가 모르리라고. 두 사람 모두.

　옷이 하나씩 벗겨져 방 한쪽 구석으로 던져지는 소리. 아직 물기가 흥건히 남아 있는 그의 몸이 차가운 느낌 그대로 자신을 안아오는 느낌, 그리고 따스하고 축축한 입술. 몸이 뜨겁다. 그녀는 가슴이 떨려서 길게 숨을 내쉬었다. 그녀의 시선에 쏟아지는 빗줄기가 들어온다.
　"그래, 사랑은……."
　그녀는 가슴을 애무해 오는 그의 혀의 촉촉함을 느끼며 속삭이듯 중얼거렸다. 마지막 말을 그가 들었을까? 상관없다. 그녀는 눈을 감고 뜨거운 열락 속으로 빠져들었다.

일 년 후, 그리고 소패왕

한 여인이 나무에 기댄 채로 무언가를 지그시 응시하고 있다. 그녀의 눈이 향하는 방향에는 양손으로 대도(大刀)를 든 채 바위를 하염없이 노려보고 있는 키가 홀쩍하게 큰 젊은 사내가 서 있었다. 뚜렷한 이목구비와 생기 넘치는 눈을 가진 사내다. 마치 언제든지 찡그리고 웃을 준비가 되어 있는 듯.

그는 꽤나 준수한 외모였으나 나무에 기대어 있는 여인에 비해 손색이 있었다. 대지 위에 흩날리는 아름다운 흑발, 그늘 속에서도 하얗고 깨끗하게 빛나는 피부, 윤기가 흐르는 촉촉한 붉은 입술. 이 모든 것이 그녀를 지상에 강림한 천녀(天女)처럼 보이게 했다. 하지만 그녀의 표정은 사내의 그것과는 다르게 생기가 없었다. 그녀는 백치미(白痴美)가 느껴질 정도로 표정이 없었다. 그나마 우수에 찬 흑요석 같은 눈동자가 그녀에게 인간 같은 느낌을 부여할 뿐이었다.

"하늘을 벨 수 있는가."

여인에게 하는 질문인지 아니면 스스로 그저 중얼거리는 것인지 모를 말이 사내에게서 흘러나온다.

스르릉.

그와 함께 그가 도를 뽑아 들었다. 도신(刀身)이 햇빛을 받아 영롱한 빛을 발한다.

"하앗!"

기합성과 함께 그의 손에서 대도가 내려쳐진다.

콰아아앙!!

그리고 굉음이 사방에 울려 퍼진다.

"쳇! 이거이거, 너무 단단한 거 아니야?"

곧 이어 사내의 투덜거림이 들려온다. 거대한 바위는 한쪽 구석에 기다란 상처가 생겼을 뿐 다른 부분은 멀쩡했다. 이 정도만 해도 보통 사람으로는 어림도 없는 일일 터이지만 사내는 만족스럽지 못한 듯했다. 그가 여인을 돌아보며 싱글싱글 미소를 지었다.

"어때, 공근? 그대도 한번 해보는 것이."

주유 공근. 강동의 검후(劍后)라 불리는 여인. 양쪽 허리에 검을 한 자루씩 찬 그녀의 붉은 입술이 조그맣게 달싹거린다.

"힘 자랑 하는 것은 취미가 아닙니다만."

작은 목소리였지만 상쾌한 고음이다.

"허허, 사람 한번 딱딱하기는. 명령이라면 할 텐가?"

사내가 헛웃음을 터뜨리며 장난스럽게 그녀에게 말했다. 그의 오랜 친우이기도 한 붉은 경장을 입은 미녀는 그제야 천천히 바위를 향해 걸어온다.

“존명(尊命).”

“흐음.”

손책이 눈을 빛내며 바위 앞에 선 주유를 바라보았다. 그녀는 천천히 왼쪽 허리에 걸린 검을 꺼내 든다. 보통의 검과는 달리 직선이 아니라 우미(優美)한 곡선을 그리는 검이다. 그녀의 오른쪽 허리에 걸린 검은 모르는 사람이 없는 명검(名劍)이다. 그 옛날에 세상에 이름 높았던 오(吳)나라의 명장(明匠)인 간장(干將)이 만든 용천검(龍泉劍). 그야말로 전설 속의 명검이라 할 수 있다. 하지만 손책은 그녀가 뽑아 든 우미한 곡선을 그리는 평범한 철제 검이야말로 진정으로 무섭다는 것을 잘 알고 있었다. 그야말로 뽑히면 죽는다는 절명검(絶命劍)이었다.

“…….”

주유는 왼쪽 발을 한 걸음 뒤로 당겨 자세를 반쯤 낮추었다. 그리고 천천히 검을 옆으로 끌듯이 들어 올렸다. 낮은 호흡. 그와 함께 그녀의 가슴에서 눈으로 식별하기조차 힘든 흰 빛이 바위를 향해 날아가기 시작했다.

“호오!”

손책의 감탄성과 함께 휙 하는 바람 소리가 일어났다.

파직!

이상할 정도로 경미한 충돌음. 하지만 그녀의 검은 커다란 바위를 좌우로 관통하고 있었다.

콰르르릉!

뒤늦게야 지지할 기반을 잃은 바위의 윗면이 굉음을 내며 무너져 내렸다.

“너무하는 거 아닌가? 하하! 이럴 때는 일부러라도 실수를 해주는 거야."

손책이 즐거운 웃음을 터뜨린다. 과연 검의 천재다. 그 누구도 스물 네 살에 이런 경지에 오를 꿈조차 꾸지 못할 것이다.

"죄송합니다."

"……."

뭐, 너무 꽉 막힌 것이 문제긴 하지. 손책은 빙긋 웃고 만다.

"아니, 어떻든지 좋다고."

"……."

"내가 그대를 부른 것은 다름이 아니라……."

그가 정색을 하고 입을 열었다.

"서주 때문이야."

주유의 우수에 찬 눈이 조금 흔들린다. 서주. 역시 서주인가?

"서주를 치고자 하심입니까?"

손책이 천천히 고개를 끄덕인다. 중원(中原) 땅을 한시라도 빨리 밟고 싶은 것이 그의 심정이었다. 그리고 지금이 최적기라는 것이 그의 판단이기도 했다.

"차라리 서주보다는 형주가 낫겠지요."

주유의 아름다운 고음의 목소리가 손책의 귀에 들려온다.

"역시 이신 때문이지?"

불패(不敗)의 지휘관으로 이름 높은 조조의 세 번째 명검보다야 유표 쪽이 다루기 수월하다는 것은 삼척동자도 아는 사실이었다. 하지만 주유는 가만히 고개를 흔든다.

"별로. 계속된 전란으로 피폐해질 대로 피폐해진 서주보다야 전란의 영향을 거의 받지 않은 형주 쪽이 이득이겠지요."

"하지만 형주는 변방이야. 중원 땅을 단 한 조각도 얻지 못하고서야 어찌 제후라 칭하겠는가?"

"……."

그리 애간장이 타십니까? 원소, 조조 모두 중원을 통일하기까지에는 상당한 시간이 걸릴 것을. 지금은 그저 침착하게 기다릴 때지만…….

"주공은 아직 젊으십니다. 조조보다도 원소보다도."

"하하, 세상은 나온 순서대로 가는 것이 아닌 것을 어찌 모르는가?"

그 말이 묘하게 그녀의 가슴을 자극한다. 단 한 번의 잔병치레도 안할 만큼 타고난 건강을 소유한 손책이었다. 선주(先主)처럼 전쟁터에서 실수만 하지 않는다면 눈앞에서 사라질 일 따위는 아무것도 없음을 잘 아는데도 이 가슴의 두근거림은 무엇이란 말인가?

"그런 말씀은……?"

"뭐, 말이 그렇다는 거지 뭘, 그렇게 정색을 하나? 하하, 걱정하지 말게. 난 그대보다도 오래 살 거니까."

"……."

넘치는 혈기(血氣)가 좋을 때도 있겠지만 때로는 해악이 될 수도 있는 법. 주유는 그것이 내내 마음에 걸렸다.

"…후환(後患)은 제거하는 게 좋겠지요."

주공을 위해서라도. 주유의 눈썹이 가늘게 떨린다. 어쩌면 지나친 패도(覇道)의 길일지도 모른다. 전쟁. 전쟁. 전쟁. 지나치게 잦은 전쟁과 급속한 판도 확장으로 반(反)하는 세력이 다수 존재하는 이때에 또 전쟁이라……. 지금의 강동은 폭풍 속의 조각배와 다름 아니었다.

"그 말은?"

"조조의 세 번째 명검을 부러뜨려 보이겠습니다."

*   *   *

"무슨 생각을 그리하십니까?"

시원한 가을바람이 머리칼을 어지러이 흩날린다. 벌써 가을인가?

포옹.

이신은 푸른 호수에 돌을 던져 수면을 일그러뜨렸다.

"소저(小姐)와의 초야(初夜)를 생각하고 있었습니다."

그의 입가에 가느다란 미소가 그려진다. 이제는 남장을 하고 다니지 않아 확연히 여성스러운 티가 드러나는 장료가 그의 뒤에서 얼굴을 붉혔다. 그녀의 얼굴은 단장을 하지 않을 때와는 몰라보게 고와 있었다.

"상공(相公), 이제는 부인이라 부르시기로 하지 않았나요?"

"아, 그랬었지요."

만인의 축복 속에서 혼례식을 올린 지가 벌써 반 년이 넘었다. 서로를 위로해 주기 위해 맺은 혼약이 이제는 서로 얼굴을 보지 않으면 살아가기 힘들 정도로 정(情)이란 게 싹트고 말았다는 것을 그들은 잘 알고 있었다. 당신을 부인이라고 부를 자격이 없다고 습관처럼 되뇌이던 이신을 설득한 게 사흘 정도 되었을 것이다. 하지만 그는 아직도 소저라는 말로 그녀를 불렀다.

"후후, 그래요. 부인, 무슨 일입니까?"

이신의 입에서 처음으로 부인이라는 말이 떨어지자 장료의 얼굴에 밝은 미소가 떠오른다.

"별로 좋은 소식은 아닙니다. 강동의 분위기가 심상치 않습니다."

"소패왕(小霸王) 말이군요."

이신의 현재 직함은 좌장군(左將軍) 묘후(妙侯) 서주목(徐州牧)이었다. 하지만 다른 주의 목이 주에 속한 군(郡)의 태수들을 관리하고 중앙의 간섭을 받는 명목상의 직함인 데 비해 그는 좀 특별했다. 조조는 그에게 서주를 맡긴 후 일체 신경을 쓰지 않았다. 즉 조조는 약속을 지킨 것이었다. 말 그대로 이신에게 서주를 안겨준 것이다. 그리고 서주목에 오른 후 정확히 일 년 만에 이런 골치를 또 썩게 된 것이다.

"골치 아프다니까요, 서주는. 하루도 조용할 날이 없으니."

이신이 쓸쓸한 미소를 짓고는 말을 이었다.

"아무래도 승상은 이 이신을 소패왕을 억누르는 묘수(妙手)로 생각한 것 같은데, 그래, 이번에는 어떻게 해볼까?"

"……."

그가 바위에 앉은 채 턱을 괴고 골똘히 생각에 잠긴다. 장료는 그 옆에 서서 생각에 잠긴 이신을 가만히 바라보았다. 그야말로 최악의 상황이 아닐 수 없었다. 계속되는 전란으로 서주의 인구는 줄 대로 준 상태. 게다가 원소와의 대치 상황으로 허도에서의 원군도 기대할 수 없었다. 그리고 상대는 그 강동의 호랑이 손책.

"과연… 좋군요."

이신이 그녀를 응시하며 미소를 짓는다.

"무슨 소리죠, 상공?"

"이런 시기 적절한 때에 움직이려 하다니 역시 손책이란 걸까? 아니면 주유의 생각일까?"

"……."

"그러면 이쪽도 허명뿐은 아니라는 것을 보여줄 수밖에요."

허명이라니요? 만약 당신이 서주목이 아니었다면 이미 서주는 전쟁터가 됐을 터. 장료는 천천히 그를 껴안았다. 가끔 놀라곤 한다, 자신이 이렇게나 용감했나 하고. 사내를 이쪽에서 먼저 껴안을 정도로. 이신의 부드러운 손길이 그녀의 등을 따스하게 쓰다듬는다. 처음의 만남에서와 같이.

"손책에게 작은 선물을 해주는 것도 좋겠군요."

"예?"

"아마 중원(中原) 땅을 밟아보는 게 그이의 소원이었던가?"

확실히 양주(揚州:강소성, 안휘성, 절강성)는 변방. 중원과는 그 개발 수준이 비할 바가 아니었다. 하지만…….

"무슨 소리예요?"

"서주를 바치고 평안을 얻는다."

이신이 그녀의 귀에 대고 작게 속삭인다. 하지만 그 말이 불러온 파장은 결코 작지 않았다. 장료가 화들짝 놀라 그를 쳐다본다. 그의 아름다운 눈은 웃음기를 가득 담고 있었다.

"지금 첩(妾)을 희롱하시는 거예요?"

"아닙니다. 제가 어찌 부인을 희롱하겠습니까? 진짜로 줘버릴 참입니다. 서주를 말이죠."

"상공, 설마 손책에게……?"

"그럴 리가."

이신이 고개를 좌우로 흔든다.

"제사상에 바치는 작은 조의(弔意)일 뿐입니다."

"지금… 무슨 말씀을 하십니까?"

머리 속이 덜그럭거리는 느낌이다. 무언가 잘못 들은 것이 아닐까?

"얻는 것도 없이 서주를 비워줄 수는 없는 노릇이지요."

"…그런데 왜 상공께서?"

장료는 눈을 들어 이신을 본다. 그의 뒤로 태양이 떠오르며 불그레하게 물들어 있다. 그는 그 붉은빛 속에 서 있다.

"손책이 어느 정도의 남자인지 보고 싶거든요. 제 눈으로 직접. 그리고 주유도."

미주랑(美周郞)이 아닌 강동제일의 미녀인 주유라……. 이신은 작게 웃었다.

"상공은 한 주의 동량(棟樑)이십니다. 세상에 이런 법이 어디 있습니까? 당신께서 직접 사신(使臣)으로 가시겠다니요?"

"이건 중요한 일입니다. 제가 직접 가지 않으면 의미가 없어요. 믿음을 주지 못하면 모든 게 헛일입니다."

"하지만……."

이신이 한 손을 들어 그녀의 입술을 살며시 막아갔다.

"걱정 마세요, 부인."

그의 얼굴은 부드럽고도 환한 빛을 띠고 있다. 그렇게 말하고 그는 멍한 표정을 짓고 있는 장료 쪽을 한번 보더니 강동으로 향했다. 언제나처럼 검 두 자루를 몸에 지닌 채로.

"…믿겠어요, 상공."

장료는 멀어져 가는 그의 뒷모습이 완전히 사라질 때까지 그렇게 그 자리에 계속 서 있었다.

*　　　*　　　*

오랜만에 손가(孫家)에 귀한 손님이 들었다. 자연 손가의 안주인은 분주해지기 시작했다. 그리고 곧 능숙한 솜씨로 상 하나를 차려낸다.

"여전히 고우십니다, 영부인(令夫人:제후의 아내)."

천상의 선녀와 같은 자태로 다과상을 올리는 대교(大喬)를 보고 주유가 입을 열었다.

"과찬이십니다. 주랑(周娘:아가씨)이야말로 갈수록 더 고와지시는 것 같습니다."

대교가 흰 이를 드러내 보이며 싱긋 웃는다. 언제나와 같이 깨끗한 백의를 차려입은 그녀의 모습은 따뜻한 봄날 만개한 흰 목련 꽃같이 아름다웠다. 그녀를 보고만 있어도 기분이 절로 싱그러워질 정도로.

"암, 공근이 몇 배는 더 아름다워."

손책이 장난스러운 미소를 지어 보이며 입을 연다. 하지만 반쯤은 진심이었다. 같은 강동삼미(江東三美)라 불린다지만 손책의 눈에는 기이하게도 아내인 대교보다도 주유가 더욱 아름다워 보였다. 전장에 핀 핏빛 꽃. 피를 잔뜩 머금은 것처럼 화려하고 강렬한 붉은 적의를 입은 그녀의 자태는 가히 강동의 명물이었다. 적의에 드리워진 흑단 같은 검은 머리칼이 때마침 바람에 흐트러진다.

"그럼 담소들 나누세요. 첩은 이만 물러가겠습니다."

대교가 물러나자 한동안 적막이 감돈다. 주유의 시선은 뜰에 심어진 나무들에 고정되어 있다. 어지러이 떨어진 노랗고 붉은 낙엽들이 만발하다. 손책의 시선이 저도 모르게 주유를 따라간다. 이 친구, 이렇다니까. 먼저 입을 여는 법이 없어.

"단풍이 꽤나 곱지?"

주유의 눈이 손책에게로 돌아간다. 언제나처럼 우수에 찬 눈. 가끔 그녀의 눈을 들여다볼 때면 등을 두드려 위로하고 싶은 생각이 든다. 그럴 때면 그녀가 어떤 여자인지 누구보다 잘 알고 있는 손책은 쓴웃음이 지어진다. 위로 따위는 필요없겠지. 나의 사랑도 거부한 여자니까.

"예."

짤막한 대답. 손자병법, 육도삼략, 검술에는 따를 자 없이 능통하면서 왜 이리 감정을 표현하는 데는 미숙할까? 손책은 이 얼음장 같은 친우의 웃음을 한 번이라도 보는 것이 소원이었다.

"공근, 가끔은 웃음도 짓지 그래?"

"……."

"그대가 뭐라고 불리는지 혹시 알아? 피도 눈물도 없는 여자라고들 그러더군."

"신(臣)은 웃으면서 사람을 죽이는 취미는 없습니다만."

"…그렇게 대답할 줄 알았지."

손책의 목소리가 낮게 가라앉는다. 그래, 그게 그대의 방식이었지.

"서주 건 말인데……."

손책이 차를 단숨에 들이키며 본론으로 들어갔다.

"그대도 알다시피 내부 사정이 그리 좋지 않아. 유표와 월족 말이지. 그럭저럭 일만 정도로 맞출 수 있을 것 같긴 한데… 역시 조금 무리일까?"

"……."

상대가 상대이니. 손책이 미간을 조금 찌푸린다.

"상관없습니다만……."

주유가 잠시 눈을 감고 하얗게 빛나는 손가락으로 손목을 쓰다듬으며 대답했다.

"자신만만하군."

"……."

그리 보이십니까? 주유는 눈을 감은 채 고개를 돌렸다. 스스로도 어떤 눈을 하고 있을지 두려워서 그의 앞에서 눈을 뜰 수가 없다. 눈물이 나오려고 한다. 하필 이때, 오늘 같은 때 발작이라니.

"공근, 왜 그러나?"

주유의 얼굴에 식은땀이 흐른다. 손책은 몹시 놀란 눈이었다.

"……."

머리의 모든 핏줄이 뒤틀리는 것 같다. 어느새 그녀의 얼굴은 온통 땀투성이다. 평상시에도 가끔 발작이 있긴 했지만 이번에는 참기 힘들 정도로 아파왔다. 신음 소리를 내지 않으려고 주유는 이를 악물었다. 그녀의 손은 자신도 모르게 덜덜 떨리고 있었다.

"왜 그래, 공근?"

손책이 다급하게 그녀의 손을 잡고 소리쳤다. 아차. 갑작스럽게 손목을 잡힌 주유는 저도 모르게 반사적으로 그와 시선을 마주치고 말았다.

"공근?"

손책은 그만 멈칫하고 만다. 그를 바라보는 그녀의 지쳐 보이는 눈에 눈물이 그득하고 숨이라도 차는지 적의(赤衣) 아래 가녀린 어깨가 크게 들썩거린다.

"백부……."

너무나 잘 아는 사람. 너무 잘 알아서 아무리 오랜만에 만나도 서로에게 궁금한 것이 하나도 없는 그런 사람. 하지만 그를 상공이라 부르며 안기고 싶다. 그의 넓은 가슴에 안겨서 마음껏 흐느끼고 싶다. 나는 그를 사랑하는걸. 하지만, 하지만 이따위 몸이 됐는걸.

"나, 잘했지? 당신의 청혼을 거절한 것… 말이야……."

눈물과 함께 처연한 웃음을 지으며 주유는 도망치듯 자리를 떠났다.

그리고 그것이 손책이 본 그녀의 첫 웃음이었다.

고개를 들어 밖을 바라본다. 언제나와 같은 광경. 지루할 정도로 느리게 움직이는 세상, 그리고 사람들. 하지만 지금은 그 느린 흐름에 호흡을 맞추기도 힘들다. 얼굴이 축축하다. 나, 언제부터 울고 있었던 것일까?

"……."

조르르.

술을 따르는 손이 떨린다. 취기가 올라오는 것 같다. 애초에 술 따위 못하는 계집이니 당연한 것일까? 머리가 어지럽다.

"소저 혼자서 술을 하기엔 적적하지 않소?"

얼굴이 매끄름하고 반반한 사내다. 그는 입가에 익숙한 미소를 머금고 있다. 이토록 아름다운 계집이라니. 오늘은 꽤나 수확이 있는걸.

"꺼져."

순간 사내는 귀를 의심했다. 지금 말, 이 계집에게서 나온 것이 맞나? 그는 객잔을 둘러보았지만 마땅히 입을 열 만한 사람은 보이지 않았다. 설마…….

"소저, 뭐라고 했소?"

"꺼지라고 했어."

쾅!!

사내는 순식간에 험악해진 얼굴로 탁자를 내려쳤다. 멍청한 년 같으니! 뭐 이런 년이 다 있어?

"이년이! 입이 왜 이리 거칠어!"

"……."

그때 사내는 보았어야 했다. 그녀의 드러난 흰 목에 푸른 핏줄이 발딱이는 것을.

쨍그랑.

여인의 여리게 보이는 손가락이 술잔을 지그시 눌러 깨뜨렸다. 그녀의 얼굴이 서서히 들린다. 눈물이 그득한 눈이다.

"한 대 때려. 초면에 내가 그대에게 무례하게 군 값이다."

"뭐?"

"그 대신 그대도 나에게 무례하게 군 것에 대해 책임을 져야겠지."

"허……."

뭐 이런 황당한 계집이 다 있지? 사내의 입에서 헛웃음이 터져 나온다. 하지만 곧 사내의 손은 그녀의 뺨을 향한다.

짜악!!

요란한 소리와 함께 그녀의 입술이 터져 피가 흘러나온다. 사내의 손은 거기서 멈추지 않고 또 한 번 반대편 뺨을 향한다. 이 기분 나쁜 년. 한 대로는 직성이 안 풀린다.

타악.

하지만 그 손은 어이없게도 그녀의 손에 잡히고 말았다.

"어어?"

"한 대까지다."

그녀가 나지막하게 중얼거리며 그의 손을 잡은 채로 몸을 일으켰다.

그리고는 황당하다는 표정의 사내를 향해 왼손을 휘둘렀다. 그 손에는 검이 들려 있었다.

좌악!!

피보라가 순식간에 여인을 적신다. 목을 잃은 시체는 바닥으로 서서히 무너진다. 숨 막힐 듯한 정적.

"으아아악!!"

어느 정도 시간이 흐르고서야 상황을 파악한 객잔의 손님들은 자지러지는 비명을 지르며 자리를 벗어난다. 단 한 사람을 제외하고.

"술과 눈물은 검을 상하게 하지."

무심하고 차가운 눈을 가진 흑의를 입은 깡마른 사내다. 그의 왼팔 소매는 텅 비어 있었다.

"…그럴 수준은 지났어."

주유의 목소리가 날카롭다. 사내의 입가에 짧은 웃음이 스친다.

"미안하지만 이쪽도 심검(心劍)을 쓰거든."

"아, 그래. 멋지군."

주유가 떨리는 손으로 검을 검집에 집어넣는다. 여지없이 취해 버렸군.

"이쪽도 무례를 범해볼까?"

"……."

사내의 손이 천천히 검집을 잡아간다.

"미안하지만 사양하겠어."

"왜지?"

"…지금 기분으로는 당신도 죽이고 말 것 같거든."

"후후."

사내가 냉소를 터뜨린다. 고아한 달빛과 적막한 어둠 같은 분위기가 웃음에서 풍겨 나온다.

"왜 그리 다들 건방지지? 좌수(左手)의 맹덕도 그렇고 우수(右手)의 공근도 그렇고."

"……."

"아, 그래. 조조가 내 왼팔을 앗아갔으니 당신은 내 오른팔을 앗아갈 생각인가?"

"…잘못 찾아왔군. 난 조조만큼 강하지 않아."

주유는 비틀거리는 걸음으로 사내를 스쳐 지나간다. 사내의 시선이 옆 볼을 훑는 것이 똑똑히 느껴진다.

탁.

그의 하나 남은 오른손이 주유의 어깨를 잡았다.

"뭐지?"

"미안하지만 이대로 보낼 수는 없어."

"무슨 용건이지?"

사내가 그녀의 흐트러진 머리와 피로가 짙게 스민 얼굴을 보며 입을 열었다.

"이대로 보내면 당신의 검… 영원히 녹슬 것 같거든."

바람이 분다. 머리칼이 부드럽게 흩날린다. 주유는 손으로 흐트러진 머리칼을 정돈했다. 그녀의 손에는 붉은 피가 묻어 있다.

"명자가 뭐지?"

주유가 스쳐 지나가는 투로 묻는다. 그녀의 오른손은 검집에 닿아 있다.

"량, 제갈량이다."

제갈량이 감은 눈을 가만히 뜬다. 그의 눈은 낮게 가라앉아 있다.

"제갈량……."

주유는 고개를 끄덕였다. 북쪽 하늘에서 검은 구름이 몰려든다. 마치 죽음의 연기가 감도는 것같이.

"……."

"……."

그들은 말없이 서로를 노려보았다. 울긋불긋하게 물든 나뭇잎이 바람에 이리저리 흔들린다. 사방팔방으로 너울거리며 곤충이 날개를 비벼대는 것처럼 사사사삭 소리를 낸다. 주유는 검집을 비스듬히 눕힌 채로 꼼짝도 않고 숨까지 멈추며 제갈량을 향해 온 정신을 집중했다. 눈이 향하는 곳은 그의 오른쪽 손.

"후……."

제갈량이 나지막한 한숨을 쉬며 검집을 잡아가던 오른손을 풀어버렸다. 그의 시선은 강을 향해 있다. 강풍의 영향으로 세차고 절박하게 흐르는 강동의 강물에. 정말 거친 바람이다.

"……."

주유는 참던 숨을 몰아쉬며 뾰족한 혀끝으로 붉은 입술을 핥았다. 목이 탄다.

"그 몸으로 괜찮겠나?"

제갈량이 한숨을 쉬듯이 입을 열었다.

"싸움을 건 것은 그쪽이 아니었나?"

주유는 제갈량의 옆모습을 똑바로 바라보았다. 핏기 없는 피부에 이리저리 드리워진 검은 머리칼, 그리고 흑의. 그의 눈은 빛을 내지 않는 눈이다. 낮게 가라앉은 죽음의 색깔이다. 아니, 그는 온몸 전체에서 죽음의 향기를 짙게 풍긴다.

"과연… 그렇군."

제갈량이 작게 고개를 끄덕인다. 흰색, 붉은색, 황색, 보라색. 들판에 흔하게 피어 있는 꽃잎들이 바람을 따라 허공으로 솟아올랐다. 그는 눈을 감고 바람의 향취를 마시듯이 숨을 깊게 들이마셨다.

"바람이 시원하군. 격렬하기도 하고 말이지."

바람에서 강의 냄새가 은은하게 풍겨온다. 때마침 첨탑에서 거칠게 종이 울린다. 주유의 머리 속도 따라서 흔들린다.

"바람의 느낌?"

"아아, 느껴져. 손으로, 귀로, 입으로."

"……."

제갈량은 떨리는 손으로 손바닥을 눈앞에서 폈다. 바람에서 피 냄새가 나. 왜지? 아니, 피 냄새가 아닌가? 뭐지?

"무슨 바람이지?"

제갈량의 손에 힘이 들어간다. 그는 경련이 일어나는 손으로 무겁게 자신의 왼쪽 가슴을 매만졌다. 몸을 움직이지도 않았는데 발작이 일어나다니… 대체 왜?

"동남풍(東南風)."

주유가 아주 이상하다는 얼굴로 제갈량을 바라보았다. 의아한 눈으로 서 있는 주유의 뒤로 희고 붉은 꽃잎들이 바람에 날리고 있다. 그리고 그 바람은 확실히 동남풍이었다.

"동남풍인가……?"

등줄기가 스멀거린다. 제갈량은 가만히 숨을 모았다. 아주 천천히,

아주 부드럽게. 그는 손가락을 입술에 가져다 댔다. 깜짝 놀라도록 부드럽고 매끄러운 손의 감촉, 그리고 막막한 어둠을 뚫고 느껴지던 무거운 죽음의 기운, 그리고 피 냄새.

"…환상이군."

"뭐?"

제갈량의 입술에 닿아 있던 손이 순식간에 왼쪽 허리를 향해 간다. 그리고 찰나의 발검(拔劍).

푸욱!

"……."

주유는 놀란 눈으로 선홍의 선혈이 흐르는 제갈량의 왼쪽 허벅지를 바라보았다. 스스로 다리를……. 붉은 안개가 그의 다리에서 뿜어져 나온다.

"아무리 강한 상대라도……."

"……."

그의 목소리가 그 어느 때보다 단단하게 느껴진다.

"이길 수 있다고 생각했어."

그가 심연 속에 타오르는 눈으로 핏방울이 맺혀 있는 투박한 그의 애검(愛劍)을 바라보았다. 주유의 눈이 작게 동요한다. 살아나고 있다. 핏기 없는 피부도, 검은 머리카락도, 그리고 죽어 있던 그의 비어 있는 왼손의 소매마저도 서서히 살아나고 있다. 죽음의 색깔이 천천히 걷히며 생경한 생명의 기운이 약동한다.

"결과는 이거다."

제갈량이 턱으로 빈 소매를 가리켰다.

"조조……."

주유가 신음을 흘리듯 말한다. 이 정도의 남자의 한 팔을 앗아간단 말인가? 당신은…….

"그는 분명히 나의 검을 깨뜨렸다. 하지만 긍지까지는 죽이지 못했다. 그리고……."

"……."

"이것이 나의 긍지다, 주유."

제갈량이 뼛속까지 시릴 정도의 냉소를 지으며 왼쪽 허벅지의 상처를 움켜잡았다. 핏물이 꿈틀대듯 튀어 오른다.

"…미안하지만 술은 다 깼어."

주유의 오른손이 순식간에 검집에 닿는가 싶더니 우미(優美)한 곡선을 그리는 검을 뽑아 자신의 왼쪽 허벅지에 찔러 넣는다. 주유의 다리에서도 피보라가 피어오른다.

"이제 공평한가? 시작하지."

주유의 입가에 알아보기 힘들 만큼 희미한 미소가 지어진다. 제갈량은 물론 몰랐다. 그것이 그녀의 두 번째 웃음이란 것을.

세찬 바람이 주유의 머리칼을 다시금 흩날림과 동시에 제갈량의 검이 날아들었다.

쉬익!

주유의 몸이 옆으로 원을 그리자 제갈량의 검격은 들판의 허공을 가르고 지나간다.

키잉!

주유의 왼손이 먼저 발검한다. 오의 간장이 만든 전설의 용천검(龍泉劍). 용의 이빨과도 같이 곧게 뻗은 눈부시게 새하얀 검신이 빛을 발한다.

휙!

작은 바람 소리를 내며 용천검이 위로 솟아오른다. 제갈량보다 머리 하나는 작은 주유였기에 목을 향한 그녀의 공격은 자연히 위를 향할 수밖에 없었다. 제갈량의 고개가 뒤로 젖혀진다. 한 치의 간격을 두고 공기를 가르는 용천검. 주유가 한 발을 내딛는다. 그리고 이번에는 왼 쪽 허리의 우미한 곡선을 그리는 검이 허공에 선연한 궤적을 그린다.

쉬이익!

아까와는 비교가 안 될 정도의 속도로 날아드는 검. 제갈량의 오른 손이 움직인다.

까앙!

맹렬한 쇳소리가 울려 퍼지고 서로 비틀거리며 한 발자국씩 물러난 다.

"과연… 쌍검술(雙劍術)인가?"

제갈량이 차가운 눈으로 주유를 훑는다. 과연 몸집에 차이가 있어서 인지 조조만큼 위력있는 검세(劍勢)는 아니다. 하지만 분명 조조와 이 름을 나란히 하는 무언가가 있을 것이다.

"대단한 명검이군."

주유가 제갈량의 묵검(墨劍)을 바라보며 입을 열었다. 겉으로는 나 뭇잎 한 장도 제대로 못 벨 정도로 투박하게 보이지만 은은하게 서늘 한 날이 서 있다.

"그럭저럭 쓸 만하지."

흑일유상류(黑日柔想流) 비전의 검. 결코 그 제련 정도가 의천(依天) 과 용천에 떨어지지 않았다. 만약 그가 들고 있는 검이 평범한 철제 검이었다면 이미 일 년 전에 조조에게 목숨을 잃었을 것이다.

"……."

제갈량의 시선이 주유의 오른손에 들린 검을 응시한다. 우미(優美)한 곡선을 그리는 검. 우수(右手)의 공근이라고 불릴 정도니 분명 저 검이 지금까지 그녀의 적을 쓰러뜨려 온 마수(魔手)일 것이다. 그리고 그것을 알아보려면 부딪치는 수뿐.

"후우~"

제갈량이 호흡을 가다듬으며 검을 몸쪽으로 끌어당겼다. 곧 그의 눈에서 숨 막힐 듯한 살의(殺意)가 피어오른다. 하후돈마저 놀라게 했던 그 폭발적인 기세(氣勢).

쐐액!

제갈량의 검이 맹렬한 바람을 일으키며 주유에게 날아든다.

"…대단한 기세."

주유도 지지 않고 왼손의 검으로 맞대응한다.

카앙!!

주유의 아미가 조금 찌푸려진다. 손이 저려올 정도의 위력. 거기서 멈추지 않고 또 한 번 질풍 같은 검격이 주유의 가슴을 향한다.

키잉!!

파공음이 울려 퍼짐과 동시에 주유의 몸이 조금 비틀거린다. 역시 왼쪽 다리가……. 주유는 피가 뿜어져 나오는 왼쪽 허벅지를 힐끔 바라보며 입술을 깨물었다. 어차피 저쪽도 같은 상황이 아닌가?

"속참(速斬)."

제갈량의 흑의가 바람에 펄럭거린다. 곧 이어 그의 손에서 섬광(閃光)과도 같은 참격이 펼쳐졌다.

"……."

주유는 놀란 눈을 치켜떴다. 몸놀림도, 검속도, 기술도 모든 게 심상치가 않다. 이 정도의 실력자가 왜 이름이 알려지지 않은 거지?

치익.

제갈량의 검이 주유의 어깨를 스친다. 서늘한 바람이 그녀의 등골을 얼어붙게 한다. 과연…….

"…이쪽도 목숨을 걸어야 한다는 말이군."

"……."

술기운 탓일까? 그녀의 입에 희미한 쓴웃음이 지어진다. 그녀를 아는 사람들로서는 정말로 놀랄 만한 일이 아닐 수 없을 정도로 파격적인 감정 표현이었다.

"섬비오(閃飛鳥)."

허공을 나는 까마귀를 베어 떨어뜨린다, 그녀가 쓴웃음을 지은 이유였다. 정말 기막힐 정도로 저 사내에게는 최악의 상극인 이름이 아닌가? 그녀의 오른손에 들린 검이 제갈량의 가슴을 찔러간다.

드디어 움직였군. 제갈량은 눈을 가늘게 뜨고 주유의 검을 노려보았다. 처음의 우수검격(右手劍擊)과는 달리 질풍처럼 빠른 공격은 아니다. 무슨 속셈이지?

"윽!"

제갈량이 돌연 신음을 흘린다. 가슴을 찔러오던 주유의 검이 갑자기 그의 얼굴을 향해 튀어 오른 것이다. 조조의 바람을 베는 검 이후에 처음 느껴보는 또 다른 신기(神技). 간발의 차이로 주유의 검이 그의 앞머리를 스치고 지나간다.

"언제까지 피할 수 있을까?"

주유의 검이 이번에는 제갈량의 옆구리를 베어간다. 제갈량이 황급히 검으로 막아갔지만 곧 그의 손이 무색해진다. 그녀의 검이 또 한 번 갑자기 그의 어깨를 향해 튀어 올랐기 때문이다.

촤악!

처음으로 베였다. 하지만 제갈량은 냉소를 지었다. 제멋대로 춤을 추는 검이라……. 참 세상은 넓지 않은가?

"후후, 어디 한 번 맘대로 까마귀를 베어봐."

*　　　*　　　*

피에 전 까마귀. 영락없이 그렇게 보였다, 그때의 제갈량은. 그 검고 긴 머리는 원래 붉은색이라는 착각까지 들 정도로 선혈이 낭자했고 그의 왼팔이 있어야 할 곳은 텅 비어 있었다.

아!

그때 자신의 신음에는 기쁨의 감정이 묻어 있었을까, 아니면 평생의 호적수로 생각했던 남자가 검객으로서의 생명을 잃었다는 것에 대한 안타까움이었을까?

조조의 검… 아름답지는 않더군, 사원.

잔뜩 피로에 지친 얼굴로 제갈량은 이해 못할 말을 남기고 조용히 돌아섰다.

"빌어먹을."

방통은 핏줄이 비춰 보일 것 같은 흰 손에 힘을 꽉 주었다. 그때 왜 자신이 제갈량의 심정을 짐작하지 못했을까? 목숨을 끊을 절호의 기회

였을 텐데. 왼팔을 잃은 제갈량은 자신의 생각과는 달리 검객의 생명
이 끝나기는커녕 더 강해지고 말았다. 불타는 거겠지. 조조라는 생의
목표가 생겼으니.

조르르.

술잔을 채워가는 그의 손이 작게 떨린다. 방통은 눈을 감고 술잔에
든 술을 천천히 그의 앞에 있는 초라한 묘소에 뿌렸다.

까악! 깍!

귓속으로 까마귀의 울음소리가 들려온다.

"선생님, 선생님 제자가 이 사원을 애먹이는군요."

방통이 흥분으로 인해 붉게 상기된 얼굴로 중얼거렸다. 그의 입가에
가느다란 미소가 지어진다. 여인을 단번에 불타게 할 만큼 매혹적인
미소였지만 불행히도 이곳에는 까마귀밖에 없었다.

"후후……."

재수없는 까마귀. 까만 털에 호기심 어린 맑은 눈을 빛내는 까마귀
를 보며 방통은 그만 웃음을 흘리고 말았다. 어쩌면 자신이 더 까마귀
같지 않은가? 이 나이 먹도록 모시는 주공도 없이 이리저리 떠도는 신
세니.

"…이번에도 공명이 살아 돌아온다면 그를 제 주공으로 모시도록
하죠."

방통이 가슴을 쥔다. 심장이 두근두근 뛰는 감각이 느껴진다. 과연
그랬었나? 아니…….

"……."

그를 떠올릴 때마다 몸에 소름이 돋는 것이 두려움 때문이라고 생각
했다. 예측할 수 없는 어둠을 지닌 남자, 아무런 감정이 깃들지 않은

눈으로 노인과 여자를 베어버릴 수 있는 남자, 그리고 단신으로 조조의 숨통을 끊으러 갔던 남자.

"…질식해 버렸군, 와룡(臥龍) 공명."

방통은 차가운 땅바닥에 무릎을 꿇었다. 그렇게 두려워했던 이름일까, 자신의 입에서 흘러나오는 말이?

"빨리 승천(昇天)하지 않으면… 물속에서 죽는다."

자네와 나 둘 다 말이지. 그의 어깨가 조금 들썩인다.

깍! 까악!

그 주위를 까마귀들이 울부짖으며 어지럽게 날아 돈다.

*　　　*　　　*

"뭐라고 했지?"

제갈량이 예의 무심한 눈으로 방통을 바라보며 입을 열었다.

"내기는 이제 질렸냐고 했어."

방통이 한 손으로 머리를 쓸어 올리면서 웃었다. 비단 신산귀모(神算鬼謀)를 들먹일 필요도 없이 요새 제갈량의 검기(劍氣)가 확연히 달라졌다는 것을 느낄 수 있다. 그렇다면 이제 슬슬 손을 써도 된다는 뜻일 터. 그는 얼마 전부터 생각해 놓은 계획을 조용히 마음속으로 정리하기 시작했다.

"확실히 당신의 내기… 재밌기는 하지."

제갈량이 빈 소매만 남은 왼팔에 슬쩍 시선을 스쳤다.

"아아, 이번 내기도 자네를 실망시키지는 않을 거야."

제갈량이 작게 고개를 끄덕였다. 어디 한 번 말해 보라는 뜻이었다.

"강동제일미녀의 마음을 얻는 것."

"그게 누구지?"

"우수(右手)의 주유 공근."

방통은 눈을 빛내며 제갈량을 응시했다. 그가 차갑게 말했다.

"계집 놀음은 관심없어."

"천만에."

방통이 기묘한 미소를 지으며 말을 이었다.

"한낱 계집의 마음도 얻지 못하고서야 어찌… 조공을 이길 수 있을까?"

"……."

제갈량의 눈썹이 조금 꿈틀거렸다. 조조, 조조라…….

"조건은?"

결국 그는 그렇게 말하고야 말았다.

묘한 부조화. 제갈량은 쇠가 타는 냄새가 날 정도로 열이 나는 검을 허리 오른쪽으로 비껴 내린 자세로 주유를 노려보았다. 왼손은 수(守), 오른손은 공(攻). 이상하다 싶을 정도로 그녀의 쌍검술은 손마다 따로 놀고 있었다. 공과 수가 하나가 되는 신검합일(身劍合一)의 경지에 오른 검객이라고는 보기 힘들 정도의 행동. 함정일까, 아니면……?

"……."

쉬익.

주유의 검이 또 한 번 그를 향해 다가왔다. 마치 흐르는 물처럼 부드럽고 자연스런 움직임. 그녀의 검은 어느새 제갈량의 목을 향하고 있다. 섬비오(閃飛鳥)인가? 제갈량은 눈을 가늘게 뜨고 날아오는 그녀의 검격을 응시했다. 여기서… 튀어 오른다. 제갈량은 뒤로 한 걸음 물러서며 검을 움켜쥐었다. 간발의 차로 피한 다음 곧바로 손목을 벤다. 하지만 그의 생각은 유리처럼 깨져 버렸다.

"뭐……?"

쐐액!

주유의 검은 그의 예상과는 달리 머리를 향해 튀어 오르지 않았다. 그녀의 검은 매혹적인 곡선을 그리며 그의 오른쪽 허리를 향해 선회(旋回)했다.

푸슉.

검은 옷자락이 찢어지며 피가 튄다. 제갈량은 인상을 찌푸리며 미끄러지듯이 뒤로 물러섰다.

"……."

그의 눈이 냉정한 살의를 풍긴다. 애초에 검이란 것은 철로 된 날카로운 막대기에 불과한 것. 찌르기도 베기도 직선의 움직임에 지나지 않는다. 그런데 저 여자의 검은 생명이라도 있는 것처럼 가슴에서 머리로, 목에서 허리로 춤을 췄다. 그야말로 신기(神技)라는 말에 손색이 없는 기술.

"사각(死角)이 없는 검이라……."

그런 말도 안 되는 공격을 이쪽에서 막기란 거의 불가능하다. 그렇다면…….

"당신의 검이 깨질 때까지 두드려 주지."

"할 수 있으면… 해봐."

주유가 차갑게 내뱉은 말이 채 끝나기도 전에 제갈량의 몸이 움직였다.

“아……!”

빠르다. 주유는 놀란 눈으로 황급히 왼손의 용천검(龍泉劍)을 들어 올렸다.

쩡!!

폭풍 속의 뇌우(雷雨)같이 날카로운 검격이다. 요란한 충돌음과 함께 붉은 불꽃이 튄다. 주유는 찌릿찌릿하는 왼손의 감각을 느끼며 한 걸음 뒤로 물러섰다. 놀랄 만큼 빠르다. 이렇게나 빠르다니……. 지금까지 그녀가 겪어왔던 그 어떤 일류검객(一流劍客)도 눈 아래로 둘 만큼 섬전(閃電) 같은 움직임이다.

“…….”

제갈량은 호흡을 멈췄다. 몸속에서 가쁜 숨이 열이 되어 끓어오른다. 이까짓 것. 입술을 꼭 깨물은 그의 신형(身形)은 어느새 주유의 왼쪽으로 돌아가 있다. 그리고 내려쳐지는 검은 빛.

카앙!!

귀청을 찢을 정도의 작열음이 울려 퍼짐과 동시에 주유의 몸이 조금 비틀거린다. 하지만 그것도 잠시, 그녀는 재빨리 자세를 잡고 제갈량의 다음 공격을 받아낸다.

챙! 쩌엉!

계속되는 제갈량의 폭풍우 같은 공격에 주유의 이마에는 식은땀이 맺힌다. 그는 빠르게 왼쪽으로 원을 그리면서 계속해서 참격을 뿜어냈다. 그의 얼굴도 끓어오르는 열로 검붉게 물들어 있다.

“…….”

주유는 이를 악물고 수비에만 전념했다. 아니, 반격은 감히 꿈도 못 꾼다는 것이 옳았다. 그만큼 제갈량의 검세(劍勢)는 금방이라도 몸을 관통할 것 같은 서늘한 기세였을 뿐만 아니라 빠르고 정확했다.

채앵!

또 한 번 금속끼리의 파공음이 대기를 가르며 울려 퍼진다. 과연 언제까지 그렇게 빠르게 움직일 수 있을까? 주유의 귀는 오직 한 점에만 집중하고 있었다. 노리는 것은 단 하나.

"후~"

제갈량이 참지 못하고 미약한 숨결을 허공에 뿌림과 함께 주유의 검이 신속하게 움직였다. 섬비오. 끝이야!

"걸렸군."

"아차!"

제갈량의 입에 냉소가 걸린다. 숨을 참아서 힘이 빠졌다고 생각했나? 조금 무리하면 숨을 참고도 반각(半刻)은 능히 버틸 수 있는 그였다. 이 정도로 힘이 빠질 리 없었다. 제갈량의 발이 땅을 박찬다. 그리고 뻗어가는 필살(必殺)의 일격.

"폭참(爆斬)!"

제갈량의 검이 순간 참기 힘든 사나운 기세를 뿜어낸다. 그리고 주유의 찔러오는 검과 제갈량의 횡으로 베어가는 검이 스쳐 지나가면서 격돌했다.

촤앙!!

소름 끼치는 파열음이 대기 중으로 퍼져 나가며 두 사람의 사이가 한순간 멀어진다.

쨍그랑!

연이어서 무언가가 땅과 충돌하는 소리가 들려온다.

"……."

주유는 텅 빈 오른손을 부르르 떨며 눈을 감았다. 그녀의 뒤에서 제 갈량의 탁한 목소리가 들려온다.

"…섬비오를 쓸 때의 당신의 검은 너무 가벼워. 막을 수는 없지만 튕겨낼 수는 있지."

실수했어. 주유의 입가에 희미하게 처연한 미소가 지어진다.

챙강.

그녀의 왼손에 든 검이 힘없이 땅바닥으로 떨어졌다.

"…졌어."

"…어처구니없군."

제갈량이 묵검(墨劍)을 검집에 넣으면서 입을 열었다. 그의 눈은 웃지도 그렇다고 화를 내지도 않는 묘한 눈이다.

"무슨 소리지?"

"몸과 마음이 따로 노는 검이라……. 지금 당신의 검, 꼴불견이야. 진검(眞劍) 승부할 마음은 있었던 건가?"

"……."

대답은 없었다. 적의(赤衣)의 이 아름다운 미녀는 영롱한 눈동자에 차가운 그림자를 드리운 채 천천히 제갈량을 향해 돌아섰다. 차가운 바람이 목덜미에 와 닿는다. 잠시 후에 그녀의 붉은 입술이 조그맣게 달싹거렸다.

"…문제는 없었어. 당신이 강한 거야."

"글쎄."

제갈량이 그녀를 본다. 그의 검은 보석 같은 눈은 점점 주유를 향해 다가가고 있었다. 어느새 제갈량은 그녀의 눈앞에 서 있다. 그의 하나 남은 오른손이 서서히 그녀의 눈을 가렸다.

“무례한 남자네.”

물 같은 눈동자에 비치던 투명한 햇살이 사라짐을 느끼며 주유가 차갑게 말했다. 결국 이 남자도 똑같은 사내란 건가? 이 몸을 범하고 싶은 거겠지.

“병이 골수에 박혔어.”

“아!”

뜻밖에 흘러나온 제갈량의 말에 주유의 입에서 짧은 신음성이 터져 나왔다. 어느 사이에 그의 손이 치워진 그녀의 눈은 다시금 햇빛을 보고 있었지만 그 눈은 몹시 흔들리고 있었다.

“어떻게……?”

한 치도 변함없던 주유의 목소리가 심하게 떨려 나온다.

“느껴져, 이 손에. 당신의 아픔이.”

“말도 안 되는 소리를.”

“매달 보름마다 머리가 깨어질 듯이 아프지. 요즘은 그 주기가 점점 짧아지고 있지 않나?”

“당신… 의원이야?”

주유가 가는 입술을 잘근 깨물었다. 그동안 강동의 용하다는 명의들에게 찾아가 봤지만 모두들 어두운 표정으로 고개를 절레절레 저을 뿐이었다. 아니, 그들은 치료 방법은커녕 병명이 무엇인지도 몰랐다. 이 남자… 설마?

“아니, 의원 나부랭이는 아니야. 하지만 그 증상에 대해서는 누구보다 잘 알지. 그건 병이 아니거든.”

“그럼?”

“독(毒)이다. 그것도 특별한 만성독(慢性毒).”

“헛소리하지 마!!”

주유가 파리하게 질린 안색으로 소리쳤다. 그럴 리가 없어, 그럴 리가.

“나의 스승은 장각이다. 당신도 알다시피 독술(毒術)에서는 따를 자가 없다는 대가(大家)지.”

“그런… 그런…….”

툭.

머리 속에서 무언가가 끊어지는 소리가 들린다. 가슴이 떨릴 정도로 두려운 상상이 밀려오는 것을 간신히 억누르며 주유는 가쁜 숨을 몰아쉬었다.

“치료하지 않으면 올해를 넘기기 힘들 정도로 깊게 중독되었어. 그렇다면 흉수(兇手)는 오래전부터 당신이 알고 지내던 사람, 즉 당신과 친분이 깊은 사람일 확률이 높다. 아마 잘 교육된 그쪽의 시비(侍婢)를 당신에게 선물하든가 하는 방법을 썼겠지.”

“치워!”

“…….”

“…그런 헛소리, 집어치워!!”

주유가 땅바닥에 떨어져 있던 용천검(龍泉劍)을 들어 제갈량의 목에 겨눈다. 그녀의 눈에는 눈물이 그렁그렁 맺혀 있다. 그녀의 표정은 슬픔과 절망보다도 혼란에 가득 차 있다.

“헛소리라고 생각한다면 지금 여기서 날 죽여.”

제갈량은 전혀 당황하지 않고 여전히 무심한 눈으로 입을 연다.

“…….”

다리에 힘이 풀린다.

털썩.

결국 그녀는 땅바닥에 두 무릎을 꿇고 말았다. 가슴에 강한 충격이 느껴졌다. 어째서… 어째서… 나는 이 남자를 믿는 거지? 말도 안 되는 헛소리일 텐데.

"살고 싶다면 보름 후에 이곳으로 날 찾아와. 생각할 시간은 보름이면 충분할 테니. 죽고 싶다면 말리지 않겠지만. 조건은 당신의 몸으로 하지."

제갈량이 물결처럼 흔들리는 주유의 눈을 바라보며 말했다. 과연 잘 풀린 것일까? 그가 천천히 말을 이었다.

"난세에서 믿던 사람에게서의 배반은 흔한 법. 뭘 그리 가슴 아파하지?"

이런 말을 내뱉는 자신을 이해할 수 없다. 어줍잖은 동정심 따위는 마음속에서 지워진 줄 알았는데.

"두려워. 그 사람을 이 손으로 죽여 버릴까 봐 두려워."

그리고… 백부가 나를 보고 어떤 표정을 지을지… 두려워.

"설마… 당신, 짐작 가는 사람이라도 있나?"

"세상은… 잔인해……."

그녀의 머리 속에 떠오르는 얼굴. 그것은 바로 대교(大喬)였다.

서주에서 강동으로 사신이 왔다고 해도 그리 이상한 일은 아니다. 어디까지나 표면적으로 조조와 손책은 우호적인 관계니까. 아마 손책의 마음을 달래려고 진귀한 선물이나 잔뜩 가져왔겠지. 하지만 그 사신이 필마단기(匹馬單騎)로 왔다면 얘기가 달라진다. 단순히 의례차가 아니라 뭔가 중요한 용건이 있다는 소리니까.

"……."

과연 생각대로의 사내다. 접견실에서 손책을 만난 이신은 다소 감탄 어린 눈으로 그를 바라보았다. 그는 키가 훤칠하게 크고 뚜렷한 이목구비를 가진 남자였다. 게다가 저 생기 넘치는 눈은 보는 사람으로 하여금 정열에 불타게 할 정도였다.

"무슨 용건인가?"

사주(四州)의 동량(棟梁)의 사신을 상대로 마치 자신의 신하를 접하는 듯한 손책의 태도. 그 여유로움에 이신은 작게 미소 지었다. 이게 겨우 오군(五郡)의 주인이 할 태도인가? 뭐, 그래야 소패왕(小霸王)답지만.

"굉장히 단도직입적이시군요. 그럼 이쪽도……."

"……."

이신이 좌중을 슬쩍 둘러본 후 말을 이었다.

"우리 주공과 손을 잡아주시겠습니까? 물론 형식적인 관계가 아닌 내실있는 관계를 말함입니다."

"후후."

손책은 이마를 쓰다듬으며 알 수 없는 웃음을 터뜨렸다. 원소, 혹은 조조. 언젠가는 이 둘 중 누구 하나와 손을 잡아야 한다는 것은 삼척동자도 아는 자명한 사실이다. 하지만 그것을 꼭 지금 결정해야 한다는 법은 없었다. 어느 한쪽이 유리한 위치를 선점했을 때 그쪽의 손을 들어주는 것, 그것이 가장 이상적인 방법이라는 것이 손책의 생각이었으며 또한 그의 가신들의 생각이었다. 게다가 무엇보다도 아직 조조와 원소는 충돌을 하지 않은 상태이다.

"그런 용건인가?"

"……."

"대답은 불가(不可)."

좌중이 순간 술렁였다. 이 말인즉 원소와 손을 잡겠다는 말인가? 좋지 않아. 장소는 인상을 찌푸렸다. 이렇게 빨리 결단을 내린다고 한들 손가(孫家)에 득이 될 것이 뭐가 있단 말인가?

"이유가 무엇인지 여쭤도 되겠습니까?"

이신이 별 당황한 기색 없이 손책에게 물었다. 애초에 손책이 친원(親袁) 성향이라는 것은 잘 알고 있는 일. 진짜 용건은 이제부터였다.

"별거 아니네. 서주를 칠 생각이거든."

손책이 대수롭지 않은 투로 대답했지만 그 내용은 절대 가벼운 것이 아니었다.

"주공!!"

사색이 된 장소보다 먼저 조급함이 가득 담긴 고함을 지른 것은 딱딱하게 굳은 표정의 사내였다. 그는 그런 심각한 표정이 어울리지 않을 정도로 부드러운 인상을 가지고 있었다.

"자경(子敬:노숙의 자), 무슨 일이오?"

"주공, 어찌 그리 성급하십니까? 그런 중한 일이라면 가신들과 상의해서 천천히 결정해도 되는 일, 게다가 이곳에는 주랑(周娘)도 없지 않습니까?"

청산유수(靑山流水) 같은 달변은 아니지만 말속에 사람의 마음을 끄는 무언가가 있는 남자였다. 저이가 바로 강동의 명사(名士)중의 하나인 노숙인가? 이신의 눈이 희미하게 움직였다.

"공근과는 이미 얘기가 끝난 일이오."

"그런……."

손책은 간단하게 한마디로 그의 말을 일축했다. 왜 그 주유가……. 노숙은 턱을 쓰다듬으며 입을 다물었다. 지금 조조를 적으로 돌린다? 대체 무슨 생각들이야?

"서주를……."

이신의 청아한 목소리가 웅성대는 좌중을 진정시킨다.

"굳이 힘으로 얻으실 필요가 있을까요?"

범상한 남자는 아니군. 손책의 눈이 반짝였다. 조조를 적으로 돌린다는 말을 듣고도 아무런 두려움도 투영되지 않는 표정이다. 아니, 오히려 이 상황을 즐기는 것 같기까지 하는 듯이 보일 정도였다.

"흠, 그건 또 무슨 소리인가?"

이신의 눈이 살며시 미소 짓는다. 그가 천천히 입을 열었다.

"이쪽과 손을 잡는다면 서주를 드리겠습니다."

"……."

모두의 눈이 일제히 한곳으로 집중되었다. 바로 그곳. 이신은 태연자약한 표정으로 서 있었다. 하지만 그의 손은 보이지 않는 미약한 떨림이 일고 있었다. 스스로 말재주 없음을 잘 알고 있기에. 이신은 떨리는 손에 힘을 꽉 주었다.

"이곳은 농(弄)을 하는 곳이 아니다!!"

누군가가 격하게 흥분한 목소리로 소리를 질렀다. 험상궂은 인상의 중년인. 바로 손견 때부터의 중신 한당이었다.

"이런이런, 어찌 감히 농을 하겠나이까. 진짜로 서주를 드리겠습니다."

이신이 변함없는 어조로 답했다. 조용하지만 확고한 신념이 담긴 목소리다.

"호오, 서주를 말인가?"

손책이 묘한 감정을 담고 있는 눈으로 이신을 가만히 바라보았다. 이신은 손책의 묘한 감정이 담긴 눈이 의미하는 바를 짐작할 수 있었다. 강한 호기심. 공짜로 온전한 주(州) 하나를 안겨준다는 데 흥미를 가지지 않을 사람이 있을까.

"예."

이신이 조용히 대답했다. 이럴 때는 길게 말하는 것보다 짧게 답하는 것이 오히려 강한 설득력을 가질 수도 있다. 그리고 이신은 그 점을 잘 파악하고 있었다. 굳이 이쪽에서 주저리주저리 떠들 필요는 없는 것이다. 이쪽도 다급하지만은 않다는 것을 보여주기 위해.

"정말이지, 믿기 힘든 소리로군."

손책이 쓴웃음을 지었다. 서주를 줄 생각이었다면 왜 굳이 자신의 세 번째 명검을 서주목으로 임명했단 말인가? 그것은 분명 이쪽을 견제하기 위한 의도라는 것은 자명한 사실. 그런데 왜 마음이 바뀐 것인가? 아니면 속임수?

"안 믿으셔도 상관은 없습니다만 거짓은 아닙니다."

"흐음."

이상한 빛을 띤 눈이 허공에 머문 후 천장을 기어간다. 그리고 그 눈은 마지막으로 이신의 눈에서 멈췄다. 그 강렬한 눈에 비치는 남자의 입이 천천히 열리고 있다.

"자, 선택하시죠. 힘으로 갈 것인지 아니면 평화롭게 서주를 얻을 것인지. 다만 힘으로 가시겠다면 손 공의 눈앞에 피바다를 보여 드릴 용의가 있습니다."

"저런 무례한!!"

가신들이 시뻘게진 얼굴로 일제히 일어섰다. 특히 한당은 금방이라도 이신을 후려칠 듯한 기세였다.

"무례한 놈!! 당장 이 자리에서 무릎 꿇고 빌지 않으면 때려 죽여 버리겠다!!"

하지만 그런 한당조차도 곧 이어 나온 이신의 말에 말문이 막히고 말았다.

"좌장군(左將軍) 묘후(妙侯) 서주목(徐州牧)인 소인(小人)의 이름을 걸고 말이죠."

반평생을 손가와 함께 해온 강동의 명장 한당. 숱한 전장을 헤치고 무수한 위기를 넘기면서도 결코 눈빛 한번 흔들린 적이 없는 그였건만 지금 그에게서 찾을 수 있는 것은 확고한 신념 어린 눈동자가 아니라 어찌할 바를 모르는 자의 부산스런 일렁임이다. 더불어 약간의 난감함도. 대체 앉아야 하나 말아야 하나.

물을 끼얹는다고 하더라도 끼얹은 물이 흐르는 소리는 남아 있는 법이다. 그렇다면 대체 지금의 고요함은 어떠한 문장을 빌어 표현해야 한단 말인가? 정답은 없다. 왜냐하면 여기 모인 사람들 중에서 지금 그런 따위를 생각하고 있을 사람은 없을 것이기 때문에. 그들의 머리 속에는 오직 하나의 문장만이 뚜렷한 형태를 가지고서 새겨져 있었으니까.

좌장군 묘후 서주목의 자격으로.

한당은 자신도 모르게 마른침을 삼키며 이신을 바라보았다. 어쩌면 그를 바라본 후에 마른침을 삼켰을지도 모르지만 지금 그에게 있어 자신이 한 행동의 순차 따위는 하등 중요하지 않았다. 마른침이든 된 침이든 어찌하여 저 자식은 그런 말을 내뱉고도 저토록 재수없게 당당하단 말이냐?

"아, 혹시 나중에 계약상의 문제가 있을까 싶어 미리 말씀드리는 것입니다만 전 이래 뵈도 승상으로부터 서주 지방의 관리를 위임받은 주목입니다. 이것은 다시 말해서 서주를 요순시대의 고을처럼 평화롭게 다스리든 각종 문서와 인수까지 끼워서 옆집 사람한테 팔아먹든 그것은 제 소관이란 말이지요. 물론 승상의 재가를 받기는 해야겠습니다만."

이신은 더할 나위 없이 평온하고도 뭐 하나 흠잡을 데 없이 완벽하게 느긋한 목소리로 종법상의 자신의 권리를 설명했다.

그때 한당의 눈에서 난데없이 뜨거운 불길이 치솟아올랐다. 그 뜨거운 눈길을 마주 본 노숙이 자신도 모르게 한 발자국 뒤로 물러서는 것도 아랑곳 않고 한당은 험악한 말투로 으르렁거리듯이 속삭였다.

"그게 정말입니까?"

"…아마도요."

노숙이 한숨을 쉬며 자신도 모르게 움찔하여 물러선 것을 후회하고 있을 때 손책은 아무 말도 없이 그저 이신을 바라보고 있었다. 그의 눈동자에 비친 이신의 얼굴은 마치 식후에 차를 즐기는 사람처럼 담담하기만 했다. 옆에 지필묵과 난초라도 있었으면 퍽이나 잘 어울릴 것처럼. 그리고 그것은 분명히 손책의 심기를 거슬렀다. 대체 저 일견하기에는 차라리 순진하게도 보이는 사내는 무엇 때문에 저리도 흔들림없이 이 서주를 내놓겠다고 하는 것인가?

마음에 들지 않아. 손책은 속으로나마 짧게 중얼거렸다. 아까부터 도무지 마음에 들지 않는다. 대체 무엇이란 말인가, 지금의 상황은? 손님이 오히려 집주인 행세를 하고 있는 꼴이 아닌가? 게다가 집주인이 바로 앞에서 칼을 들고 있는 판에.

그랬다. 상황은 한순간에 바뀌어져 버렸다. 이신이 이곳에 참석한 것은 다름 아닌 서주목의 자격으로서라고 어쩌구 했을 때부터. 그것은 무엇을 의미하는가? 그가 눈앞에 있는 이상 자신은 언제라도 서주를 손에 넣게 된다는 것이다. 막대한 자원과 인력을 소비하여 전쟁을 벌일 것도 없이 그저 조조와 동맹을 맺는다는 조건 하에.

솔직한 질문. 서주를 포기하면서까지 원소와 우호 관계를 유지해야 할 필요가 있는가?

원소와 동맹을 맺고 조조와는 적대 관계로 돌아선다. 조조와 동맹을 맺고 서주를 자세력으로 귀속시키며 원소와는 적대 관계로 돌아선다. 어떤 것이 더 나은지는 재삼 물어볼 필요도 없을 것이며 굳이 번지르르한 설명을 붙일 필요도 없다. 어쨌거나 지킬 능력만 있다면 땅은 넓으면 넓을수록 좋은 것이다.

서주를 포기하면서까지 원소와 우호 관계를 유지해야 할 필요라도 있는가? '…라도' 라는 조사를 썼을 때부터 대답은 정해져 있는 것이다.

게다가 서주를 얻는다는 것은 자신은 물론이거니와 손가의 숙원인 중원 진출의 교두보를 마련한다는 의미가 된다. 또한 조조와 동맹을 맺으면 배후의 위협 없이 안심하고 유표 토벌을 도모할 수 있게 된다.

모든 정황을 미루어 살펴보았을 때 실보다는 득이 많은 일이다. 그것만은 틀림없었고, 그렇다면 자신이 그의 요청을 거부할 이유는 없을 것이다. 그런데도 여전히 무엇인가가 걸렸다. 그게 무엇인지는 마치 어둠 속에서 눈을 감고 있으면 보이는 정체 불명의 영상처럼 불가해한 것이었…….

손책은 순간적으로 정면을 노려봤다. 찰나의 시간 동안 수행된 극히 미묘한 움직임. 갑작스럽게 긴장된 근육이 펄떡이듯 경직되었고 그와 더불어 허공 어느 곳에 시선을 매어두고 있던 손책의 눈동자가 점차 특유의 날카로우면서도 호기로운 빛을 띠기 시작했다. 그랬다. 지극히 간단한 사실.

손책은 천천히 눈동자만 움직여서 이신에게로 시선을 옮겨갔다. 그는 여전히 이곳이 내 안방이라고 주장하는 듯한 당당함으로 자신을 둘러싸고 있었다. 거기에 틈이 있느냐 없느냐는 알 바 아니다. 그냥 부숴 버리면 되는 일이니.

"한 가지 물을 것이 있소만……."

"말씀하십시오."

손책은 피식 웃었다.

"대체 서주를 바쳐 가면서까지 이쪽과의 관계를 개선시켜야 할 필요성이 귀공에게 있단 말이오?"

있으면 어디 한번 내뱉어 보라. 말만 그렇게 하지 않았다 뿐이지 지금 손책의 얼굴 표정이나 목소리는 도박으로 비유하자면 마치 이미 상대의 패를 모두 읽고 승부에 임하는 자의 그것과도 같았다.

"그렇지 않소? 그 위세를 말하자면 가히 욱일승천이요 그 세력을 논하자면 가히 사해만천이라, 지금 천하의 주인 자리를 놓고 다툴 이라면 오직 하북의 원소만이 거론될 수 있을 뿐인 조 승상께서 어찌하여 나에게 서주를 바쳐 가면서까지 한 판 싸움을 피하려 든단 말이오?"

성격답게 직설적인 화법을 구사하는 손책이었지만 그렇다고 해서 그 말에 담긴 의미까지 단순한 것만은 아니었다. 무언가 흑막이나 내심이 있다면 좋고 아니어도 좋다. 어차피 저쪽에서 속이기로 작정을 하고 말을 꾸며낸다면 이쪽으로써는 그 말을 완강하게 부정할 수만도 없다. 그럴 바에는 차라리 알아서 뱉어내도록 하는 편이 낫지 않겠는가? 제놈이 뱃속 어느 구석에 음흉한 계책을 삼켜두었는지는 모르겠지만 알 바 아니다. 그런 따위야 뱃속을 가르면 나오지 않겠는가?

어떤 언쟁이라도 그렇듯이 상대의 허를 찔렀다고 판단한 자는 그 고개가 실로 유려한 각도를 이루며 들려지는 법이다. 손책은 그렇게 눈을 내리깔며 오만한 눈길로 이신을 바라보았다. 그러나 숨 한번 크게 들이쉴 시간도 채 지나기 전에 손책은 쳐들었던 고개를 다시 내리고 싶으나 이미 한 짓이 있어 차마 그러지 못하는 실로 난감한 상황에 빠져 버렸다.

이신은 여전히 담담했다. 그것뿐이라고 한다면 그저 그것뿐이었지만 사실 그것뿐이 아니기도 했다. 상황의 타개, 우위의 전환, 흐름의 반전. 손책이 기대하고 있었던 그 모든 변화들은 지금 이곳에서 단 하나도 일어나지 않았다. 이신은 처음 이곳에 들어왔을 때와 마찬가지 자리에서 마찬가지 표정으로 마찬가지 말투를 구사했을 뿐이다. 그런데 그것이 자신이 의도하고 행했던 것과는 달리 단번에 귀를 번쩍 뜨이게 하니 손책으로서는 참으로 갑갑한 노릇이었다.

"물론 있지요. 왜냐하면 저희 서주의 병력으로는 귀공의 군세를 당해낼 수가 없기 때문입니다. 실로 간단하지 않습니까?"

"뭐?"

손책의 입에서 어이없다는 듯 실소가 터져 나왔다. 분명 아까 피바다 어쩌구 했던 것도 저이의 입에서 나온 말이 아니었던가. 정말로 종잡을 수가 없는 사람이다. 아니면……

"지금 본인을 희롱하는 것이오?!"

손책의 눈동자에서 분노의 빛이 뿜어져 나왔다. 속절없이 한 입으로 두 마디를 한 격이 아닌가? 그것도 전쟁이라면 천하의 고품(高品)이라는 조조의 세 번째 명검이 말인가?

"…그럴 리가."

"그렇지 않으면 여포조차 죽인 귀공이 칼 한번 부딪쳐 보지도 않고 서주에서 발을 뺀다?"

이신이 쓴웃음을 지었다. 예상보다도 더욱 믿지 않는 눈치다. 실상 그 싸움에서 곤욕을 치른 것은 이쪽이었던 것을 그저 운이 좋아 여포를 쏘아 죽인 것에 불과할진대. 그 다음부터 마치 자신이 전신(戰神)의 혼이라도 붙은 명장(名將)이라도 된 양 생각하는 사람들을 볼 때면 실소가 나왔다. 하지만 설마 강동에까지…….

"소인은……."

손책을 바라보는 그의 시선에 웃음기가 스며든다. 그가 천천히 말을 이었다.

"한 번도 전투에서 져본 적이 없습니다."

"……."

이곳에 있는 누구나가 알고 있는 사실. 수많은 전쟁터를 전전하는 장수들로서 '져본 적이 없다' 라는 짧은 말이 가지는 의미가 무엇인지 모를 일은 없을 터. 하지만 그 말이 직접 당사자의 입에서 나오니 그 의미가 더욱더 크게 다가온다. 그랬다, 분명 저 남자는. 좌장군 묘후 서주목이라 불리는 남자는.

"으음."

한당이 불편한 신음을 흘리며 손에 힘을 꽉 주었다. 조조의 세 번째 명검이라 불리는 저 남자를 부러뜨리는 것은 분명 난세를 살아가는 모든 장수들의 소망. 하지만 동시에 두려움의 대상이기도 했다. 굴러들어 올 명성에 혹해서 맞서기에는 너무나 껄끄러운 존재인 것이다.

"그래서 이번에도 승리하고 싶나이다."

이신의 입가에 작은 미소가 그려졌다. 대조적으로 손책의 미간은 살짝 찡그려진다. 대체 무슨 소리야?

"음, 귀공은 정말 어렵군, 어려워."

주유가 있었으면 좋았을 것을. 손책의 눈이 인상을 찌푸리며 심각한 고민에 빠져 있는 장소와 노숙에게 머물렀다. 분명 저들은 아직 모자라.

"…생각보다 솔직하시네요, 이 공(李公)."

아름다운 고음의 목소리가 들려온 그 순간 손책의 얼굴이 환해졌다. 그곳에는 적의를 입은 차가운 표정의 미녀가 천천히 접견실 안으로 걸음하고 있었다.

"호오, 공근."

손책의 입에서 나온 한마디가 특별한 힘을 발휘한 것은 아니었을 것이다. 그저 이 자리에 주유 공근이 나타났다는 것을 확인시켰을 뿐. 하지만 그 이름은 순식간에 손가(孫家)의 가신들의 얼굴에 희색을 드리웠다.

"주랑(周娘), 늦었습니다."

노숙이 안도의 한숨을 내쉬며 말했다. 자신보다 두 살 어린 이 아가씨가 끝끝내 나타나지 않았다면 이 외교는 이상한 방향으로 빠질 소지가 농후했을 것을. 절로 나오는 한숨이 이신이라는 남자에게서 받은 중압감이 얼마나 대단했는지를 증명했다. 주유의 얼굴은 여전히 속을 짐작하기 힘든 차가운 표정이다. 그녀의 촉촉한 붉은 입술이 열렸다.

“조금… 늦었습니다.”

이신은 다소 감탄 어린 눈으로 주유를 응시했다. 과연 대단한 미인이다. 묘한 마력과도 같은 향기로움이 온몸에서 풍기는 여자가 아닌가? 더해서 머리까지 말이지.

“주랑, 솔직하다니요? 무엇이?”

이신이 묘한 미소를 지으며 주유에게 물었다. 과연 이 여인은 나의 마음을 어디까지 짐작할 수 있을까?

“이번 외교 건, 확실히 귀공만의 독단적인 생각일 겁니다. 그 조 공(曹公)이 한번 먹은 마음을 쉽게 돌려 먹을 리는 없을 테니.”

“음…….”

이신은 고개를 작게 끄덕였다.

“확실히 그렇긴 합니다만… 하지만 그 일이라면 이미 손 공께 말씀드린 일…….”

“그렇다면…….”

주유가 이신의 말을 끊었다.

“조 공의 생각과 귀공이 생각하는 바가 다르다는 말. 그것은, 즉 귀공이 말하신 바와 같지 않습니까? 조 공은 얼마든지 서주에서 강동의 군세를 막아낼 수 있다고 생각하고 있고 귀공은 그 반대라는 말이죠.”

“…….”

너무나도 간단한 결론이다. 하지만 이 짧은 결론을 얻어내기 위해 지금까지 밀고 당기고 했던 것을 생각하면 오히려 허무함이 들 지경이었다. 흑막 따위는 없다는 것을.

“진실하지 않으면 통하지 않는 법이니까.”

이신은 주유의 눈에 초점을 맞췄다. 어떤 이의 성격을 짐작하는 가장 빠른 방법은 그 사람의 눈을 보는 것이다. 아무리 표정을 꾸미려 노력해도 눈만은 꾸미지 못한다는 것을 잘 알고 있기에. 하지만 이 경우에는 그를 더욱 혼란스럽게 했다. 근심과 걱정이 은은하게 서린 눈. 그녀를 오랫동안 알아온 사람들에게는 당연하게 여겨지는, 하지만 초면인 사람에게는 당혹감을 일으키는 주유의 검은 눈.

"후~"

이신은 금방이라도 슬픔이 어린 그녀의 아름다운 검은 눈동자를 쓰다듬고 싶은 욕망을 억지로 눌러 참으며 쓴웃음을 지었다. 냉정을 잠시 잊을 정도로 매혹적인 눈이다. 그리고 이런 우수에 찬 아름다운 눈을 가진 여자는 아마…….

"…눈앞의 작은 승리에만 급급해서는 정작 전쟁에서는 지는 법이옵니다."

그는 애써 주유의 시선을 피하며 입을 열었다.

"단지 그런 실수를 범하고 싶지 않았을 뿐입니다. 서주는 결국 작은 승리에 지나지 않으니까."

"무슨 뜻이오?"

손책이 눈을 가늘게 뜨고 이신을 바라보았다. 뭔가 뿌옇게 잡히는 것이 있다. 서주, 그리고 이신.

"이쪽에서 피를 흘려가며 귀공과 싸워봤자 얻는 것은 한 가지뿐입니다. 바로 서주의 유지. 피를 흘린 대가치고는 너무나도 작은 보상이지요. 하지만……."

"……."

"서주를 넘겨주고 귀공과 손을 잡으면 적이 하나 줄고 아군이 느는 성과를 얻게 됩니다. 게다가 전력을 하북으로 집중시킬 수 있게 되지요."

언어란 짧으면서도 상대방의 가슴에 비수처럼 날카롭게 가서 박혀야 한다. 장황한 설명은 필요없다. 단지 한두 마디의 요지만이 필요할 뿐. 이신은 확고하게 자신의 생각을 관철시켰다. 애초에 길게 꾸며 얘기할 재주도 없거니와 주유가 온 이상 그것도 불필요했기 때문이다.

"과연."

손책이 뜻 모를 신음을 흘렸다. 아까부터 마음에 걸린 것이 무엇인지 짐작했기 때문이다. 바로 조조의 세 번째 명검이 칼날이 아니라 손을 들어 올렸다는 것. 그리고 명색이 서주목이라는 작자가 저렇게 쉽게 서주를 갖다 바친다고 말하는 것. 이건 명백한 오류다. 무엇보다 저 남자…….

"…선을 긋고 있군요."

주유가 눈을 지그시 뜨며 말했다.

"예?"

"이쪽은 서주면 충분하다는 말입니까, 귀공의 그림을 그리기에는?"

"무슨?"

"겉으로 보이는 것은 어디까지나 하북 영유(領有). 하지만 이미 천하를 위한 그림을 모두 그리고 있을 터. 아닌가요?"

막다른 길이다. 이신은 떨리는 손을 꽉 쥐었다. 손 안은 이미 식은땀이 흥건했다. 주유의 안목이 저렇게 높았던가? 단지 눈앞의 서주에 관련된 일만이 아닌 미래의 두세 수를 먼저 읽고 있다. 아니, 그것보다 저 여자는 조 승상이 정말로 원소를 격파할 수 있다고 생각하는 것인가? 그런 생각 따위 하는 인간, 아군 내부에도 거의 없을 텐데.

"뭐, 그렇다고 해두지요."

과연 위험 부담을 안고 마지막 패를 던져야만 하는 걸까? 저 여자는 정말 그곳까지 몰아붙일까? 저런 눈으로? 이신은 입술을 잘근 깨물었다.

"이쪽이 귀공의 그림대로 움직여 주리라 생각했나요? 소녀가 가장 싫어하는 것이 남의 짜여진 의도에 따라 움직이는 것입니다."

"……"

목소리가 낮고 차갑다. 손책은 의아한 눈으로 주유를 바라보았다. 과연 그렇게까지 기분 나쁠 필요가 있나? 무엇보다 저쪽은 솔직하게 스스로의 생각을 드러내지 않았던가? 그리고 특별히 좋은 수가 있다고 생각되지는 않았다.

"공근의 생각은 어떠한가?"

굉장히 독단적인 성격인 손책이 남의 의견을 묻는 것은 드문 일이다. 그것도 처음부터 수용할 생각으로 묻는 것은 아마 지금 눈앞에 서 있는 주유밖에 없을 것이다.

"이 공(李公)을 베고 서주로 출병하는 게 최고의 패겠죠."

"뭐?"

바람이 멈췄다.

하지만 그것은 아주 잠시일 뿐 곧 사나운 속도로 사람들의 머리를 휘젓기 시작한다.

'에?'

이신은 자기도 모르게 황당한 소리를 내지르려는 입을 황급히 틀어막았다. 나를 죽이겠다고?

"……"

손책은 물론 장소를 비롯한 손가의 중신들도 의문에 찬 눈으로 그저 주유의 붉은 입술을 바라보고 있었다. 정말 저 입에서 나온 말이 맞는가? 사신을 베어버린다?

　"공근……."

　손책의 입이 무겁게 열렸지만 그 다음 말은 쉽게 이어지지 않았다. 지금 자신이 헤아리는 바를 주유가 모를 리가 없다는 것에 생각이 미쳤기 때문이다. 타국의 사신을 죽이지 않는 것은 예부터 내려오던 암묵적인 규약. 물론 그것을 어긴 사례도 없는 것은 아니었지만 이번은 상황이 달랐다. 사신이 이름없는 일개 아무개가 아니라 바로 서주목이자 조조의 세 번째 명검이었기 때문이다. 만약 그가 전쟁터에서 죽었다면 아무런 문제가 없겠지만 사신으로 와서 죽었다는 것이 알려지면 세상에서 둘도 없는 비겁한 남자로 알려질 것은 자명한 일. 그 어떤 호족이 손가(孫家)를 따를 것인가?

　"……."

　과연. 이신의 눈이 조금 흔들린다. 단숨에 논제를 자신의 목숨으로 바꾸어 버렸다. 정말 죽일 생각이 있는 걸까, 아니면 단순히 반응을 보기 위해서? 어느 쪽이든 그에게는 불유쾌한 문제임에는 틀림없었다.

　"후후."

　이신은 나지막하게 웃음을 흘렸다. 저 여자는 애초에 보는 시선이 다르지 않은가? 아마도 원소는 언제든지 손을 쓸 수 있다고 생각하는 것일 터. 그 어떤 위험을 감수하고서라도 조 승상을 친다는 것인가? 그렇다면…….

　"사려 깊은 불안이 철없는 이득보다는 나은 법이지요. 아니 그렇습니까, 주랑(周娘)?"

　"……."

주유의 아름다운 눈동자에 그림자가 드리운다. 저 남자, 비꼬고 있어.

"아닐지도 모르지요."

그녀의 눈빛이 날카롭게 와서 꽂혔다. 얼음장처럼 차가운 목소리다.

"후, 그럴까요?"

이신의 뺨이 조금 상기된다. 사람을 설득하는 데에는 여러 방법이 있다. 물론 그중에 무작정 자신의 주장만을 내세우라는 법은 없었다. 또한 겨울 눈보라같이 냉소적인 반응을 보이는 아가씨를 어떻게 설득해야 하는지에 대한 방법도 없었다. 머리가 지끈지끈 아파온다. 대체 어떻게 해야…….

"천하(天下)는……."

"……."

"우리의 정면에만 놓여 있는 것이 아닙니다."

대체 무슨 소리인지. 이신은 말을 내뱉고는 어두운 표정을 지었다. 그저 입에 걸리는 그럴듯한 말을 아무렇게나 뱉어냈을 뿐이다. 아마도 지금까지 읽은 책 한구석 어딘가에 나오는 말이겠지.

"정(正)?"

주유는 혼잣말처럼 중얼거린 후 입을 굳게 다물었다. 그녀의 안색이 창백하다.

"……."

아무도 함부로 입을 열지 않는다. 끼어들 만한 배짱이 없어서가 아니다. 분위기에 압도됐기 때문이다. 타국의 사신으로 와서 천하를 이야기하다니. 대체 어떤 이가 그런 짓을 할 수 있을까? 단지 공자왈 맹자왈 중얼거리던 입으로는 감히 끼어들 만한 엄두도 나지 않았다. 천하라……. 그들은 오직 강동이 자랑하는 천재의 입에서 무슨 말이 나올 것인가만을 주목하고 있을 뿐이었다.

"달……."

"……."

이건 또 무슨 소리인가? 점점 점입가경이다. 동오의 가신들 얼굴에 멍한 표정이 떠오른다. 갑자기 왜 달 이야기가……?

"달은 변해가나요?"

주유의 우수에 찬 시선이 이신을 정면으로 응시했다.

"……."

이런. 이신은 속으로 쓴웃음을 지었다. 설마 이런 황당한 질문을 던지리라고는. 그거야 당연히…….

"물론……."

잠깐! 이신의 뇌리를 스치는 번개 같은 생각이 있었다. 그 주유가 과연 단순한 의미로 이 질문을 던졌을까? 그럴 리가 없잖아?

"달은……."

그 짧은 순간에도 이신의 입은 반쯤 열리고 있었다. 이제 더 이상 돌이킬 수는 없다. 그저 선택해야 할 뿐. 그가 가장 싫어하는 두 가지 중 하나의 택일. 유혹성, 낭만성, 폭력성……. 달이 뜻하는 의미들이 찌릿하며 그의 머리를 순식간에 스쳐 지나간다. 하지만 아무것도 그의 답변에 도움이 돼주지는 못했다.

"…소인은 달을 좋아합니다."

무슨 소리일까? 주유의 눈꺼풀이 작게 떨렸다. 달이란 것이 천하를 의미한다는 것을 모를 리 없을 텐데. 하지만 저 반응은 흡사…….

"……."

이신은 무척이나 상기된 표정이다. 꼭 무언가에 동요된 듯한 느낌. 그것이 이쪽의 질문에 대한 당혹감인지, 아니면 말실수라도 한 것일까? 그것을 확인해 보려 주유가 막 입을 열려고 할 때 이신이 먼저 입을 열었다.

"그래서……."

그는 살짝 시선을 내리깔았다. 눈을 마주치면 당황한 감정이 읽힐까 두려웠기 때문이다. 나뭇잎 한 장에도 의미가 있다고 했다. 하물며 달에 의미가 없을 리는 만무할 터. 다만 그것이 무언지 아는 것이 문제일 뿐. 시간을 벌어볼까?

"달에 대해 많이 생각해 보았습니다."

"……."

아주 잠시 동안의 침묵.

"그래서요?"

이신의 눈이 크게 떠졌다. 뭐지, 지금의 재촉은? 그 냉정하던 주유가 서두르듯 재촉하고 있지 않은가? 그는 반사적으로 주유를 바라보았다. 순식간의 시선의 얽힘.

"……."

착각일까, 순간 주유의 시선에서 기묘한 홍분의 향기를 맡은 것은? 이신은 마른침을 꿀꺽 삼켰다. 결코 가벼운 질문이 아니란 것을 그제야 심각하게 느꼈기 때문이다. 터질 듯한 긴장의 절정 속에서 이신은 가만히 생각을 정리했다.

"달은 변하되 변하지 않지요."

달은 분명히 날마다 눈에 비치는 모양은 변한다. 하지만 정작 달은 구형의 별 그 이상도 이하도 아니지 않는가?

“후후.”

돌연 주유가 입을 막고 작게 웃음을 터뜨렸다. 그녀의 눈이 아름답다는 것은 알고 있었지만 우수(憂愁)가 걷힌 그녀의 눈은 매혹적일 만큼 깊고 검었다. 이신은 그녀의 눈에 취해 눈치 채지 못했다, 좌중의 모든 사람들이 경악한 눈으로 주유의 얼굴을 멍하니 보고 있다는 것을.

“…….”

뭐, 뭔가? 지금 주유가 웃었다?! 한당은 눈을 세게 비볐다. 저 빙설(氷雪)의 미녀가 웃음을 짓다니. 아니, 그것보다 지금 무언가 웃긴 말이라도 있었나? 한당은 급히 주위를 살펴보았지만 모두들 처음의 그와 같은 표정으로 주유를 바라볼 뿐이었다.

“눈이… 아름다우시군요.”

저도 모르게 중얼거리듯 이신이 입을 열었지만 곧 자신이 무슨 실수를 한 건지 깨달았다. 이런, 그녀 등 뒤의 아름다운 엷은 햇살에라도 취했을까? 이신은 눈을 살짝 감았다. 하지만 금방이라도 눈꺼풀을 열고 주유의 눈을 바라보고 싶은 욕망은 쉽게 가라앉지 않았다.

“천만의 말씀이군요.”

주유는 그저 가볍게 받아넘겼다. 분명 다행스런 일이지만 마음 한구석에 드는 이 허전한 감정은 무엇일까? 당장에라도 진심이라고, 당신의 눈은 정말 아름답노라고 외치고 싶었다. 이신은 망설이며 천천히 눈을 떴다. 그 매혹적인 눈은 이제 지워져 있을까?

“아!”

그의 생각과는 달리 주유의 눈에는 다시금 우수가 드리워 있지 않았다. 오히려 하얀 달빛과도 같이 청명한 빛을 발하고 있었다.

“귀공도…….”

“…….”

주유의 작고 얇은 입술이 무언가를 말하려는 듯 작게 달싹거렸다. 하지만 망설이는 듯 힘없는 움직임이다.

“…….”

그녀의 가늘고 깨끗한 흰 섬섬옥수가 가늘게 떨렸다. 그 손의 미세한 떨림은 곧 사라졌다. 그녀가 손을 들어 스스로의 가슴에 살머시 기대었기 때문이다. 작게 떨리는 호흡을 진정시키며 주유의 입이 드디어 열렸다.

“…귀공도 소녀와 같이 헤매는 건가요?”

생각하고 말 것도 없었다. 이신은 무언가에 취한 듯이 고개를 끄덕였다. 그 느낌은 무엇이었을까? 푸르도록 깨끗한 그녀의 눈 속에서 섬광같이 아찔한 경이(驚異)를 발견한 것은.

“아마도… 확실하겠지요.”

이신의 입가에 싱긋 미소가 지어진다.

파경(破鏡)

저 멀리 회색 빛 구름 속에서 달이 요요하게 빛나고 있다. 밤. 지금이 밤이라는 것은 의심할 여지가 없다. 하지만 괴이할 정도로 일대는 하얗게 빛나고 있다. 어디일까? 한없이 고즈넉하고 인적이라고는 전혀 느껴지지 않는다. 하늘 저쪽에서 까마귀 한 마리가 낮은 울음소리를 내며 날아간다. 보이는 것이라고는 숲, 그리고 달빛에 취한 듯이 바람에 떨리는 들꽃의 무리. 초목이 온통 꿈에 젖어 있는 것 같다. 달빛 아래 펼쳐진 은은한 물안개가 여러 가지 색깔의 풀과 꽃들을 보드랍게 껴안고 있다. 호수. 어둠 속에서도 시릴 정도로 푸른빛을 발산하는 그것이 가는 바람에 잔물결을 일으킨다.

촤르륵.

물이 떨리는 소리가 들린다. 순간 시간마저도 숨을 멈춰 버린다.

"……"

여인이었다. 여인이 발을 차가운 호수에 담근 채 눈을 감고 있다. 물가 한쪽에 놓여진 옷가지들. 분꽃처럼 붉은 그것은 달 아래서 요사로운 빛을 풍기고 있었다. 나체. 여인은 실오라기 하나 걸치지 않은 나체였다. 그녀의 몸을 감싸는 것이라고는 달 아래서 영롱하고 보얗게 펼쳐져 있는 물안개뿐이었다. 허리 아래까지 치렁하게 내려온 흑단과도 같은 검은 머릿결이 눈꽃처럼 빛나는 여인의 하이얀 피부를 부드럽게 감싼다. 심장이 떨릴 정도로 고색창연한 풍경이다. 그녀가 가만히 눈을 떴다. 금방이라도 빨려 들어갈 것같이 고옥한 빛을 발하는 검은 눈동자가 그 모습을 드러냈다.

차락.

여인의 가녀린 손가락 하나가 물결을 흐트러뜨린다. 일렁이는 호수의 단면이 그녀의 모습을 어지러이 비춘다.

"후……."

흐트러진 호흡을 억지로 가다듬는 소리가 그녀의 등 뒤에서 들려왔다. 밤과 동화된 듯한 검은색의 무복을 입은 외팔이사내. 제갈량은 요사로이 요동하는 심장을 진정시키려 애썼다. 믿을 수 없어. 과연 저 여자가 그때 그 예리한 검기를 온몸으로 내뿜던 그 여자가 맞는가? 그의 몸에 잔소름이 일어난다.

"……."

여인의 손가락이 다시금 움직인다. 풀어헤쳐진 탐스러운 머릿결을 가야금을 뜯듯이 곱게 말아 올린다. 그녀의 조그마한 어깨에 소름이 돋으며 작게 떨린다. 한밤의 추위는 알몸의 여인이 견디기에는 너무 가혹했다. 돌연 머리칼을 매만지던 여인의 고개가 작게 갸웃한다. 인기척을 느꼈을까? 그녀의 목이 천천히 방향을 바꿨다.

"돌아보지 마."

"……."

여인의 탄력있고 눈부시도록 뽀얀 젖가슴이 눈에 막 비치려고 할 때 제갈량이 탁한 목소리로 외쳤다. 그의 인상은 고통으로 인해 일그러져 있다. 그녀의 나체를 정면으로 바라봤다간 참을 수 없을 것 같았다. 지금도 흥분으로 인해 온몸이 가늘게 떨린다. 젠장, 어째서…….

"왜?"

아름다운 고음의 목소리가 소리없이 가득 찬 밤의 적막을 가른다. 제갈량의 눈에 다시금 그녀의 새하얀 목덜미가 들어왔다. 그녀의 가녀린 등이 작게 흔들린다.

"너무 아름다워."

"……."

뭐? 그녀는 못 들을 것을 들은 듯한 표정이다. 어렸을 때부터 수도 없이 들어오던 아름답다는 말이지만 설마 저 얼음같이 차가운 남자의 입에서 들을 수 있으리라고는 상상조차 못했다. 달빛에 비친 그녀의 얼굴이 조금 붉게 변했다.

"그래서… 피가 끓어올라 미칠 것 같아."

"무, 무슨 말이야?"

그만 당황하고 말았다. 왜?

"내… 몸을 가지려던 것 아니었어?"

여인은 술이라도 취한 듯 잔뜩 붉어진 얼굴로 간신히 입을 열었다.

"내가 필요한 것은 당신의 마음이야, 주랑(周娘)."

"……."

심한 현기증이 일어난다. 주유는 가쁜 숨을 허공에 토해냈다.

“그렇다면…….”

“…….”

“차라리 날 죽이는 게 나을 거야.”

“…….”

달빛이 투명한 피부에 부딪쳐 영롱한 빛무리와 함께 승화한다. 어느새 주유는 몸을 돌려 제갈량을 바라보고 있었다. 그 시선. 우수의 안개 속에 한줄기 분노의 빛이 서린 그녀의 눈을 무심한 시선으로 바라보며 제갈량은 가슴을 움켜잡았다. 미치도록 요동하는 빌어먹을 심장을 진정시키기 위해.

“후우.”

흐트러지는 호흡. 아무런 숨김 없이 달빛을 받은 그녀의 우윳빛 피부는 눈부시도록 아찔했다. 남자들이라면 누구나 정신을 차리지 못할 정도의 미모의 여인이 실오라기 하나 걸치지 않고 방금 내린 눈같이 하얀 피부를 여과없이 드러내 보이는 그 장면은 차라리 한 편의 꿈이었다. 의식하지도 못한 사이 제갈량의 창백한 얼굴에 식은땀이 송골송골 맺혔다. 금방이라도 눈을 내려 그녀의 가녀린 손에 가려진 순결한 곳을 바라보고 싶은 욕망이 타오른다. 아니, 그의 시선은 이미 저도 모르게 그녀의 탄력있고 눈부시게 뽀얀 젖가슴을 응시하고 있었다.

“…정말로 미치겠군.”

제갈량은 새파란 입술을 강하게 깨물며 몸을 돌렸다. 흥분이 가라앉지 않는다. 입술을 핥는 혀에서 짭짤한 피 맛을 느끼며 제갈량은 하나밖에 없는 손을 들어 단숨에 묵검(墨劍)을 뽑아버렸다. 곧 안개와도 같이 흐릿하고 투박한 빛을 발하는 검은색 검이 그 모습을 드러냈다.

털썩.

제갈량은 자신의 검을 아무렇게나 뒤쪽으로 내팽개쳤다. 순간 주유의 얼굴에 놀란 기색이 감돈다.

"어째서……?"

검을 쓰는 자로서 목숨보다 소중한 것이 검이 아닌가? 게다가 저런 명검을.

"내가 당신의 몸을 더럽히려 하면 그 검으로 베어버려."

"뭐……?"

제갈량의 입에서 나온 뜻밖의 말에 주유의 얼음장 같던 표정이 동요했다. 바람이 목덜미를 차갑게 훑고 지나간다. 온몸에 돋는 오한과 함께 주유의 시선이 미묘하게 떨렸다.

"…당신은 분명 내 몸을 대가로 가진다고 했어. 그래서 내가……."

…당신 앞에 알몸으로. 주유는 말을 채 잇지 못하고 얼굴을 붉혔다. 아무리 겨울 눈보라처럼 의지가 강한 여인이라고 해도 지금의 모습은 분명 참을 수 없을 만큼 부끄러운 처지였던 것이다. 그녀는 몸을 부르르 떨며 뒤로 한 발짝 물러섰다. 제갈량의 남자답지 않은 좁은 어깨가 그녀의 눈에 그 어느 때보다 크게 다가온다.

"믿지 않을지 모르지만……."

제갈량이 무겁게 입을 열었다.

"난 아직 한번도 여인을 겪어보지 못했어."

"……."

거짓이다. 제갈량의 입가에 차가운 미소가 걸린다. 스스로에 대한 비웃음일까? 그는 거짓말을 하는 자신을 이해할 수가 없었다. 가슴에서 느껴지는 찌릿한 고통과 함께 알 수 없는 환열이 머리 속을 자극한다. 저 여인에게는 첫 남자이기를 원하는 것인가? 이 내가?

“후후후.”

결국 그는 소리 내어 웃음을 터뜨리고 말았다. 주위의 초목이 그의 웃음에 동요라도 하듯이 바람에 세차게 흔들렸다. 나뭇가지가 쉴 새 없이 흐느끼듯 부대낀다. 제갈량은 펄럭이는 검은 옷자락을 움켜잡았다.

“옷… 입어주겠어?”

그답지 않게 속삭이는 듯한 목소리다.

“왜 마음이 바뀌었지?”

주유의 목소리도 가볍게 떨린다. 추위 때문일까?

“글쎄…….”

제갈량은 고개를 들어 한 점의 흐림도 없이 거울처럼 빛나는 달을 바라보았다. 은은하게 서려 있던 달무리가 그사이에 졌는가.

“달이 변했어.”

“…….”

“그리고 나도 변한 것 같군.”

변했다고? 주유가 한기에 휩싸여 떨리는 손을 꼭 움켜쥐며 새파랗게 변한 입술을 열어 소리쳤다.

“대체… 그 짧은 사이에 뭐가 변할 수 있다는 거지? 얼버무리려고 하지 마! 무슨 속셈이지, 량?”

“…….”

이미 그녀는 지극히 차가운 냉정 따위는 던져 버린 지 오래였다. 그것은 제갈량도 마찬가지였지만. 휘영하게 밝은 달이 그들의 냉정을 깨뜨렸을까? 어쩌면 그들의 얼음장 같은 가면 속의 작은 틈에는 다른 사람들이 짐작할 수 없는 다른 면이 숨겨져 있을지도 모른다. 이를테면 아픔 같은.

"속셈이라……. 후후."

뭐라 할 수 없는 애매한 웃음. 오히려 이쪽이 궁금하군. 무슨 속셈일까? 사원, 왜 나에게 그녀를 만나게 한 거지?

"처음에는 그저 당신과 검을 겨루는 게 목적이었다. 그뿐. 내가 강해졌는지 알기 위해서는 당신만한 상대가 없으니까."

"……."

"지금도 그 마음은 변치 않았어. 당신의 중독을 치료하면 다시 한 번 당신과 검을 맞대고 싶다. 그게 나의 즐거움이니까. 그리고 그것이 내가 당신의 중독을 치료하려는 이유다."

"…그건가?"

주유의 풀어헤쳐진 검은 머리칼 사이로 그녀의 목이 작게 끄덕인다. 검에 미쳐 있는 남자. 확실히 그런 이유라면…….

"하지만 어쩌면 지금은 아닐지도 몰라."

"……."

스스로를 의심하는 듯한 말투. 그는 자신의 감정 편린(片鱗)을 이해하지 못했다. 이 기분이 맞는 것일까?

"……."

잠시 동안 침묵이 그들을 지그시 감싸고 돈다. 불현듯 초조함이 밀려오는 것을 느끼며 주유는 아랫입술을 잘끈 씹었다. 저 남자의 침묵은 스스로의 감정을 정리하기 위해서일까? 아니면…….

"아……."

순간 주유의 입에서 가느다란 신음이 흘러나왔다. 문득 제갈량이 몸을 돌려 그녀를 바라보았기 때문이다. 하지만 단순히 그것 때문만은 아니었다. 기묘한 미열(微熱)로 불타는 눈. 처음으로 무언가 그득히 감정이 어린 그의 눈이 똑바로 그녀의 눈에 고정되었기 때문이다.

"뭐……."

자신도 모르게 한 발짝 뒤로 더 물러서며 주유는 발작처럼 숨결을 헐떡였다. 아, 그래. 검이 있었지. 발치에 놓인 제갈량의 검을 슬쩍 바라보며 그녀는 흠칫 놀란 가슴을 가다듬었다. 적어도 저것은 육욕(肉慾)은 아니었다. 그동안 무수히 받아왔던 그런 시선들과는 분명 그 느낌이 달랐다.

"이제는 당신을 독 따위로 죽일 수는 없어."

묘한 열정을 담은 말투로 제갈량이 입을 열었다.

"……."

무언가 말을 하고 싶었지만 막상 할 말이 떠오르지 않는다. 주유는 얇은 입술 사이로 드러난 흰 이를 다시금 지그시 감추었다. 그저 제갈량의 다음 말을 기다릴 뿐.

"……."

고요한 숲 속에 바람 소리가 둑을 무너뜨리듯이 휘돌았다. 마른 흙을 밟는 소리가 들려온다. 어느새 제갈량은 주유의 눈앞에 서 있었다. 금방이라도 신음을 터뜨리고 싶었지만 그녀는 이를 악물고 참았다. 그래, 이제 본색을 드러내는군. 맘대로 해봐. 어서 안아버려.

"아……."

그녀의 새하얀 창백한 뺨에 차가운 것이 와 닿는다. 제갈량의 하나밖에 없는 손. 주유는 가늘게 떨리는 눈꺼풀을 닫았다. 이대로 능욕당하는 것일까? 제발 참아줘, 이 쓸모없는 몸뚱이야. 아직은 죽을 수 없으니까. 아직은.

"난 당신에게……."

심장의 박동이 더욱 거칠어진다. 동시에 호흡이 심하게 떨렸다. 말을 제대로 이을 수 없을 정도로. 해버려야 할까? 이게 정말 나의 감정일까? 바보같이.

"……."

뺨에 닿은 제갈량의 손가락이 벼락 맞은 잔가지처럼 부들부들 떨려온다. 어느샌가 귓전을 스치는 미풍이 잦아들었다. 그리고 젊은 사내의 숨결이 적나라하게 여인의 귓불을 자극한다. 그녀의 파르르 떨리는 얼굴이 붉어졌다.

"……."

사내의 작은 속삭임. 여인의 눈앞이 혼미해지며 참을 수 없는 현기증이 몰려온다. 온몸의 피가 한 방울도 남김없이 증발한 듯한 아찔한 현기증.

"…해봐……."

"……."

"말해 봐. 다시 말해 보라고!!"

확인할 필요가 있었을까? 언제인가 떠진 주유의 눈은 심하게 흔들리고 있었다. 그런 주유를 바라보며 제갈량의 입이 똑같은 말을 반복한다. 타는 듯한 가슴의 고통으로 일그러진 표정으로.

"…나는 당신에게 반했으니까."

*　　　　*　　　　*

달은 공평하게도 어디서나 보인다. 중원에서든 변방에서든, 아니,

저 멀리 서역까지도. 그리고 외진 산중 절간에서도.

"…달이 밝구나."

방통은 달을 향한 시선을 돌려 노인을 바라보았다. 희미한 빛이 들어찬 어둠 사이로 노인의 얼굴을 감싼다. 잔뜩 주름진 얼굴이었지만 새하얀 눈 같은 눈썹 밑의 눈동자는 정기가 흐르고 있다.

"수경 선생님?"

방통이 부드러운 목소리로 노인을 불렀다. 노인은 바로 양양의 명사(名士)이자 방통의 스승인 사마휘였다. 그를 바라보는 방통의 눈에 의아함이 깃든다.

"어인 연유로 지금까지 침수(寢睡)에 들지 않으셨습니까?"

궁금함과 함께 걱정스러움이 어린 말투다. 인생 오십 년. 이미 오십 년을 넘긴 지 오래인 그의 스승이 걱정되는 것은 어쩌면 당연한지도 모른다. 게다가 그리 건강한 몸도 아닐지언대.

"무엇을 보고 있느냐?"

작지만 그 속에 알 수 없는 강한 힘이 담긴 목소리다. 그것은 아마도 인생의 연륜이리라. 사마휘는 노안을 빛내며 방통의 질문에 대답하는 대신 뜬금없는 질문을 던졌다.

"……."

짐작할 수 없다. 방통의 가는 붓으로 신경 써서 그린 듯한 눈썹이 희미하게 떨렸다. 아니, 어쩌면 자신의 짐작과 맞지 않기를 바라고 있는지 모른다. 방통이 입을 열었다.

"달을 보고 있었습니다만."

"……."

지나치게 태연한 말투가 아닌가? 사마휘는 작게 한숨을 쉬었다.

"너의 얼굴에 수심(愁心)이 서려 있다. 무엇을 걱정하는 거지?"

"……."

침묵. 사마휘가 내뱉은 말이 묘한 침묵을 불러온다. 방통은 숨을 크게 들이마셨다. 시큼하고 습한 자극적인 산속의 흙 냄새가 느껴진다.

"공명의 일인가 보군."

계속되는 그의 말이 방통의 안색을 변하게 했다. 당신은 어찌 그리도 예리하시단 말입니까?

"…맞습니다."

결국 방통은 신음하듯 인정하고 말았다. 아니, 어쩌면 짐작 따위는 쉬울지도 모른다. 그가 아는 와룡과 봉추의 관계를 생각하면. 빛과 그림자, 문(文)과 무(武), 어느 하나가 받쳐 주지 않으면 완벽할 수 없는 존재.

"이번에는 그 아이의 목이라도 댕강 자르고 싶은 겐가?"

"그럴 리가."

다소 독설이 서린 사마휘의 말에 방통이 재빨리 부정한다.

"나중을 위한 포석(布石)일 뿐입니다. 어차피 이곳 형주는 강동과 밀접한 관계를 맺지 않고 살아가기란 힘드니까요."

"무슨 소리지? 공명을 강동에라도 보냈다는 말인가?"

"주유에게 보냈습니다. 가서 그녀의 마음을 사로잡으라 했습니다."

사마휘는 무언가를 잘못 들은 것처럼 놀란 표정을 지었다. 그는 수염을 한번 쓰다듬고는 다시 입을 열었다.

"뭐라고 했느냐?"

"주유에게 보냈다고 했습니다."

순간, 사마휘의 노안이 일그러지며 대갈(大喝)한다.

"이놈!! 주유에게… 주유에게?!"

"……."

"주유와 공명이 어떤 운명을 지니고 있는지 몰랐던 거냐?! 둘이 마주치면 필시 한쪽이 죽을 것이다! 게다가 사랑? 네놈, 도대체 나에게서 무엇을 배웠던 것이냐?!"

터질 듯한 긴장감이 공기를 휘몰아친다. 방통은 태연한 표정으로 지그시 눈을 감았다. 하지만 그의 꽉 쥔 손바닥 안은 온통 땀으로 가득 찼다. 스승에게 반(反)한다. 그로서는 차마 견디기 힘든 일이었다. 하지만 방통은 입술을 잘근 깨물며 입을 열었다.

"…운명은 크나큰 힘이지만 절대적인 것은 아닙니다. 스스로의 운명 따위도 바꾸지 못하는 남자는 필요없습니다. 게다가 그 따위 운명도 바꾸지 못하면 이 세상은 맹덕 공의 천하가 될 것입니다. 그렇지 못할 바에야… 차라리 거기서 죽는 게 낫겠지요."

*　　　　*　　　　*

"……."

주유의 떨리는 시선이 제갈량의 일그러진 얼굴을 응시한다. 미세한 숨결 하나라도 여과없이 느껴질 정도로 가까운 거리. 그 작은 공간에서 그들은 그렇게 멍하니 시선을 교환하고 있었다. 왜……?

"하아~"

주유가 거친 숨을 토해낸다. 몸속을 요동하는 고통과도 같은 신경의 여진이 그녀의 척추를 자극하며 산산이 흩어진다. 이해할 수 없는 감정. 왜……?

“…당신, 악취미로군.”

결국 그녀는 인상을 찌푸리며 차갑게 말을 뱉어냈다.

“나를 안고 싶으면 그냥 안아. 이건 단순한 거래일 뿐 그 이상도 이하도 아니야.”

“…….”

대답은 없었다. 그는 그저 공허한 눈으로 주유를 응시할 뿐이다. 그 눈에는 그 어떤 욕망도 떠올라 있지 않았다. 단지 칙칙한 회색 빛깔의 싸늘한 느낌을 자아낼 뿐. 주유의 마음속에 순간적으로 왈칵 화가 솟는다. 지금… 나를 희롱하는 거야?

“대체……!”

“죽고 싶을 만큼 고통스러울지도 몰라.”

그녀가 막 격앙된 목소리로 쏘아붙이려고 할 때 제갈량의 입이 먼저 열렸다. 그는 한참을 날카로운 시선으로 주유를 응시하다가 이윽고 힘든 결심이라도 한 사람처럼 작게 한숨을 내쉬었다.

“무슨 소리지?”

“일단은 당신의 치료가 우선이 아닌가? 대가를 받는 것은 그 다음이다.”

“…….”

중독의 치료. 대체 어떤 걸까? 저 남자가 저렇게까지 말하는 것이라면 필시 간단한 치료는 아닌 것 같았다.

“살 수만 있다면 어떤 고통이라도 상관없어. 근데 어떤 치료지?”

주유의 물음에 제갈량이 무거움이 섞인 어조로 조용히 말했다.

“피다.”

“피?”

그녀가 이상하다는 듯이 고개를 갸웃했다.

"…내 피를 당신이 마시면 끝나."

"뭐?"

무언가 잘못 들은 것이 아닐까? 주유는 놀란 표정으로 눈을 깜빡였다. 사람의 생피를 마신다? 세상에 자신의 눈을 피해갈 것은 없다고 자부하던 그녀로서도 들어보지 못한 말이었다. 이어지는 제갈량의 말에 그녀의 숨이 콱 막힌다.

"내 피를 당신이 마셔야 한다는 말이야."

"…무슨 헛소리지?!"

초조감이 귓속을 강타한다. 어찌 사람이 사람의 피를 마신단 말인가? 게다가 그게 중독을 치료한다니. 그녀의 자그마한 어깨가 흥분으로 작게 들썩인다.

"헛소리라고 생각해도 좋아."

침묵이 등 뒤로 무겁게 밀려들었다. 단지 그 말뿐 그 어떤 변명도 납득할 만한 설명도 그의 입에서는 나오지 않았다. 하지만 그 여운있는 침묵은 차라리 그 어떤 능수능란한 말보다 더욱 설득력을 가지고 있었다.

"왜… 아무 말도 하지 않지?"

"당신이 이해할 수 있다고 생각하지 않으니까."

"……."

주유는 눈을 가늘게 뜨고 제갈량의 기색을 살폈다. 그는 놀랍도록 무심했다. 마치 수묵화 한쪽의 여백처럼 텅 비어 있는 눈으로 전혀 빈틈이 느껴지지 않는다. 벌써 냉정을 찾은 것일까? 주유는 작게 호흡을 가다듬었다. 이쪽도 냉정을 찾아야 한다. 곧 그녀의 눈에도 서서히 우수의 안개가 드리운다. 사람의 피로 중독을 치료한다. 가능한 것일까? 아니, 그보다 저 남자를 믿을 수 있는가? 다시 한 번 침묵이 무겁게 그들 사이에 서렸다.

믿을 수 있는가? 끊임없는 질문이 주유의 머리 속을 휘돈다. 고통. 결코 풀리지 않는 질문에 대한 고통이 그녀의 고운 아미에 검은 그림자를 드리웠다. 물론 그 질문에 대한 답변을 막는 것은 불안감이었다. 막연하게 다가오는 불안감.

"……."

그녀는 눈을 감는다. 생명을 걸지 않고 휘두르는 검이 불타오를 수 있는가. 까마귀다. 저 남자나 자신이나 피투성이가 된 위태위태한 날개로 요려(夭厲)한 비행을 하는 까마귀일 뿐이다. 그녀의 입이 조용히 열렸다.

"…피를 마시겠어."

"후후."

제갈량이 애매한 웃음을 흘렸다. 바람과도 같이 가벼운 웃음이다.

"자."

그의 손이 천천히 목검을 집어간다. 달빛 속에서도 은은하게 날카로운 날을 세우고 있다.

"난 스스로 손목을 베지 못하니까 당신이 베어줘."

휘릭!

제갈량이 검을 허공을 향해 던졌다. 검은 신기하게도 공중에서 한 바퀴 회전한 후 정확히 손잡이 쪽으로 주유를 향한다.

탁!

익숙한 몸놀림으로 가볍게 검을 손에 쥔 주유의 앞에 제갈량이 오른

손을 내민다. 정확히 손목만을 베는 것은 무척이나 어려운 기술이다.
물론 평범한 검객에게만.

휘익!

대기를 가르는 미세한 바람 소리와 함께 검이 번뜩였다.

주르륵.

잠시 후에 제갈량의 손목에 핏물이 흐른다. 이 생명의 분출을 무심
한 눈으로 바라보며 그가 입을 열었다.

"각오하는 게 좋을 거야."

피의 향취가 코끝에 배어든다. 무척이나 진하고 독한 향기. 선홍(鮮
紅)의 선혈. 검은 눈동자 속에 아득히 비치는 붉은 물방울을 바라보며
주유는 얇은 입술을 열었다.

"……."

처음 감각을 느낀 것은 혀였다. 생전 처음 느껴보는 인간의 피의 감
각. 무언가 촉촉하고 짜릿하게 저려오는 느낌. 순간 정신이 아찔하며
현기증이 몰려왔다. 제갈량의 딱딱하게 굳은 표정이 신기루처럼 어지
러이 흔들렸다. 술에라도 취한 것처럼.

"하아……."

가쁜 숨이 절로 나왔다. 주유는 파리하게 떨리는 입술을 지그시 다
물며 혀에 모인 액체를 목으로 넘겼다. 촉촉하고 짜릿한 느낌이 목구
멍을 타고 내려간다. 그리고…….

"욱!"

번개라도 맞은 것처럼 주유의 몸이 부들거리더니 허리가 팍 꺾이며
바닥에 무릎을 꿇고 말았다. 눈앞이 혼미해진다. 격통이다. 가슴이 열

로 팽창하는 듯이 끓어오르면서 뜨겁게 타오르며 맹렬한 고통이 느껴
졌다. 입에 마른침이 괴여 붉은 입술을 타고 흐른다.

"으윽!"

희고 아름다운 나신이 끊임없이 요동치며 입에서 신음성이 흘러나
왔다. 온몸에서 땀방울이 흠씬 배어 나온다. 눈앞에 강한 햇빛이라도
흩뿌린 듯이 기묘한 빛이 눈앞에 아른거린다. 온몸의 피가 온통 다 말
라 버린 듯이 참을 수 없는 심한 현기증이다. 왜……?

"정신을 가다듬어."

순간 제갈량이 몸을 굽히며 한 팔로 땀으로 가득한 주유의 몸을 안
아왔다. 그녀의 희고 탄력있는 젖가슴이 아무런 저항 없이 사내의 탄
탄한 가슴에 닿았다. 평상시라면 단숨에 뿌리쳤겠지만 지금은 그저 사
내의 손길에 몸을 맡기는 것이 전부였다. 아니, 오히려 쓰러지지 않기
위해서 그의 몸을 의지할 수밖에 없었다. 그녀의 손이 제갈량의 검은
옷자락을 세게 붙잡았다. 금방이라도 찢어질 것같이.

"…윽."

입을 열어 무언가 말을 하고 싶었지만 입술을 꽉 깨물면서 고통을
참는 것이 고작이었다. 금방이라도 온몸이 산산이 찢어져서 조각조각
날 것 같은 고통이 밀물처럼 끊임없이 밀려왔다. 생전 처음 느껴보는
크나큰 고통이 그녀를 난타하고 있었다. 마른침과 함께 피가 섞여 입
술을 타고 흐른다.

"……."

제갈량의 표정도 그답지 않게 무척이나 어두웠다. 이 발작이 얼마나
고통스러운 건지 잘 알고 있는 그였기에. 만약 그 주유가 아니었다면
까무러쳐도 몇 번이나 까무러쳤을 것이다. 아니, 오히려 정신을 잃는

것이 나을지도 모른다. 모든 독을 잡아먹는 피라……. 단지 그런 것만은 아닐 것이다. 어쩌면 자신의 피야말로 진정한 독일지도 모른다. 어느새 제갈량의 흑의도 주유의 땀이 배어 흥건히 젖고 말았다.

“…….”

언제부터였을까, 그녀의 아름다운 검은 눈동자에 괴로움에 겨운 눈물이 흘러나온 것은. 그리고 그의 앞에서 보인 그 두 번째의 눈물은 그를 무너뜨렸다.

“읍…….”

헐떡이는 그녀의 숨결에 살며시 입술이 와서 포개진다. 제갈량의 흔들림없던 눈에 격렬한 폭풍우가 일었다. 스스로도 믿겨지지가 않는지 그녀를 안은 손이 부르르 떨린다.

잔월(殘月). 사람을 잔인하게 매혹시키는 그 새벽달이 어둠 속에서 영롱하게 빛난다. 그 달빛을 본 제갈량은 퍼뜩 정신을 차렸다. 유혹이라도 당해 버렸나? 숨을 헐떡이며 고통에 신음하는 여인에게 지금 무슨 짓을? 그의 입술이 서서히 주유에게서 떨어졌다. 그리고 그 망연한 열기만을 허공에 분출한다.

“…미안하군.”

그의 입에서 단 한 마디의 사과라도 나온 적이 있던가? 냉정을 잃어버린 스스로에 대한 자책이었을까. 그의 탁한 목소리에는 힘이 없다.

“…….”

희미해지는 의식 속에서 달을 보았다. 그리고 입술에 닿는 차가운 느낌도. 마지막 힘을 다해 제갈량의 옷자락을 꽉 움켜쥐면서 그녀의 고개가 제갈량의 어깨에 떨어졌다.

*   *   *

독대(獨對)라……. 이게 얼마 만인지. 이신은 창으로 들어오는 강한 햇살을 바라보며 인상을 조금 찌푸렸다. 분명 쌀쌀한 날씨였지만 옷 속에 흐르는 몸의 열기는 뜨거웠다. 긴장감 때문일까? 그 남자는 이번 일을 대체 어떻게 생각하고 있을까? 그는 긴 숨을 내쉬면서 눈을 감았다.

"……."

조용하다, 미묘한 공기의 떨림을 제외하고는. 소리라고 하기에는 무엇인가 규칙적인 그것이 금(琴) 소리라는 것을 인식한 것은 잠시 감은 눈을 떴을 때였다. 금, 금이라…….

"좌장군."

"음."

검은 옷을 입은 거한. 언제나와 같이 조조의 곁을 돌 벽처럼 지키고 있는 허저의 말이 이신의 상념을 깨뜨렸다.

"오랜만이군."

"……."

대답은 없었다. 그 이유는 허저의 얼굴에 그대로 드러났다. 그는 우직할 정도로 감정을 숨기지 못하는 남자였으니까. 도화빛으로 물든 그의 붉은 얼굴의 힘줄이 꿈틀댄다. 툭 건드리면 그대로 폭발할 것 같은 표정이다. 왜 아니 그럴까. 수많은 피를 흘러가며 겨우 얻은 서주를 거의 거저 넘겨주었으니.

"승상은?"

이신의 물음에 허저가 말없이 안쪽을 가리킨다. 확실히 금이 울리는 방향이다. 이신은 천천히 그곳을 향해 발걸음을 옮겼다. 그는 일부러 허저에게 말을 걸지 않았다. 동요하는 상대에게 불이나 붙이는 어리석은 짓 따위를 할 그가 아니었으니까. 발걸음은 확실히 평소보다 무거웠다. 느끼지 못하는 사이에 긴장감이 몸에 깊게 내려앉은 듯이. 푸른 난과 번들거리는 찻잎들이 무성한 뜰. 이곳은 조조의 자택(自宅)이었다. 길게 뻗은 대나무가 바람에 흔들리는 소리가 들린다. 이신으로서도 조조의 자택을 직접 방문한 것은 이번이 두 번째였다. 안채에 다가갈수록 금의 떨림이 더욱 커진다.

드르륵.

이신은 망설임없이 문을 열었다. 그 남자는 기다리고 있을 테니까.

"……."

문을 연 그의 눈에 들어온 것은 조조였다. 조조는 이 방문객에게는 시선조차 주지 않은 채 계속 금을 뜯는다. 이신은 그제야 금을 뜯는 것이 조조의 부인이 아니라는 것을 눈치 챘다. 그의 눈꺼풀이 부드럽게 떨린다. 들려오는 금의 운율은 그 어떤 기개도 힘도 느껴지지 않는다. 오히려 흐릿한 슬픔과 연약함이 느껴지는 운율이다. 아름답다. 이렇게 아름다운 음(音)을 남자가 연주할 수가? 그것도 그 조조가 말인가? 이신의 눈에 비치는 조조는 여전히 차갑기 그지없는 표정을 하고 있었다. 악기를 연주하면서 그 어떤 감흥도 느껴지지 않는 표정이라니. 역시.

"…서주는 계륵(鷄肋)입니다."

이신의 목소리가 아름다운 금 소리를 뚫고 조용히 울려 퍼졌다.

땅!

순간 거친 소리와 함께 금 줄 하나가 끊어졌다. 조조는 천천히 이신을 올려다보았다. 무심하도록 차가운 눈.

“계륵이라니?”

당신이 모를 리가 없을 텐데? 이신은 아주 잠깐 망설인다. 그 망설임은 조조의 손가락의 움직임에 대한 동요였다.

띠잉!

그의 손가락이 금 줄 하나를 더 끊었기 때문이다.

“버리자니 아깝고 먹자니 먹을 것이 없는 닭갈비 말입니다.”

“…….”

띵! 띠잉! 띵!

금 줄 끊어지는 소리가 몇 겹이나 겹쳐지면서 부풀어 오른다. 이제 남은 줄은 단 두 개. 그것은 애처롭게 가는 수명을 유지하고 있었다.

“계륵이라…….”

이상할 정도로 조조는 화를 내지 않았다. 그저 혼잣말로 중얼거리듯이 내뱉었을 뿐이다. 예상과는 너무 다른 반응에 이신은 일말의 당혹감마저 들 지경이었다. 그곳은 최고의 적수였던 여포를 쓰러뜨리고 겨우 얻은 땅이 아니었던가.

“…금을 잘 타시더군요.”

이신은 피가 흐르는 조조의 손가락을 바라보며 겨우겨우 입을 열었다. 연약하다. 그의 손가락도 역시 살과 피로 이루어져 있단 말인가? 붉은 핏방울이 순간 튀어 오른다.

띵!

이제 남은 줄은 오직 하나.

“자살검(自殺劍)이야, 내 검은.”

“…….”

이신은 의아한 눈으로 자신의 귀를 의심했다. 차갑지 않다. 이 얼마나 가련한 울림이란 말인가? 잘못 들은 걸까?

"상대를 찌르고 반드시 나를 찌르지. 아프고 잔인하게."

띠잉!

칠현금(七弦琴)의 마지막 줄이 끊겼다. 이신은 문득 조조의 가는 속 눈썹 아래 반은 감겨 있는 눈동자 속에서 희미한 떨림을 보고 입을 굳게 다물었다. 평소 같지 않다. 어째서? 이게 정말 조조라는 남자의 모습이란 말인가? 척추를 타고 여진이 끊임없이 일렁거린다.

"승상……."

"그래서 꼭 뽑아야 할 칼만 뽑는다."

이신의 시선이 무심코 벽에 걸려 있는 의천에 걸렸다. 아름답고 찬란한 검신(劍身)이 칠흑의 검집에 숨겨져 있다. 그 조조라면 눈 깜짝할 사이에 검을 집어 자신을 벨 수 있다. 불현듯 등골이 서늘해졌다. 이신은 깊게 숨을 삼켰다.

"그대도 그런 것 같더군."

"……."

이런 상황에서 뭐라고 말을 해야 할까? 조조는 피가 흐르는 왼손으로 의천을 움켜잡았다. 핏물이 흘러 의천의 검집이 검붉게 보인다. 아직은 납검(納劍) 상태. 하지만 자신은 무기가 없다. 설령 무기가 있어도 삼십 합도 버틸 자신이 없었지만.

"지금이 뽑아야 할 때란 말입니까?"

결국 이신은 입을 열었다.

"글쎄."

키잉!

의천의 검신이 햇빛을 받아 그 투명하고도 깨끗한 검광(劍光)을 발했다. 무수히 많은 피를 먹고도 어떻게 저런 깨끗한 검광을 발할 수 있는지 의심스럽기까지 한 그 명검이 허공에서 유려한 선을 그렸다. 칼집에서 나와 허공에 섬광(閃光)을 남기고 검이 검집 속으로 되돌아가는 그 찰나의 순간,

"……."

이신은 가볍게 눈을 감고 전율했다. 그의 이마에는 어느새 흥건히 땀이 맺혀 있다. 대기를 잔잔하게 가르는 검의 숨결에 숨이 콱 막힌다. 한기가 등을 훑어내린다. 그조차도 수만 번이 넘게 구사해 온 베기이지만 저토록 완벽한 베기를 본 적은 없었다. 아니, 저것을 베기라고 할 수 있을까? 마치 저 칼놀림은…….

"무(無)."

자신도 모르게 이신은 중얼거렸다. 최고의 경지. 나도 없고 검도 없고 베는 이도 없고 베어지는 것도 없다. 그저 딱딱한 침묵만이 격자(格子)처럼 꽉 묶고 있다. 가느다란 선 같은 연기가 감은 눈에 아른거리며 올라간다.

"틀렸어."

"……."

그렇게 쉽게 단정 지을 수 있는가? 이신은 눈을 뜨고 멍하니 조조를 바라보았다. 정확히는 그의 손에 들린 의천을. 조조가 조용히 입을 열었다.

"그런 경지는 없어. 떠들기 좋아하는 사람들의 헛소리일 뿐."

당신은 보지 못했나, 그 황홀한 검의 율동을? 이신은 몸을 부르르 떨며 입술을 잘근 깨물었다. 구원(九原)의 여포에 필적한다는 그 검술. 방금 본 광경이 꿈인지 현실인지 망각할 정도로 잔향(殘香)에 취하게

하는 그 검술에 그는 기묘한 감각에 젖어들었다. 그것은 향수(鄕愁)일
까?

"주유를 보았나?"

호기심이라는 감정은 아니었을 것이다. 그의 눈은 여전히 차갑게 가
라앉아 있었으니까. 그저 지나가는 말투로 그는 그렇게 물었다.

"예."

이신은 의천에게서 시선을 돌려 버린다. 그의 눈은 어느새 환각에
빠진 듯 매혹적인 궤적을 그렸던 검의 길을 훑고 있었다. 관자놀이에
맺힌 땀이 뺨을 타고 조용히 흐른다.

"어떻던가?"

상당히 많은 뜻을 내포할 수 있는 질문. 그 질문에 대한 대답은 잠시
간의 숨 막힐 듯한 침묵이었다. 그 침묵이 의미하는 것은 이신의 망설
임이었다. 손가락을 작게 만지작거리면서 이신은 입을 열었다.

"아주 아름다운 눈을 가진 낭랑(娘娘)이더군요."

안개처럼 우수(憂愁)에 가득 찬 주유의 눈이 불현듯 뇌리에 떠오르
는 것을 느끼며 그는 다시 시선을 돌렸다. 조조의 입가에는 어느새 차
가운 미소가 걸려 있다. 빈틈이 없는 미소. 언제나 그런 그의 냉소를
응시하며 이신이 다시 말했다.

"손책은……."

"그대는 여자 보는 눈은 없어."

조조가 그의 말을 끊었다. 흔들림없는 검은 눈동자 속에 한 가닥 작
은 파문이 일었다. 그 파문은 마음속에 어떤 의문을 가지기도 전에 순
식간에 사그라져 버렸다.

"바둑이나 한 판 두지."

그는 이상할 정도로 서주의 일에 관한 그 어떤 명확한 한마디의 말
도 내뱉지 않았다. 묘한 긴장감이 온몸을 짓누르는 것을 느끼며 이신
은 작게 기침을 했다. 응어리가 맺혀 있는 탁한 기침이었다.

"예."

"상공(相公), 들어가겠습니다."

방 안에서 들려오는 작은 대답 소리에 장지문을 열고 조심스럽게 다
과상을 가지고 들어오던 조조의 두 번째 부인이자 이제는 정실이 된
변 부인 변부용은 눈앞에 펼쳐진 방 안의 이변에 하마터면 다과상을
떨어뜨리고 말 뻔했다. 아녀자의 몸으로도 그 이름은 귀가 따갑도록
들어왔던 상공의 세 번째 명검이라 불리는 사내의 얼굴을 직접 보고
싶다는 호기심은 그것을 본 순간 산산이 흩어져 버렸다.

"아……!"

그녀의 눈은 줄이 모두 끊긴 칠현금을 향해 있었다. 조조가 가장 아
끼는 그 물건은 이제 더 이상 아름다운 선율을 연주하지 못하는 것을
아쉬워하듯 피에 얼룩져 있었다.

"상공!"

검은 돌과 하얀 돌이 대각선으로 두 개씩 놓여진 바둑판. 창백한 인
상의 사내는 막 손가락에 쥔 흰 돌을 다시 바둑통에 집어넣었다.

"처음 뵙겠습니다, 영부인(令夫人)."

"……."

이 남자가? 부드러운 목소리로 인사를 건넨 이신을 바라보는 그녀의
눈이 조금 떨렸다. 생각했던 것과는 너무나도 다른 인상이었기 때문이
다. 한 치의 강인함도 떠올릴 수 없을 정도로 나약하고 신경질적인 인

상을 가진 남자라니. 냉철하고 차가운 이미지를 상상했었는데.

"아, 예."

얼버무리듯이 변부용은 인사를 받았다. 짧은 시간에 받은 여러 가지 충격 때문에 제대로 말이 되어 나오지 않았다.

"부인."

조조가 짧게 말했다. 하지만 그 차가운 눈에 담긴 의미를 짐작한 그녀는 살짝 눈을 깜박거리고 방구석에 다과상을 놓았다.

"그럼."

변부용은 고운 아미를 찡그리며 방문을 나섰다. 조심스럽고 가녀린 발걸음 소리가 방 안으로 들려왔다.

드르륵.

장지문이 다시 닫혔다. 조조가 입을 열었다.

"자, 다시 시작하지."

두 번째였다, 조조와 바둑을 둬본 것은. 바둑에서도 적수가 없는 고수로 알려진 조조와의 처음 승부는 우습게도 무승부였다. 계산 착오였을까? 이기고 싶다고 생각하지 않았었다. 판은 분명 무승부. 이신은 일부러 한 집을 져주려 했지만 눈 깜짝할 사이에 판은 무승부로 끝나고 말았다. 두 번째는……

"그럼."

딱.

이신은 조심스럽게 우상귀로 착수(着手)한다. 날 일(日) 자의 걸침.

"그대는 언제나 처음에 신기한 수를 두는군. 좁아. 그대답지 않게 너무 좁아."

딱.

조조도 여느 때와 같이 눈 목(目)자로 응수(應手)했다. 무수한 뒷맛과 복잡한 변화로 인해 지금에 와서는 거의 사장(死藏)된 수였다. 하지만 이만큼 조조에게 어울리는 수가 있을까?

"넓은 배포 따위는 저에게 없으니까요."

이신의 손이 다시 흰 돌을 향했다.

달각 하고 이신은 술잔을 상에 내려놓았다. 그의 눈은 흰색 천장을 멍하니 응시하고 있었다. 아무런 무늬도 색깔도 없이 공허한 느낌을 주는 천장. 금방이라도 그 천장이 무너져 자신을 짓눌러 버릴 것 같은 상상에 이신은 눈을 감아버렸다. 그의 손이 가볍게 떨렸다.

"상공."

자신을 부르는 가녀린 여인의 목소리에 이신은 눈을 뜨고 천천히 몸을 돌렸다. 저물어가는 붉은 석양의 그림자가 여인의 창백한 얼굴 위에서 흔들리고 있다. 장료. 그와 백년가약을 맺은 이 슬픈 눈의 여인은 걱정스러운 빛이 서린 얼굴로 그를 바라보고 있었다. 그리고 그 걱정이 무엇인지는 대충 짐작이 가는 터였다.

"…부인."

장료는 아랫입술을 잘근 깨물고는 떨리는 목소리로 입을 열었다.

"승상 댁에서 무슨 일이 있었습니까? 그렇게 한마디 말씀도 안 하시고 계속 독주만 자시다니 상공답지 않습니다. 아니면 첩은 상공의 일을 들을 자격도 없다는 것인지요?"

"……."

이신의 낯빛이 조금 어두워졌다. 특별히 그녀에게 말하고 싶지 않은 것은 아니었다. 다만 자신도 조조의 심중을 제대로 짐작하지 못했기

때문에 망설였던 것이다. 특별히 평정을 잃지도 않았건만 꼭 아녀자의
노리갯감이라도 된 기분이었다. 무엇보다 그 애절하고 아름다운 금(琴)
의 선율은 평소의 조조로서는 상상도 할 수 없는 행각이 아니던가.

"상공, 어서 말씀해 보세요."

"음?!"

이신은 눈을 크게 뜨고 멍하니 얼어붙었다. 그녀의 입술에서 잘못
바른 붉은 연지 같은 선혈 한 줄기가 턱을 타고 흘러내려 방바닥에 선
홍의 얼룩을 만들었기 때문이다. 순간, 과거의 기억이 떠올라 이신은
황급히 장료를 안아갔다. 파리한 얼굴로 피를 흘리던 그녀의 모습이.

"부인, 어째서… 어째서 이런 짓을 하셨습니까?"

다급하게 속삭이는 그의 목소리를 듣는 장료의 얼굴에 희미한 미소
가 떠올랐다.

"후후, 역시 상공은 꼭 피를 보셔야 입을 여시는 것입니까?"

"그런……."

눈앞으로 현기증이 밀려왔다. 그는 말을 채 잇지 못했다. 촉촉하고
아릿한 피의 감촉이 입술에 느껴졌다. 새벽잠에서 방금 깬 듯 환상처
럼 다가온 그녀의 입술은 스쳐 가듯 빠르게 사라졌다. 열이 나는 혀끝
으로 이신은 입술을 핥았다. 찌릿한 피의 맛이 혀에 느껴졌다. 묘한 열
락 속에서 드는 한줄기 불안감에 이신은 장료에게서 시선을 돌렸다.
그녀의 잔뜩 붉어진 얼굴이 잔월처럼 눈에 어렸다. 위로와 사랑의 차
이는 종이 한 장만큼이나 얇고 환각처럼 착각을 불러일으킨다. 그것이
정이라는 감정과 섞이면 더욱더. 어디까지나 자신은 그녀의 원수이며
지금은 그저 서로를 위로하는 친구인 것을 잊으면 안 된다는 것을. 더
이상 자신에게 사랑은 없다는 것을 잘 알고 있기에 그동안 소저라고

부르며 애써 거리를 두었던 것이다. 그것은 거울처럼 비치는 또 하나의 자신인 그녀도 마찬가지라고 생각했었다. 그런데 만약 그 거울이 깨진다면…….

"…앉으세요. 다 말씀해 드리죠."

편치 않은 이신의 목소리 때문일까? 장료의 얼굴에는 그렇게 듣고 싶어했던 그의 대답이 떨어졌음에도 불안한 기운이 감돌았다.

"첩이… 실례를 범한 것입니까?"

"……."

이신은 말없이 눈을 살짝 감았다. 그리고 얼마 후 치켜뜬 그의 눈꺼풀 밑에는 부드러운 눈웃음이 지어져 있었다.

"아닙니다."

괜한 기우일 것이다. 방금의 입맞춤만으로 무언가를 단정 짓는다는 것은 결박된 세계에 자물쇠를 거는 격이다. 스스로를 꽁꽁 묶어버릴 결박의 사슬을. 그제야 장료에게서 어두운 기운이 걷혔다. 겨우 용기를 내서 한 자신의 행동이 스스로의 발목을 잡았다면 크게 후회할 뻔했으니까. 아니, 어쩌면 순간의 감정에 흔들렸을지도 모른다. 그녀는 애써 그런 생각을 날려 버렸다.

"말씀하세요, 상공."

자리에 조심스럽게 앉으며 장료는 나지막한 한숨을 지었다. 저렇게나 의기소침할 일이었다면 필시 보통 일은 아닐 터. 게다가 서주를 단 하나의 핏방울도 안겨주지 않고 넘겨준 것은 그녀가 생각하기에도 크나큰 잘못이었다. 아마 파면되지는 않을까 하는 게 그녀의 걱정이었고 심하면 목숨까지 부지 못하는 건 아닐까 하는 불안감도 든 것은 사실이었다. 조조는 아무리 공이 많다고 해도 작은 실수조차도 쉽게 용납 못하는 사람으로 알려져 있었으니까.

"부인은 금을 탈 줄 아십니까?"

뜬금없이 이신은 그렇게 물었다.

"금이요?"

"예."

그런 것 탈 수 있을 리가 없잖아? 장료는 애꿎은 손가락을 꺾으며 답했다.

"…조금은 탈 줄 압니다만."

가슴 한구석이 덜컹거린다. 나, 왜 거짓을 말한 거지?! 혹시 연주라도 하라고 하면 어쩌나 하는 걱정이 그녀를 엄습해 왔다. 초조감을 느끼며 그녀는 떨리는 손을 꽉 쥐었다.

"그러시군요. 그러면 혹시……."

"예? 하, 하지만 첩은 금을 만진 지 너무 오래인지라 제대로 된 연주를 할 수 있을지… 게, 게다가 여기는 금도 없고요."

이신이 고개를 갸웃하며 애매한 미소를 지었다. 장료의 당황한 기색이 의외였던 것이다. 어리둥절한 표정으로 잠시 이유를 생각해 보던 그는 곧 이유를 짐작하고는 작게 웃음을 터뜨렸다. 그 웃음을 본 그녀의 얼굴이 금세 붉어졌다.

"사, 상공, 왜 웃으십니까?"

"하하, 제가 부인께 연주라도 부탁드릴 것 같았습니까?"

"아, 아니, 그런 게……."

이신이 새빨개진 얼굴로 말을 더듬는 장료의 손을 부드럽게 잡아갔다.

"그보다 한 가지 묻고 싶은 게 있어서 말입니다. 자기가 아끼는 금의 줄을 스스로 끊는다는 것이 무슨 의미입니까?"

"금의 줄이오?"

장료는 계속해서 금에 대해 묻는 이신을 의아한 표정으로 바라보았다. 그도 그럴 것이 이신과 함께 지내온 일 년여 동안 그가 먼저 금에 대해 얘기를 꺼낸 적은 한 번도 없었기 때문이다.

"예."

그는 호기심 어린 눈이면서도 묘한 진지함이 담긴 눈이다. 장료는 다시 한 번 애꿎은 손가락을 지그시 꺾으면서 무엇인가를 떠올리려고 애썼다. 금의 줄을 끊는다라⋯⋯.

"⋯⋯."

스스로 자신의 아끼는 물건을 망가뜨린다는 것은 여러 가지 의미가 있다. 하지만 가장 중요한 이유는 아무래도 그 물건에 정이 떨어졌기 때문일 것이다. 그것도 아니면 더 이상 아무 쓸모가 없다는 것이던지. 장료는 문득 얼마 전에 깨버린 금이 간 찻잔을 떠올렸다.

"아마 더 이상 그 금으로 연주하고 싶지 않다는 뜻이 아닐까요?"

조심스럽게 장료가 말했다.

"⋯그럴까요?"

금을 끊을 때 어찌 보면 비장하기까지 한 조조의 모습을 생각하면서 이신은 낮게 중얼거렸다. 스스로의 눈이 예리하다고 생각하지는 않았지만 분명 평상시의 조조는 아니었다. 그것이 서주의 일과 무슨 관계는 있지 않을까? 문득 목이 바짝바짝 타와 그는 침을 삼켰다.

"근데 왜 그런 것을 물으시죠?"

"실은 승상이 제 앞에서 금의 줄을 끊으시더군요."

"예?!"

장료의 눈이 갑자기 다급해진다. 예전부터도 그랬지만 그녀는 조조의 일에 대해서는 꽤나 민감했다. 게다가 이런 상황이다 보니 자연 감정이 더욱 격해지는 것이리라. 그녀의 목소리가 가늘게 떨렸다.

"승상이 말씀인가요?"

다그치듯 되묻는 장료에게 이신은 말없이 고개를 끄덕였다. 어느새 꽉 움켜쥔 그녀의 손이 부들부들 요동하는 것이 보였다. 금방이라도 그 떨리는 손을 잡아가 위로의 한마디를 하고 싶은 마음을 꾹 눌러 참으며 이신은 입을 열었다.

"너무나도 아름다운 선율이더군요. 하지만 지나치게 연약했어요. 승상의 손에서 나오는 소리라고는 믿겨지지 않을 만큼."

"……."

눈을 감으면 귓전에 금방이라도 그때의 선율이 되살아난다. 마음을 온통 진탕질해 놓은 선율.

"그리고 곧 금의 줄을 끊으셨습니다."

지나치게 담담한 말투. 하지만 이신의 마음속은 그때의 격정이 여실히 느껴져 풍랑을 만난 것처럼 흔들리고 있었다. 마치 무언가를 작별하기 전의 그리움, 그리고 슬픔. 단순히 물건 따위에 그런 정을 주는 사람이 아님을 누구보다도 잘 알고 있는 그로서는 무척이나 놀랄 만한 일이었다. 어쩌면 그 칠현금에 담긴 것은 추억일지도 모른다는 생각이 들었다.

"…그리고 상공을 책하셨군요?"

장료의 표정은 완전히 딱딱하게 굳어 있었다. 조조가 직접 믿고 맡긴 한 주(州)를 적에게 넘긴 일. 결코 가볍지 않은 책망을 받았을 것이다. 그리고 상공의 표정이 아까부터 계속 어두웠던 것은 아마 그 일 때문임이 틀림없으리라. 하지만 이신은 천천히 고개를 가로저었다.

"전혀요. 서주에 대한 일은 단 한 마디도 꺼내지 않으셨습니다."

"예?"

장료가 어리둥절한 표정을 지었다. 서주의 일이 아니라면 조조가 상공께 독대를 청할 일이 또 있단 말인가?

"이상할 정도로 말이죠."

이신의 입가에 애매한 웃음이 지어졌다. 나의 마음을 모두 읽고 있는 것은 아닐 텐데. 그리고 그가 손책이 일 년 후에 요절(夭折)한다는 것은 더 더욱 알 리가 없을 테고. 그런데 그 이상할 정도의 행동은 무엇이란 말인가?

"그런……."

"아마 더 두고 보겠다는 의미가 아닐까요?"

최대한 쉽게 생각하면 말이지. 이신의 눈이 저물어가는 붉은 석양을 향했다. 꽃이 흩뿌려지는 것처럼 눈앞에서 어른거리며 햇빛이 터지는 것같이 느껴진다. 가슴이 답답하다. 단순한 호기심 때문은 아닐 것이다.

"마지막으로 승상과 바둑을 두었습니다."

"바둑이오?"

"……."

이신은 대답없이 눈을 감았다. 그 질서없이 나열되던 흑돌. 무엇을 의미하는 걸까? 우리가 몹시나 믿고 따르는 질서라는 것은 애초에 좁게 규제해 버린 우물에 지나지 않을지 모른다. 한 겹 벗겨서 생각해 보면 또 다른 세상이 있는 것을. 그리고 조조의 그 바둑은 어쩌면 그것을 나타냈는지도 모른다. 그리고 보면 확실히 그의 검술도…….

“승상은 어쩌면… 다른 눈으로 천하를 보고 있는지도 모릅니다.”
조용한 말투로 그가 한마디 덧붙였다.

*　　　　*　　　　*

그것은 강이었다. 그리고 배였다. 세차고 절박한 기세로 강물이 흘렀다. 변덕스러운 하늘은 거친 숨결을 토해냈다. 그 숨결은 곧 매서운 폭풍우로 변했다. 이런 날씨에서 배 따위는 띄울 수 없을 텐데. 하지만 육중한 강의 흐름 속에서도 당당히 뜬 배가 있었다. 일단의 군선(軍船)들. 그것들은 꼬리를 튼 용처럼 섬뜩하고 위풍당당한 기세로 모두들 쇠사슬에 묶인 채 떠 있다. 용(龍). 눈을 비벼 확인할 필요도 없이 그것은 용이었다. 불현듯 몸이 벼락이라도 맞은 듯 떨려왔다.

“으음…….”
눈을 떴을 때 보이는 것은 아무것도 없었다. 주유는 지금 자신이 눈꺼풀을 떴는지조차 헷갈릴 지경이었다. 지끈, 돌연 머리가 참을 수 없이 아파왔다.
“정신이 들었나?”
어둠 속에서 목소리가 들려왔다. 그제야 그녀는 이곳이 불이 꺼진 방이라는 것을 인식할 수 있었다. 부스럭거리는 소리가 들리더니 곧 은은한 촛불이 빛났다. 어질하는 시선을 모아 주유는 목소리의 주인을 응시하였다. 왼팔이 없는 키 큰 사내의 그림자. 주유가 놀란 목소리로 말했다.
“당신……?”

“…….”

까마귀와 같은 사내 제갈량은 평소와 같은 무심한 눈으로 그녀를 응시하고 있었다. 하지만 그의 상의는 왜인지 존재하지 않았다. 온통 보기 흉한 흉터로 도배된 그의 상체에 주유는 그만 눈썹을 찌푸리고 말았다. 어째서 그 정도의 실력자가? 고개를 젓던 그녀는 곧 자신의 몸이 제갈량의 흑의(黑衣)로 덮여 있는 것을 느꼈다.

“이거, 뭐지?”

“한 팔로 남의 옷을 입히는 재주는 없어서 말이야.”

“당신이 한 건가?”

“하늘을 덮는 것보다는 그래도 나을 텐데? 아직 성치도 않은 몸 주제에.”

“이런 어줍잖은 친절 따위는 바란 적 없는데?”

“당신 때문이 아니야. 내 옷소매 탓이지. 그놈이… 하도 오래 텅 비어 있더니 사람을 그리워해서 말이지.”

차갑고 건조한 목소리만큼 제갈량의 흑의는 차갑지 않았다. 몸속을 감도는 한줄기 온기를 느끼며 주유는 입술을 잘근 깨물었다. 자신이 정신을 잃은 동안 아무 일도 없었다는 것쯤은 깨어났을 때 알 수 있었다. 하지만 왠지 모르게 치솟는 분함을 억누르지 못하고 그녀는 입을 열었다.

“분명히 나를 가지겠다고 한 것 같았는데. 아닌가? 정신을 잃은 여자는 취향이 아닌 건가?”

“웬만하면 좀 닥치시지. 아직 피 돌림도 시원치 않을 텐데.”

제갈량은 말을 마치고 몸을 일으켰다. 촛불에 부딪쳐 흉터로 겹겹이 단단하게 굳은 듯한 그의 벗은 등이 주유의 눈에 들어왔다.

"옷이나 입어. 그리고……."

"……."

"…나도 그렇게까지 모진 놈은 아니야, 아가씨."

제갈량은 문을 열어젖히며 그렇게 쓸쓸하게 변명하듯 한마디 덧붙였다.

악취미다. 주유의 아미가 지그시 찡그려졌다. 처음 만났을 때부터 느꼈다. 가슴속에서 끓어오르는 알 수 없는 초조감을. 그것은 썩은 피와 같이 고여 그녀를 괴롭게 했다. 한 번도 남 앞에서 냉정을 잃은 적이 없던 자신이 왜 그런 우스운 감정 따위를 가지는지는 몰랐다. 그저 스스로에게 화가 날 뿐이었다.

"……."

제갈량은 묵검(墨劍)을 부드럽게 쓰다듬으며 묵묵히 벽에 기대어 있었다. 한 치의 변화도 없는 표정. 주유는 깊이 숨을 내쉬었다. 이렇게까지 과묵한 남자는 처음이었다. 자신이 깨어났을 때는 아마 새벽녘이었던 것 같다. 어느새 날이 밝아져 왔으니까.

"내 몸은 어떻게 된 건지?"

결국 주유가 먼저 입을 열었다. 확실히 몸에 무언가 변화가 있는 것은 같았다. 정맥을 타고 흐르는 뜨거운 피가 느껴졌으니까. 그녀의 뺨에는 불그스름한 홍조가 드리워져 있었다.

"몰라."

"……."

처음에는 자신이 무언가를 잘못 들었다고 생각했다. 하지만 곧 굳게 닫힌 제갈량의 입을 보며 그녀는 그것이 환청이 아님을 인식하고 말았다.

"무슨… 소리지?"

격렬하게 외치고 싶은 마음이었지만 차마 그럴 힘조차 없었다. 그저 가늘게 떨리는 소리로 의문을 붙잡았을 뿐이다. 제갈량은 조용히 고개를 들었다. 늘어뜨린 검은 머리칼이 옷자락에 부딪쳐 찰랑거렸다.

"나도 모른다고 했어. 죽지 않은 걸 보면 멀쩡한 것 같지만 말이야."

"……."

무슨 말을 내뱉을 것같이 주유의 붉은 입술이 조금 달싹이다가 결국 애꿎은 아랫입술을 잘근 깨물고 만다. 하고 싶은 여러 가지 말이 머리 속에서는 왱왱 맴돌았지만 정작 소리가 되어 나오지는 않았다. 그런 그녀의 모습을 보는 제갈량의 차가운 눈이 반짝였다.

"…당신의 스승은 어떤 사람이지?"

뜬금없이 그녀는 그렇게 물었다. 제갈량의 눈이 조금 흔들린다.

"뭐?"

"아니, 구세(救世) 따위를 떠들던 사람의 제자라고는 전혀 생각이 안 되어서 말이지."

"후훗."

제갈량이 음산한 냉소를 흘렸다. 창문으로 희미하게 빛이 비춰 들어왔다. 순간 제갈량의 표정이 기묘하게 변하는 것같이 느껴져 주유는 눈을 크게 깜박였다. 하지만 다시 확인한 그는 예의 아무런 감정도 떠올라 있지 않은 표정을 하고 있을 뿐이었다.

"스승은 그저 시대를 잘 타고난 몽상가야. 입바른 소리로 오합지졸(烏合之卒)을 한가득 모아놓고 한왕조(漢王朝) 타도라니 그저 우스울 뿐이지."

“……”

착각이 아니었나. 주유는 제갈량의 눈을 똑바로 응시했다. 그의 눈 깊은 곳에 창백한 빛이 어둠 속에 녹아들고 있었다. 그가 말을 이었다.

“애초에 나는 스승의 흉내를 낼 생각도 없고 그럴 능력도 없어. 알랑한 말재주 따위는 없으니까. 내가 할 줄 아는 것이라고는……”

찰랑.

제갈량이 한쪽밖에 없는 손으로 검을 흔들어 보였다.

“이것밖에는 없으니까.”

“그거 아쉽군.”

주유가 애매한 어조로 중얼거렸다. 그 심연 속에 꿈틀거리던 눈. 저런 남자도 정을 주는 사람이 있었다니……. 문득 반해 버렸다는 그의 고백이 생각나 머리가 지끈 아파왔다. 자신이 절대로 저런 남자에게 정 따위를 줄 리는 없었지만 한 편의 악몽임에는 틀림없었다.

“자.”

제갈량이 손에 쥐고 있던 검을 주유를 향해 내밀었다. 의아한 눈으로 바라보는 주유에게 그가 입을 열었다.

“검을 들어봐.”

“검을?”

주유의 투명한 손가락에 차가운 금속의 느낌이 와 닿았다. 아련히 피 냄새가 풍겨오는 듯한 착각에 그녀는 반대 손으로 이마를 짚었다. 미열이 느껴지는 것 같다. 주유가 차가운 목소리로 말했다.

“지독하게 먹었군.”

마검(魔劍)이니 요검(妖劍)이니 하는 것은 옛날의 전설처럼 타고나는 것이 아니다. 생의 마지막에 느끼는 참을 수 없는 고통의 감각과 원한

이 사람을 벨수록 응어리 맺혀 나쁜 기운을 뿜어내는 것이었다. 그것은 아무리 칼날을 깨끗하게 잘 간다고 해도 사라지는 것이 아니었다. 가슴속에서부터 사람을 베고 싶은 충동이 스멀스멀 기어올라 오는 것을 느끼며 주유는 검에서 손을 떼었다. 자신이 이 정도일진대 평범한 사람이었다면 정말로 거센 충동에 의한 칼부림이 일어날지도 모를 일이었다. 제갈량의 입가에 가느다란 미소가 그려졌다.

"역시 느끼는군."

"…사람을 많이 벴다고 자랑이라도 하려는 것은 아닐 테고?"

주유의 말에 제갈량이 천천히 고개를 가로저었다. 그녀는 눈을 가느다랗게 떴다. 평소와 같은 과묵함과 차가움. 변함이 없는 모습이었지만 왠지 모르게 생기있게 느껴졌다. 머리카락 한 올 한 올마저 생명의 기운이 약동하고 있다.

"말 그대로야. 들어봐."

"뭐?"

제갈량은 말없이 시선을 묵검으로 돌렸다. 손끝으로 느껴지는 어두운 기운이라도 서린 듯 검은 안개처럼 흐릿하고 투박한 빛을 발하는 검. 주유는 환각에라도 빠진 듯 멍하니 검을 바라보다가 작은 한숨을 쉬며 검을 집어 들었다.

"아니?"

무겁다. 눈에 드러날 정도로 왼팔이 떨려온다. 주유는 당황한 기색으로 제갈량을 바라보았다. 이렇게 무거운 검을 그렇게나 빠르게 휘둘렀단 말인가? 그녀는 희미한 빛 속에 비치는 초췌한 얼굴을 조금 찌푸리며 왼손에 든 검을 오른손으로 고쳐 잡았다.

"이런……."

그녀의 당혹감이 서린 눈에 가늘게 떨리는 오른팔이 들어왔다. 가느다란 떨림. 하지만 그것이 의미하는 바는 작지 않았다. 세간에서 우수(右手)의 공근이라고까지 불리는 그녀였다. 검끼리 맞부딪치는 충돌에서 무수한 반탄력을 견뎌내 왔던 그녀의 오른팔이었다. 겨우 검을 든 정도로 이렇게 떨림이 인다는 것은 팔십삼 근이라고 알려진 관우의 청룡언월도라고 할지라도 불가능한 일일 것이다. 제갈량의 눈이 날카로워졌다.

"생각대로군. 심신이 지쳐서 힘이 빠졌어. 지금의 당신은 제대로 검을 휘두르지 못할 거야."

"그럴 리가……?"

특별히 몸이 무겁다고 느껴지지는 않았는데. 하지만 확연히 눈앞에 보이는 증거에 그녀는 스스로도 부인할 수 없었다.

"독기로 상한 몸은 금방 회복되지 않아."

변함없이 차가운 목소리. 불길한 소식을 전하는 역을 맡기에는 더할 나위 없겠다는 생각을 하며 주유는 왼손으로 다시 한 번 이마를 짚었다. 어느새 맺힌 것인지 미열이 느껴지는 이마에는 땀이 흥건했다.

"그래서 말인데, 당신에게 대가를 받아야겠어."

제갈량의 눈이 희미하게 타올랐다. 문득 가슴이 바닥까지 가라앉는 느낌에 주유는 그의 시선을 피했다. 미지의 어둠에 대한 불안감이었다. 자신의 몸을 갖는 것마저 포기하고 얻고 싶은 대가가 무엇인지 그녀로서는 상상이 안 되었기 때문이다.

"각오는 되어 있어."

"……."

제갈량은 잠시 망설이더니 하나밖에 없는 손으로 주유의 어깨를 잡아갔다. 그리고는 채 주유가 반응을 보일 틈도 없이 입을 열었다.

"나를 당신의 검으로 써줘."

툭.

주유의 손에서 힘없이 묵검이 떨어졌다.

바람이 시원했다. 무심코 바라본 하늘은 맑고 온화했다. 햇빛은 물 같이 엷게 퍼져 있는 구름에 씻긴 듯이 농담(濃淡)이 옅었다. 제갈량은 예의 차갑고 무심한 눈으로 깨끗하고 짙푸른 하늘을 응시했다. 미약하게 몸부림치며 살랑이는 바람에 흑의의 빈 소매가 작게 펄럭였다. 언제나처럼 굳게 다문 입술은 첩첩이 쌓인 적막을 담고 있었다.

"……."

투박한 빛을 발하는 검을 손가락으로 쓸어내리며 제갈량의 시선이 이동한다. 뜰에서 세세하게 신경을 쓴 듯한 고운 화초들의 나뭇잎 냄새가 미풍을 타고 풍겨왔다. 무슨 고민이라도 있는 것일까?

'후우.'

그의 입이 짧은 한숨을 머금는다. 몸에서는 심상치 않은 분위기가 율동했다. 그가 주유의 사저(私邸)에 몸을 의탁한 지 어느덧 칠주야간(七晝夜間). 하지만 뾰족한 조짐은 보이지 않았다. 그저 덧없이 시간만 갈 뿐.

'독이 음식에 들어 있지 않다니…….'

자신의 계산 착오라는 것을 인정하지 않을 수 없었다. 예상외로 이런 식으로 시간이 지체되면 방통과의 약조를 지키지 못할지도 모른다. 물론 그는 한번 맺은 약조를 목숨 걸고 지킬 정도로 우직한 남자는 아니었다. 그러나 그 사내와의 약조는 달랐다. 설령 살이 썩어 문드러져

서 거동할 수 없을지라도 그와의 약조는 지킨다. 제갈량이 파르스름한 입술을 잘근 씹었다. 자존심까지 버려가며 검을 바친 보람이 없지 않은가? 조조에게 꺾인 후 제어할 수 없는 광기(狂氣)는 불태워졌지만 잔재마저 사라지게 할 수는 없었다. 검으로 해결될 일이었다면 벌써 뽑아 들었으리라. 피. 문득 피 냄새가 느껴져 제갈량은 가슴을 움켜잡았다.

대체 어떻게 시독했을까? 독기가 조금이라도 강하다면 절대 자신의 눈을 피해가지 못했을 것이다. 역시 만성독(慢性毒)의 일종이 틀림없었다. 그것도 무색무취. 대기를 통해 호흡을 하기만 해도 중독되는 독일까? 그런 고급의 독수(毒手)를 쓸 수 있는 자라면 외관(外觀)은 그 누구보다도 평범하게 보일 것이다. 자신의 스승도 그랬으니까. 하지만 가능성은 낮았다. 애초에 그런 독공의 고수의 존재 자체도 의문이었으니까. 그렇다면 역시 해답은 음식에 있을 것이다. 그런데 어째서?

"무슨 생각 하시나요, 대협(大俠)?"

돌연 들려온 말소리가 제갈량의 상념을 깨뜨렸다. 고개를 돌린 그의 눈에 들어온 것은 얼굴 가득 미소를 띤 여인이었다. 아무런 티 없는 그 웃음에 제갈량의 눈썹이 조금 꿈틀거린다. 기분 나쁠 정도로 거슬리는 웃음이다. 사람들이 절로 꺼릴 정도의 한기(寒氣)를 뿌려대는 자신에게 망설임없이 저런 웃음을 짓는 자는 방통에 이어 두 번째였다.

"그대가 알 바 아니지."

그가 현재 가장 의심하는 자이자 유일하게 외부에서 들어온 시비(侍婢)인 여인은 얼음장같이 쌀쌀맞은 제갈량의 말투에도 아랑곳 않고 싱글싱글 미소를 지었다.

"후후, 뭐, 그렇죠. 일단은 아가씨께서 아침상이라도 일찍 대협께 대

접하라고 하시기에. 어제저녁부터 아무것도 안 드셨으니 시장하실 테
죠?"

그녀는 능숙한 몸놀림으로 열려진 방문을 통해 상을 놓았다. 제갈량
의 눈이 가늘어졌다. 얌전스럽게 방바닥을 밟는 여자의 가벼운 발걸
음. 맑고 곱게 울리는 소리다. 괜한 신경인가? 순간 물같이 깨끗하고
자연스럽게 느껴졌는데. 들어온 시기는 늦지만 절정의 음식 솜씨와 특
유의 밝은 성격으로 사람들에게 무척이나 평판이 좋은 여인을 무턱대
고 의심하기에는 아직 심증이 적었다. 적이 꼭 외부에서만 들어왔으리
란 법은 없으니까. 하지만……

"이런 사소한 손님의 상대접까지 직접 하는 건가? 듣기로는 찬간(饌
間:부엌)의 책임자라던데……."

지나가는 말투로 제갈량이 차갑게 쏘아붙였다. 여인이 살짝 눈을 깜
빡이더니 부드러운 미소를 지으며 답했다.

"마음에 드는 손님은 직접 대접하지요."

"……."

제갈량은 그 웃음을 보기 싫다는 듯이 눈을 감았다. 귓속으로 여자
의 발걸음이 들려왔다. 한 걸음, 두 걸음, 세 걸음……. 돌연 귓전으로
따스한 입김이 느껴진다.

"몸에서 피 냄새가 나네요."

미풍처럼 살며시 여인은 그렇게 속삭였다. 퍼뜩 눈을 떴을 때 여인
의 뒷등이 보였다. 바람에 하늘거리는 백의에 반사된 햇빛이 눈부셨
다.

"너, 이름이 뭐지?"

왜인지는 몰라도 손가락은 이미 묵검을 향해 있었다. 참을 수 없는

살의(殺意)의 발현. 하지만 여인은 그 찌를 듯한 살의를 느끼지 못한 것처럼 천천히 발걸음을 내딛는다. 제갈량이 한 번 더 다그치려고 할 때 조용히 여인의 목소리가 들려왔다.

"소녀는 사마의라고 하네요."

환상처럼 그녀의 웃음소리가 들려왔다.

그녀가 사라진 한참 후에도 가슴의 두근거림이 멈추지 않았다. 제갈량은 변함없이 무표정인 채로 입을 꾹 다물고 손에 들린 검을 응시하고 있었다. 검신(劍身)이 만드는 그림자가 유난히 탁하게 보였다. 온몸을 휘감는 불쾌감에 등골이 서늘했다. 이런 기분은 조조에게서조차 느껴보지 못한 기분이었다. 웃음이라는 육체의 저편에 숨겨진 감정을 직접 살펴보고 싶었다. 평범한 여인인지, 요녀인지, 창녀인지, 그것도 아니면 겉으로 드러난 순수한 웃음처럼 깨끗하고 티없는 선녀인지 판단할 수 없는 '그것' 을. 하지만 결국 망설이며 검을 뽑지 못했다. '그것' 이 연기인지 아닌지 판단하지 못했기 때문에.

"……."

이럴 때 방통이 있었으면 좋았을 텐데. 검만으로 해결하기에는 이번 일은 생각 외로 복잡했다. 제갈량은 씁쓸해 보이는 한숨을 내쉬었다.

창백한 뺨에 손을 대었다. 숨 가쁜 열기가 손가락을 적셨다. 그리고 거칠게 퍼져 가는 초조감도. 사마의는 터져 나오는 웃음을 참지 못하고 쿡 하고 웃음을 터뜨렸다. 그렇게나 노골적인 살의라니. 곰만큼이나 우직한 바보 멍청이가 틀림없었다.

"왜 웃지요?"

날카로운 인상의 남자가 물었다. 하지만 진심으로 궁금해서 묻는 것은 아닌 듯 그의 시선은 그저 공허하다. 아니, 그럴 수밖에 없었다. 그는 장님이었으니까. 사마의가 미소를 지우지 않은 채 사내의 머리카락을 쓸어내린다. 눈이라도 맞은 듯 온통 새하얗다. 그녀의 입술이 천천히 백발사내의 입술로 내리 향했다.

탁.

사내의 손이 사마의를 저지했다.

"치우시죠."

"어머, 딱딱하시기는."

"……."

사내는 말없이 고개를 돌려 버렸다. 이불로 가려지지 않는 윗몸이 유난히 희다. 그녀의 눈이 탄력을 유지하고 있는 부드러운 근육들 사이에서 하나의 흠집을 발견한다. 손가락 하나 길이만큼의 흉터였다. 사마의는 재미난 장난이라도 발견한 아이처럼 미소를 짓고는 천천히 그곳을 매만져 갔다.

"이것은 어쩌다 생긴 흉터죠?"

"어렸을 때 난 흉터라 기억도 안 나는군요."

"흠."

사마의는 애매한 표정으로 고개를 갸웃했다. 순간적으로 초점없이 떠 있는 그의 두 눈 속에 폭풍우가 치는 것처럼 느껴졌기 때문이다. 하지만 곧 그녀는 싱긋 미소를 짓고는 고개를 숙여 흉터 부위를 혀로 핥기 시작했다. 사내의 인상이 찌푸려졌다.

"사마 소저는 너무… 가벼운 거 아닙니까?"

그가 힘겹게 입을 열었다. 사마의는 촉촉한 혀의 움직임을 멈추고 피식 실소를 던졌다. 어떤 남자의 이성이라도 녹일 수 있는 자신의 애무였다. 달아오르지 않았을 리 없다. 게다가 특히나 감각이 발달한 그라면. 그런데도 이를 악물며 짐짓 한마디를 내뱉는 그를 보니 웃음이 터져 나온 것이다.

"마음에 드는 남자 앞에서는 한없이 가벼워지죠, 자룡(子龍)."

한없는 어둠 속에서 그녀의 싱그러운 웃음이 떠오른다. 어느새 땀이 밸 정도의 열기가 등을 훑어내렸다. 조운은 터질 듯한 흥분을 진정시키며 겨우 말했다.

"생명의 은인에게 혹여 실례라도 범할까 두렵습니다. 그만두시죠."

"후후, 이쪽이 바라고 있다면요?"

노골적인 유혹이었지만 비천하게 느껴지지는 않았다. 웃음 속에 숨겨진 저편의 서글프고도 허무한 날갯짓이 느껴진다. 조운이 공허한 시선의 끝을 사마의에게로 돌렸다.

"이것만은 알아두시죠. 저는 보는 재주는 없지만 느끼는 재주는 있다는 것을."

"……."

그녀의 얼굴을 뒤덮고 있던 웃음이 멈춘 것이 느껴졌다. 어떤 시선일까? 조운은 작은 한숨을 흘렸다.

"뭐… 일단은 명색이 저의 불쌍한 장님 오라비니까 제가 참도록 하지요."

"그렇게 하시죠."

그 잠시간의 머뭇거림은 꿈이었던 것처럼 그녀는 다시 싱그렇게 미소를 지었다. 언제나 같다, 독사에게 물려 열닷새 동안이나 사경을 헤매고 있었을 때도, 어울리지도 않는 오라비 행세를 하는 지금까지도 변함없는 저 미소는.

"유 황숙은 아직도 입니까?"

애써 그녀에 대한 생각을 지워 버리며 그가 물었다.

"예, 아직 원소에게 의탁하고 있을 거예요. 어차피 자룡은 원소에게
갈 수도 없잖아요."

자룡이라고 친근하게 자(字)를 부르는 그녀의 음성이 아직도 부담스
럽다. 어렸을 때 독버섯을 잘못 먹은 후로부터 쭉 장님에다가 머리까
지 희게 셌기 때문에 여인과 가까이 할 기회 따위는 없었다. 정상적인
남자도 아니고 맹인에다 백발의 남자 따위에게 멀쩡한 여인이 추파의
눈길을 돌릴 일이 없기에. 조운은 초점 없는 시선을 다시 그녀에게서
돌린 채 가만히 고개를 끄덕였다.

"그보다 재미있는 남자가 있어요."

문득 그녀의 몸에서 알 수 없는 열기가 느껴진다. 항상 웃고 다닐 정
도로 감정의 변화가 적은 그녀였기에 조운은 호기심을 느꼈다.

"어떤 남자죠?"

"음, 핏기도 없는 얼굴에 시체처럼 깡말랐어요. 그런 주제에 웃지도
않고 항상 차가운 기운을 풀풀 풍긴다니까요. 아, 맞다. 게다가 흑의만
입고 다녀요."

"흑의라……."

머리 속으로 날까마귀를 떠올리며 조운은 나지막하게 실소했다. 물
론 이제 자신에게 외모 따위는 중요한 것이 아니었지만.

"에, 그리고 왼팔도 없어요. 항상 검을 지니고 다니는 걸 보면 격검
이라도 하다가 잘린 듯싶더군요. 아마 몸 누일 곳 없는 낭인 무사가 아
닐까요? 어떻게 생각해요, 자룡?"

"참 주의 깊게도 관찰하셨군요."

조운이 우습다는 말투로 입을 열었다. 그저 저렇게까지 사마의의 시선을 끌다니 평범한 분위기를 풍기는 남자는 아닐 것이라는 생각이 들 뿐이었다. 그녀의 다음 말을 들을 때까지는.

"왜 아니 그러겠어요. 제 등 뒤로 살이 떨릴 정도의 살의를 선물하던데."

다시 며칠 밤이 흘렀다. 서서히 초조감이 제갈량을 덮쳤다. 흘러가는 시간만큼이나 점점 차오른 달은 휘영청 밝았다. 내린 어둠 속에서 무심한 눈으로 그는 은은히 깔리는 달빛을 응시하고 있었다. 달빛은 촛농처럼 녹아내려 뜰의 나무를 휘감고 돌았다. 좋지 않아. 제갈량은 바람에 흔들리는 빈 소매를 내리누르며 혼잣말로 중얼거렸다. 딱히 그 사마의라는 여인을 흉수로 단정 지을 증거는 없었다. 무엇보다 조금의 독기 하나 없이 깨끗한 그녀의 외관은 설명할 길이 없지 않은가? 그녀의 싱그러운 웃음이 생각나 문득 골이 아파왔다. 갈라보고 싶었다, 그 속을.

"…피가 붉은지."

제갈량의 목소리가 그 어느 때보다 음산하게 들려온다. 그가 유일하게 살아 있다고 느낄 때. 그것은 그의 검이 창출한 끔찍한 주검에서 갓 쏟아지는 선혈을 온몸으로 가득 받아들일 때였다. 그 희열은 여인과의 정사(情事)에서조차 느낄 수 없는 것이었다. 불현듯 묵검에서 느껴지는 살인 충동에 그는 몸을 떨었다.

"젠장."

안절부절못하며 그는 몸을 일으켰다. 어디선가 까마귀가 끽끽 울어

댔다. 월광 아래 흐르는 살인적인 정적 속에서 제갈량의 눈이 번뜩였다. 방통과의 약조가 다가오는 초조함보다 그를 더 동요하게 하는 것은 끔찍하고 지루한 고독이었다. 서서히 추락하는 인내심의 끈 속에서 그는 검을 움켜잡았다. 더 이상 복잡하게 생각하면서 기다리고만 있을 여유도 이유도 없었다. 애초에 성격에도 맞지 않는 짓이었다. 목에 검을 들이대고 추궁하면 해결할 건데기 하나라도 나오겠지. 친숙한 어둠 속에서 제갈량은 발걸음을 떼었다.

술이라는 것은 묘한 데가 있다. 똑같은 풍경이라도 취한 눈으로 보면 색다른 의미가 부여된다. 저 짜증나게 밝은 달도 빌어먹을 화초들도. 후후, 사마의는 작게 웃었다. 이렇게라도 위로하지 않으면 미칠 것 같았다. 그녀는 막 쏟아지는 선홍(鮮紅)빛 선혈의 느낌이 그리웠다, 온몸을 흥분감과 희열에 물들게 하고 심장을 쿵쾅거리게 하는 그 느낌이. 자신도 모르게 입가에는 농염한 미소가 그려진다. 붉은 피. 그녀는 술잔을 단숨에 비워 버렸다.

"……!"

탁.

술잔을 놓는 그녀의 손이 가늘게 떨렸다. 사마의는 희미한 미소를 지으며 예의 가벼운 발걸음으로 문을 열어젖혔다.

"역시 느꼈군."

파르스름하고 메마른 입술에서 탁하게 쉰 목소리가 뜰에 울려 퍼졌다. 매서운 바람이 불어와 그의 검은 머리칼과 흑의(黑衣)를 휘날렸다. 고아한 달빛과 적막한 어둠의 분위기를 풍기는 남자. 흑요석 같은 차가운 눈으로 그녀를 응시하고 있다.

“후후, 그렇게나 노골적으로 살의를 뿌려대는데 모를 리가 없잖아요?”

그녀는 여느 때와 같이 미소를 흘렸다. 달빛을 받아 새하얀 빛을 뿌리며 바람에 하늘거리는 백의(白衣). 은은하게 홍조가 서려 있는 그녀의 얼굴은 그 어느 때보다 처연하고 아름다웠다. 제갈량은 눈을 가늘게 떴다. 그의 입가에도 어느새 차가운 미소가 걸려 있다.

“후, 과연… 그렇군.”

그의 미소를 본 순간 사마의의 눈이 섬광처럼 빛을 발했다. 그녀가 속삭이듯 낮은 목소리로 물었다.

“무슨 용무시죠?”

“당신을 베러 왔어.”

“네?”

사마의가 야릇한 표정을 지었다. 아무리 이해 못할 남자라고 하지만 다짜고짜 이게 무슨 말인지…….

“독이라고 하면 알겠나?”

“…….”

그녀의 입가에서 미소가 사라졌다. 고혹적인 몸짓으로 한 걸음을 내딛는다. 그녀의 눈이 제갈량의 왼쪽 허리에 걸린 투박한 검을 확인했다.

“하아…….”

나지막한 한숨을 쉬며 고개를 들었을 때 사마의의 입가에는 어느새 미소가 돌아와 있었다.

“대협, 소녀는 무슨 소리인지 전혀 모르겠습니다만.”

그녀는 한 손을 허리에 걸친 채 애교스럽게 입을 열었다. 그 어떤 동요도 떨림도 읽을 수 없는 자연스러운 몸짓이다. 제갈량은 그녀의 심중을 짐작하는 것을 포기한다. 어차피 상관없기에.

키익!

오랜만에 듣는 쇳소리가 귀를 경쾌하게 자극한다. 제갈량은 냉소를 띠었다. 그녀가 하는 말이 거짓말이든 아니든 간에 이 자리에서 피를 보는 것만은 변할 수 없는 사실일 터였다. 그리고 그것은 참을 수 없는 즐거움이 될 것이다. 사마의는 흠칫 놀란 듯 두 눈을 크게 떴다.

"어머, 대협, 이게 무슨 짓이죠?"

"두 번 말하지는 않아."

"그런……."

그녀의 입가에 엷은 미소가 드리워졌다. 아까와는 달리 무척이나 냉염(冷艶)한 분위기를 풍긴다. 그녀의 입술이 천천히 달싹거렸다.

"…검만 뽑지 않았으면 살 수 있었을 텐데. 아쉽네요, 대협."

온몸이 아련한 흥분감에 젖어왔다. 심장이 쿵쾅대며 자신의 존재를 알려온다. 그녀의 눈이 섬뜩하게 빛났다. 흐르는 핏속에서 숨겨진 욕망이 꿈틀거렸다. 붉은 피. 사마의의 비릿한 미소를 보며 제갈량은 재미있다는 듯이 킥킥댔다.

"글쎄, 그랬으면 좋겠군. 진심으로 말이야."

"어머나! 꽤 실력에 자신이 있으신 모양이군요, 대협? 하지만……."

그녀의 하얀 손이 품속에서 소검(小劍)을 꺼내 든다. 사마의는 밝게 웃어 보였다.

"…세상은 넓답니다."

제갈량의 눈이 반짝였다. 좌수(左手)에 역수(逆手) 자세라……. 재미있군. 정수(正手)로는 베기 힘든 각도를 벨 수 있다는 장점을 제외하고

는 베는 거리도 베는 각도에도 많은 제약이 따를 뿐 아니라 다루기 힘
들어서 거의 보기 드문 자세였다. 주유의 쌍검술(雙劍術)도 희귀한 명
품이었지만 이건 사투의 경험이 많은 그로서도 처음 겪어보는 검술이
었다.

"훗!"

냉소를 흘리며 제갈량이 몸을 움직였다. 그의 몸에서 차가운 살의가
피어오른다. 끊길 듯하면서도 끊기지 않는 호흡의 발걸음.

쐐액!

바람을 가르는 섬뜩한 소리와 함께 허공을 찢는 검은 검을 눈앞에서
응시했을 때서야 사마의는 현시(現時)의 상황이 장난이 아님을 깨달았
다.

"……."

간발지차로 피한 후 허리에 소검을 찔러 넣으려고 했던 생각은 이미
하늘 높이 날아간 지 오래였다. 그녀는 입술을 잘근 깨물며 어느새 일
장(丈)이나 물러나 있다. 한 치의 낭비 없는 몸놀림, 빠른 발, 검에 담
긴 기백. 이류(二流)가 아니잖아? 이런 일류(一流) 검객이 어째서? 뜨거
운 피가 싸늘하게 식어버렸다. 그녀가 애매한 웃음을 지으며 입을 열
었다.

"대협, 우리 살살 하도록 해요."

칼날의 움직임이 연신 흙바람을 날렸다.

사마의의 입가에서는 미소가 씻은 듯이 사라졌다. 눈조차 깜빡이지
않고 묵검의 끝을 응시한다.

목. 순간 그녀의 허리가 우아한 동작으로 젖혀졌다. 하지만 그 일견

아름답게까지 보이는 동작을 구사하는 사람으로는 생각되지 않을 정도로 표정은 차갑게 굳어 있었다. 곧 이어 간발의 차로 어두운 빛을 안개처럼 뿌리는 장검이 검은 대기를 날카롭게 가르고 승천했다.

"……."

검을 회수하는 제갈량의 눈이 날카롭게 빛났다. 동시에 그의 왼발이 사마의를 향했다. 깨끗하고 빠른 일격. 반응하기조차 힘든 속도의 발차기가 적중하려는 찰나 사마의가 땅을 밟고 뒤로 도약했다.

탁!

착지하기가 무섭게 제갈량이 앞으로 한 걸음을 내디디며 질풍같이 검을 찔러왔다. 등 뒤에 서늘하고 딱딱한 무언가가 느껴진다. 어느새 벽에 몰리고 만 것이다. 당황할 여유조차 없었다. 입술을 질끈 깨물며 그녀는 땅을 박찼다. 제갈량이 어이없어하는 표정으로 달이 걸려 있는 허공을 바라보았다.

콰악!

검이 요란한 충돌음과 함께 벽에 박혔다.

펄럭.

그녀의 백의가 바람에 흩날리며 솟구친다. 고혹스런 아름다움을 가득 담은 그녀의 몸이 인간의 움직임이라고는 상상할 수 없을 정도로 신비하고 야릇하게 날아올랐다.

"후우."

땅에 착지한 사마의가 나지막한 한숨을 내쉬었다. 조금만 늦었어도 자신은 가슴에 피를 흘리며 쓰러졌을 것이다. 제갈량이 묘한 눈으로 그녀를 바라본다. 그의 검에서 돌 가루가 떨어졌다.

"여유가 넘쳐흐르는군."

지금까지 이 정도나 자신의 공격을 여유롭게 피해낸 상대는 없었다. 공격 방향을 순식간에 파악하는 뛰어난 동체 시력, 빠른 몸놀림. 모두 예사롭지 않았다. 그런데도 기이할 정도로 반격이 들어오지 않았다.

"호호……."

사마의는 애써 웃음을 지었다. 하지만 마음속으로는 당장이라도 인상을 찌푸리며 욕을 퍼부어주고 싶은 심정이었다. 무슨 소리를 하는 거야? 여유는 무슨 삶아 먹을 여유란 말인가? 흥건히 젖어 있는 등골과 이마에 맺힌 땀방울이 그녀를 불쾌하게 만들었다. 괴물 같은 자식. 금방이라도 목이 떨어질 것 같은 위기감에 맹렬히 뛰는 심장을 진정시키며 그녀가 입을 열었다.

"저… 대협, 이제 그만 하시는 게 좋을 듯싶습니다만. 소녀는 혹여나 대협께서 소녀의 둔한 칼놀림에 다치시지는 않을까 적지 않이 걱정된답니다. 호호."

뿌드득.

웃음 저편에서 어금니가 바스라질 정도로 부딪쳤다. 제갈량이 코웃음을 쳤다.

"장난하지 마! 이제 와서 멈출 이유 따위가 있을 리 없잖아?"

"아, 그런가요? 후후."

그녀의 오른손이 소검을 싸고 있던 고풍스런 짙푸른 무명을 벗겨내었다. 칼날은 벗긴 무명만큼이나 새파란 광채를 발했다. 단순히 명검 수준이 아니었다. 이건…….

"후, 아직도 이런 유치(幼稚)한 수를 쓰는 사람이 있었다니."

제갈량이 차가운 미소를 흘렸다. 사마의가 눈썹을 가늘게 찡그리며 미소를 지었다.

"한눈에 알아보다니 역시 눈썰미가 좋으시군요. 가녀린 아녀자의 몸으로 이 정도는 지녀야 형평성에 맞다고 생각해서 말이죠."

"뭐… 상관없겠지."

그의 손이 칼날을 바로 세웠다. 다시 사마의의 얼굴이 차갑게 굳어간다.

"단순한 신경 마비 독이지만 그리 얕잡아 볼 만한 수준은 아니랍니다."

한 번만 그으면 당신은 끝이야. 감추어두었던 살의가 서서히 흘러나왔다. 교교히 흐르는 달빛 아래서 평소의 싱그러운 미소가 걷히며 차갑게 얼어붙은 살의가 폭발한다.

"본색을 드러내는 건가?"

제갈량이 떨리는 목소리로 말했다. 상대의 살의가 느껴지자 전율하며 피가 끓어오른다. 그 광기의 잔재를 온몸 가득 느끼는 그의 입가에 어느새 미소가 그려졌다.

"…글쎄요."

어느 쪽이 본색인지. 그녀의 목소리는 요요하고 안온(安穩)했다. 하지만 따스함과 부드러움은 털끝만큼도 없었다. 제갈량에 뒤지지 않는 차가운 눈으로 그를 응시하고 있다. 그녀의 왼손이 서서히 중천(中天)을 향했다. 공세를 취하겠다는 의사였다.

"와라."

그 말이 신호이기라도 한 듯 그녀의 신형(身形)이 움직였다. 흐르는 물처럼 부드럽고 자연스런 움직임이다. 역시 착각이 아니었군. 제갈량의 눈이 커졌다. 마른 흙에 발자국조차 남지 않을 정도로 가벼운 보법이다. 사뿐사뿐 눈 위를 걷듯 그녀는 어느새 눈앞에 도달해 있다.

"재미있는 재주를 부리는군!"

다급히 제갈량의 오른손이 검격을 뿌린다. 섬광과도 같은 그 예리한 검의 움직임을 그녀는 냉정한 시선으로 응시하고만 있다.

촤악!

검이 가슴을 베어가기 직전에 그녀가 오른쪽으로 미끄러지며 제갈 량의 품으로 파고들었다. 검의 움직임과는 반대쪽. 사각을 파고드는 그 기민한 움직임에 제갈량도 당황하지 않을 수 없었다.

발을 지면에서 떼지 않다니? 놀랄 시간도 없었다. 몸이 어느새 먼저 반응하고 있다. 드러난 몸을 가릴 수 있는 그 어떤 도구도 없었다. 그 저 피하는 수밖에. 허리를 베어오는 소검의 움직임이 날카롭다. 월광 을 받아 번뜩이는 칼날을 바라보며 제갈량은 몸을 비틀었다.

찌익.

아슬아슬하게 옷자락을 찢으며 소검이 비켜갔다. 하지만 이 무리한 움직임에 제갈량의 무게 중심은 완전히 무너지고 말았다. 뒤로 주저 앉은 그의 눈에 요요한 빛을 발하는 달이 들어왔다. 그리고 얼음같이 냉정한 그녀의 눈빛도. 등골로 땀이 주르르 흐르는 게 느껴진다. 파리 한 빛과 함께 떨리는 소검. 떨어진다.

퍼억!

허리에서 느껴지는 찌릿한 고통에 정신이 아찔했다. 검의 움직임에 만 집중하고 있던 제갈량에게 그녀가 오른발로 불의의 일격을 가한 것 이다.

"미치겠군!"

왼팔만 있었다면…… 탁한 목소리로 고함을 지르며 그는 뒤로 한 바퀴 흙 바닥을 굴렀다. 겨우 몸을 일으키는 데에는 성공했지만 언제나 한결같던 그의 흑의는 흙먼지로 범벅이 되어버렸다.

가쁜 호흡. 사마의는 격전의 열기가 채 식기도 전에 제갈량을 향해 움직였다. 그녀의 눈썹이 미미하게 떨린다. 본능적으로 느끼고 있는 것이다. 눈앞의 사내에게 숨 돌릴 시간을 주는 것은 돌이킬 수 없는 길이라는 것을. 어느새 제갈량은 숨이 막힐 듯한 살의를 내뿜고 있었다. 살의로 타오르는 검은 눈동자.

"온몸을 토막내 주지."

음울한 신음과도 같은 말을 내뱉으며 제갈량의 몸이 폭풍처럼 선회했다. 마른 흙이 패이며 흑의가 펄럭인다. 가속력이 없이도 좁은 공간에서 폭발적인 힘을 끌어낼 수 있는 고도의 기술. 격전이 벌어진 이후 처음으로 제갈량의 손에서 흑일유상류의 진수(眞髓)가 펼쳐졌다.

"회참(回斬)!"

"……."

머리칼을 날리는 예리한 검풍(劍風)을 느꼈을 때 심상치 않은 참격이라고 짐작했다. 하지만 이미 제갈량을 향해 달려들고 있던 그녀로서는 급작스럽게 몸을 멈출 수가 없었다. 멈추기라도 했다간 바로 반격을 받을 테니까.

제갈량의 몸이 큰 원을 그리며 맹렬한 기세로 검세(劍勢)를 토해낸다. 하단. 검의 위치가 다리 쪽을 노리는 듯 무척이나 낮다. 신장 차이의 맹점을 이용한 아까와 같은 파고듦을 미리 방비하겠다는 심산이었다.

과연. 순간적으로 사마의의 차가운 시선이 제갈량의 검을 훑는다.

탁!

그 찰나의 순간 그녀가 땅을 박찼다.

쉬잉!

소름 끼치도록 위력적인 베기가 그대로 그녀의 발 밑을 갈랐다. 그 순간 사마의는 공중에서 온 힘을 다해 그의 검을 내려쳤다.

챙!

강렬한 충돌음과 함께 그의 검이 땅으로 처졌다. 그리고 그녀는 다시 한 번 발을 지면에서 떼지 않은 채 제갈량에게 달려들었다. 채 검을 회수할 시간조차 없었다. 예리한 감각으로 그것을 느낀 제갈량은 숫제 검을 놓아버렸다.

챙그랑!

검이 바닥에 떨구어지는 소리. 그리고…….

"납검(納劍)."

그의 손이 재빠르게 허리에 걸린 검집을 잡아갔다. 일찍이 허저의 폭풍 같은 검의 자유를 앗아갔던 그 기술을 구사하려는 것이다. 뇌우와도 같이 사마의의 소검이 다가왔다.

끼이잉!

"무슨?!"

그녀의 입에서 경악성이 흘러나왔다. 눈에 잘 보이지도 않을 빠르기의 검격을 정확히 검집으로 받아내다니! 당황으로 인한 한순간의 주저. 그 순간을 놓치지 않고 제갈량의 오른발이 날아왔다.

퍼억!

"윽!"

간신히 균형을 잡아 넘어지지 않을 수 있었지만 그녀는 마른 흙을 패면서 한참이나 뒤로 밀리고 말았다. 그녀가 몸의 자세를 채 잡기도 전에 어느새 검집을 놓고 땅에 떨어진 묵검을 다시 잡은 제갈량이 빠르게 그녀를 향해 다가오고 있었다. 그 무시무시한 기세에 사마의는 입술을 지그시 깨물었다. 근력의 차이는 현격. 정면으로 받아서는 도저히 승산이 없었다.

"속참(速斬)."

"이건?"

쐐애애액!

아무런 예비 동작도 없었다. 그저 제갈량의 오른손이 흐릿하게 움직이는 것만이 보였을 뿐이다. 사마의는 반사적으로 소검을 들어 올렸다.

채애앵!

손이 찌릿찌릿하다. 충돌의 여운이 채 가시기도 전에 그의 모습이 그녀의 시선에서 사라졌다.

"비참(飛斬)!"

"위!!"

제갈량이 휘황하게 빛나는 달 아래 떠 있다. 바람에 펄럭이는 흑의, 그리고 펼쳐지는 필살의 일격. 숫제 폭풍과도 같이 검풍이 일렁인다. 판단과 동시에 그녀는 공중으로 몸을 날렸다. 지상에서 받아내기는 불가능하다고 판단했기 때문이다. 사마의의 검이 묘한 파동을 그리면서 빠르게 움직였다.

차앙!!

귀가 찢어질 듯한 파공음과 함께 공중에서 두 사람이 엇갈렸다.

탁!

착지하는 사마의의 신형이 비틀거렸다. 그녀의 순결한 백의는 어느새 흘러나온 선혈로 붉게 물들어 있다. 왼쪽 허리가……

"당신……."

핏물이 밴 발을 질질 끌며 가까스로 사마의가 입을 열었다. 극심한 고통으로 온몸이 땀으로 흥건히 젖어 있다. 분명히 베는 감각이 있었는데…….

"후후."

얼음장 같은 표정 속에 한줄기 냉소가 그려졌다. 제갈량의 오른쪽 어깨에서 피가 안개처럼 흘러나와 흑의를 적셨다. 하지만 그는 그 어떤 작은 동요조차 없이 발걸음을 옮긴다. 당장에 마비가 와야 당연할 정도로 강력한 독이었다. 그런데 어떻게?

"어떻게 움직일 수 있지? 분명히 베였는데?"

놀란 사마의가 평소의 경어마저 잊고 소리쳤다.

"글쎄, 그건……."

"……."

"…저승에서 물어보지!!"

허공을 가르는 섬뜩한 음향이 들려온다. 어깨를 베인 사람이라고는 믿겨지지 않을 정도로 위력적인 검세였다. 사마의는 눈살을 찌푸리며 마주 검을 뻗었다. 하지만 허리에서 느껴지는 격렬한 고통에 검에는 힘이 없었다.

카아앙!

검격이 엇갈리자 그녀의 소검은 매정하게 허공으로 튕겨 나가고 말았다.

콱!

땅바닥에 박힌 검을 바라보는 그녀의 눈에 허무가 짙게 서렸다. 어째서……?

“약속대로 토막을 내주지.”

잔인한 소리를 서슴없이 내뱉으며 제갈량이 검을 높이 들어 올렸다. 하지만 그런 허점투성이의 자세에도 그녀는 반응할 기운도 의지도 없었다. 그저 두 손을 내린 채 멍하니 처박힌 검을 응시하고 있었다.

“그만 하지.”

그때였다, 제갈량의 등 뒤에서 예리한 비수같이 날카로운 사내의 목소리가 들려온 것은.

가라앉고 있다.

저속할 정도의 불쾌감과 타오르는 허리의 고통에 정신이 어질어질했다. 헤어나올 수 없는 늪 속에 빠져 드는 것 같다. 부들부들 떨리는 입술을 꼭 깨물었다. 이렇게 이런 곳에서 개죽음을 당할 거면서 그렇게 강한 척 암흑 속에서 치열한 삶의 투쟁을 해왔단 말인가? 빌어먹을.

“……”

지옥의 수렁 속에 빠져들려는 그 찰나 그녀의 가슴을 찌르는 어떤 예감이 있었다. 그것은 분명 이곳에서는 들려서는 안 될 남자의 목소리였다. 사마의는 시선을 들어 목소리를 향했다.

부서지는 달빛 아래 그가 있었다. 눈처럼 하얀 백발, 날카로운 눈매 속에 초점 없이 투명한 빛을 발하는 두 눈, 그리고 오른손에 들린 장창. 사마의는 부르르 몸을 떨며 중얼거렸다.

“자룡……”

조운은 말없이 입을 다문 채로 지극히 순수한 살의가 느껴지는 곳을 멍하니 응시하고 있었다. 그의 눈이 유리처럼 반짝였다. 두 사람 사이에 숨 막힐 듯한 한기가 흘렀다.

"후, 저년의 기둥서방이라도 되는 모양이지?"

"입이 걸군."

한 치의 동요도 없이 대답하는 조운을 바라보며 제갈량은 우습다는 투로 미소를 지었다. 어둠 속에서도 확연히 드러나 보이는 초점 없는 두 눈. 맹인 따위가 도대체 무엇을 할 수 있다는 거지?

"난 상대가 병신 불구자라고 해서 봐주는 인간이 아니야. 후회해도 이미 늦었어."

"그건 당신도 마찬가지 아닌가?"

"뭐?!"

이놈! 당황한 가운데서도 순간적으로 눈앞의 사내가 두 눈이 보이지 않는다는 데에 생각이 미친 제갈량이 황당하다는 듯이 의문성을 터뜨렸을 때였다. 눈앞에서 뭔가가 번뜩였다.

쌔액!

"윽!"

무엇인지 인식할 틈도 없었다. 그저 섬뜩한 예기(銳氣)를 느끼자마자 초인적인 반사 신경으로 몸을 트는 도리밖에는 없었다. 잘려진 왼 팔 어깨 쪽에 싸늘한 바람이 훑고 지나가는 것이 느껴졌다. 그가 그것이 눈앞의 남자가 뻗은 장창이라는 것을 인식한 것은 조운이 이미 창을 회수했을 때였다.

"너?!"

장님의 몸으로 정상인으로서도 불가능한 속도의 찌르기를 구사했다는 놀라움보다 참을 수 없는 화가 먼저 치밀어 올랐다. 방금의 공격을 피할 수 있었던 것은 결코 자신이 빠르게 대처했기 때문이 아니었다. 백발남자가 일부러 공격 방향을 빈 소매 쪽으로 튼 때문이었다.

"왜… 봐줬지?"

끓어오르는 분노와 치욕감에 떨리는 목소리로 제갈량이 물었다. 그로서는 드물게 동요한 기색이 역력하다. 조운은 그런 술렁임에 아랑곳하지 않고 차분하게 말했다.

"당신은 내가 장님이라고 방심하고 있었다. 그리고 나는 단지 그것을 경고했을 뿐이야. 경고 따위로 사람을 죽이지는 않아."

"……."

뿌드득.

이와 이의 강한 충돌에 입속의 혈관이라도 터졌는지 짭초름한 피 맛이 느껴졌다. 이렇게까지 자신을 열나게 하는 인간은 실로 조조 이후에 처음이었다.

"바보… 자룡……."

사마의가 상기된 표정으로 중얼거렸다. 몸소 자신을 구하러 와주었다는 데에 대한 후끈거리는 감정과 안도감도 잠시, 불안감이 안개처럼 피어올랐다. 아무리 몽환창(夢幻槍)이라 불리며 하북제일이라고 평가받는 창술의 대가라고 할지라도 저 까마귀 같은 남자와 승부를 가리려면 목숨을 걸어야 할지도 모른다. 분명 저 흑의의 외팔이사내는 그런 역량이 있었다. 그런데 저런 어처구니없는 짓을.

"…바보 같은 자식."

제갈량이 퉤 하고 입 안에 고인 피를 뱉어냈다. 그의 눈은 싸늘하게 식어 있었다. 몸 안에서 참을 수 없는 살의가 열기가 되어 끓어오른다. 저 태연한 안색을 당장에라도 산산조각 내주고 싶다.

"저승에 가서 후회해도 너무 늦었다. 방금 나를 살려준 것 말이다. 너의 그 잘난 창은 내 검 앞에 산산이 부서질 테니까."

"…무척이나 오만하군. 어차피 생명의 은인을 죽이려 했던 당신에게 살계(殺戒)를 베풀 정도로 마음이 너그럽지는 않으니까. 명자(名字)가 뭐지?"

"제갈량이다."

싸늘한 시선으로 조운을 훑으며 제갈량이 답했다.

"흠, 단순한 낭인 검객은 아닐 거라고 생각했는데. 난 조운이다."

"후후, 재미있군. 설마 너 같은 바보 자식일 거라고는."

"……."

"공손찬에게는 과분한 남자가 한 명 있다고 들은 적이 있어. 그 남자는 장님 주제에 전신의 감각만으로 환상의 창술을 구사한다고 하더군. 몽환창이라고 하던가? 그게 너였군, 조운."

"별로 대단할 정도는 아니야."

조운이 가볍게 한 걸음을 내디디며 입을 열었다. 제갈량은 말없이 냉소를 지었다. 천천히 흔들리는 그의 검신에 어깨의 피가 타고 흘렀다. 멀어져 가는 달빛 속에서 어둠이 무겁게 내려앉는다.

제갈량은 그답지 않게 차가운 시선으로 조운만을 노려볼 뿐 쉽사리 공세로 나서지 않았다. 수비를 등한시한 채 언제나 불같이 격렬한 공격만을 펼치는 그로서는 확실히 드문 일이었다. 상대가 평범한 창술가라면 빠르게 거리를 좁히는 동시에 가슴에 구멍을 내주었겠지만 눈에 제대로 비치지도 않을 정도로 빠른 찌르기를 가진 상대에게 그런 모험을 할 생각은 조금도 없었다. 게다가 저쪽은 이쪽보다 장병(長兵)이 아닌가.

"……."

숨 막힐 듯한 정적. 제갈량이 호흡을 가다듬으며 발을 푼다. 예측할 수가 없다. 정(靜)의 창이라니? 보통 창술은 허공에 원을 그리듯 빙빙 돌리면서 원심력을 이용해 공격하는 것이 보통이었다. 그래야 공격 방향을 예측하기가 힘들기 때문이다. 하지만 조운은 창끝을 중천으로 향한 채 미동조차 하지 않고 있다. 창끝에서 폭풍같이 예리한 기운이 뿜어져 나온다. 맞은편에서 불어오는 미풍에 백발이 조용히 흔들렸다.

"제길!"

결국 참지 못하고 제갈량이 먼저 움직였다. 이놈, 정신 쇠약으로 말려 죽일 작정인가? 쌀쌀한 대기 아래 검은 검이 격렬한 기운을 토해낸다.

"음?"

선공? 조운의 입가에 순간적으로 가는 실소가 그려진다. 그녀 말대로 정말 재미있는 남자로군. 감히 창을 상대로 선공이라니. 조운이 가볍게 발을 디디며 팔을 뻗자 잔상과 함께 허공을 가르며 창끝에 맺힌 날카로운 기운이 빠르게 뻗어 나간다.

"진즉 그럴 것이지!"

제갈량의 눈이 번뜩였다. 애초에 무리하게 품으로 파고들 생각은 없었다. 그저 결투에 불을 붙이면 그만이다. 그는 순식간에 몸을 비틀어 창을 피해냈다. 섬뜩할 정도의 바람과 함께 아슬아슬하게 창끝이 그의 몸을 스쳐 지나간다.

"제법이군."

"여유 부리면 죽는다!"

탁한 목소리로 대갈하며 제갈량이 거리를 좁히려 했으나 공격 속도만큼이나 빠르게 창은 이미 조운의 손에 회수되어 있다. 놀랄 만큼 빈

틈이 적은 찌르기에 제갈량의 인상이 찌푸려진다. 다친 어깨 때문에라도 오래 끌 마음은 없었다. 힘줄까지 깊게 베이지는 않았어도 신경 쓰이는 출혈이었다.

"역시 하나로는 무리였나?"

"……."

탁.

조운이 발을 세게 구르며 창을 뻗었다. 순간 섬광 같은 찌르기가 제갈량의 다친 어깨를 향한다. 직접 맞으면 볼 것도 없이 관통이다. 스치기만 해도 이미 다친 어깨로는 견디기 힘들 상처가 될 것이다. 제갈량은 황급히 몸을 젖혀 창끝을 피해냈다. 아무리 빠른 속도라도 이미 세 번이나 본 공격이었다. 그 정도의 초일류가 몇 번이나 본 같은 공격에 당할 리가 없었다.

"이것도 받아보지."

쐐액!

제갈량이 놀란 눈을 치켜떴다. 조운의 창끝은 회수되지 않은 채 뱀처럼 꿈틀대며 기묘한 곡선을 그렸다. 사선 베기. 왼쪽 허벅지를 노리며 떨어지는 참격을 제갈량은 반사적으로 한 걸음 물러나 피해냈다.

콰악!

땅에 창날이 박히는 소리가 들리며 흙먼지가 휘날린다. 한기가 등을 훑어내렸다.

"삼격(三擊)."

조운의 날카로운 목소리가 울려 퍼짐과 동시에 창끝이 조금 들리며 발목을 수평으로 베어온다. 생각할 틈도 없이 제갈량은 땅을 박차고 뒤로 도약했다.

“사격(四擊)!”

조운이 창날을 수습하며 제갈량을 따라 앞으로 도약하며 복부를 찔러온다. 숨이 막힐 정도로 선명하고 예리한 섬격. 공중에서 몸을 움직여 피할 재간 따위는 없었다. 그대로 이를 악물고 제갈량은 검을 휘둘렀다.

카아앙!!

허공에서 소름 끼치도록 강렬한 충돌이 일었다. 불꽃이 하얗게 튄다. 다친 어깨가 욱신댄다. 지면에 땅을 끌며 착지하기가 무섭게 창날이 기다렸다는 듯이 날아왔다. 대체 뭐야, 이 녀석은?

“폭참(爆斬)!”

제갈량이 막 땅을 박차며 필살의 강검(剛劍)을 구사하려 할 때였다. 창날은 미리 예측이라도 한 것처럼 땅을 강하게 디디려는 그의 오른발을 찔러온다. 상대가 제갈량이 아니었다면 꼼짝없이 발등이 부서졌을 것이다.

“으윽!”

놀란 신음을 지르며 제갈량은 왼발을 끌며 뒤로 물러섰다. 간발지차로 빗나간 창날, 그리고 걸음새에 흔들림이 이는 그 순간 바람이 찢어지는 소리와 함께 그의 손에 들린 창이 격렬하게 뻗어 나갔다.

몽환류(夢幻流) 오의(奧意) 광풍천살추(狂風天殺追).

비할 데 없이 빠른 속도에 얼핏 환영마저 검은 대기 중에 일렁인다.

쌔애액!!

“…….”

무슨 일이 있었나? 사마의는 이채를 띤 눈으로 피를 뿌리며 바닥에 주저앉은 제갈량을 바라보았다. 분명 그는 그 순간에도 몸을 비틀어 피해냈을 텐데.

"후후."

참기 힘든 엄청난 통증 속에서도 차가운 미소를 흘리며 제갈량은 검을 지팡이 삼아 몸을 일으켰다. 선혈이 재액처럼 눌어붙은 다리가 부들부들 떨린다.

'후, 근육이라도 뭉텅 베인 모양이지?'

제갈량이 싸늘하게 가라앉은 어조로 입을 열었다.

"창날이 길어졌어."

"그럴 리가."

"그래, 정확히는 바람에 베인 거겠지. 안 그런가?"

"……."

조운이 천천히 고개를 끄덕였다. 긍정의 뜻이다. 피할 수 없는 섬격. 정확히는 쳐낼 수밖에 없는 섬격이었다. 바람이 예리한 칼날이 되어 살을 도려내므로.

고통 속에서 오른발을 강하게 짚었다. 선혈을 흘리며 또 한 번 짚었다. 온몸의 기운이라는 기운이 모조리 다리를 향해 빨려 나가는 느낌이다, 안개처럼 흩뿌려지는 선혈과 함께. 몰려드는 현기증과 아픔 속에서 제갈량은 웃었다. 그제야 미칠 정도로 두근거리던 심장이 차갑게 식는 것이 느껴졌기 때문이다.

"무슨 짓이지?"

내내 태연하기만 하던 조운조차도 살짝 인상을 찌푸린다. 치명상은 아니라도 중상임에는 틀림없는 상처였다. 일부러 더한 고통을 유발하다니. 정신이라도 돌아버렸나?

"넌 진짜다."

“뭐?”

검으로 창을 상대하려면 세 배의 역량이 있어야 한다고들 한다. 하지만 그것은 어디까지나 평범한 삼류무사들의 경우이고 같은 초일류끼리의 대결이라면 그런 것 따위는 상관없다고 생각했다. 둘 다 장점과 단점이 확연한 병기들이었으니까. 그런데 이렇게까지 몰리다니.

“도저히 간격을 좁힐 수 없다는 말이다.”

창의 간격에서는 아무리 자신이라도 아무것도 할 수 없다는 것을 뼈저리게 느꼈다. 물론 검의 간격에서라면 저 백발남자도 손을 쓸 수 없었겠지만.

고요하고 적막한 침묵 속에서 땀이 밸 정도의 열기가 고였다. 피를 흘리며 서 있는 흑의의 외팔이남자, 호흡을 가다듬고 있는 날카로운 눈매의 백발남자, 그리고 숨을 죽인 채 그들을 바라보는 여자 하나. 뜨거운 숨을 토해내는 어둠 아래서 제갈량이 입을 열었다.

“좁힐 수 없다면 산산이 박살 내버리는 수밖에.”

괴이하리만치 밝은 달빛이 제갈량을 감싼다. 마치 요요한 검은 안개라도 서려 있는 것 같다. 냉막한 얼굴 위에 늘어진 검은 머리카락이 바람에 흩날린다. 곧 이어 파리한 입술이 열렸다.

“우참(雨斬).”

땅에 다리를 짚자 선홍의 핏줄기가 뿜어져 나왔다.

비틀.

아랑곳 않고 제갈량은 눈마저 감고 검무(劍舞)를 춘다. 위태롭고 불안한 걸음걸이로. 하지만 그의 얼굴만은 옷자락에 묻은 피만 없다면 홀로 달밤에 검무를 춘다고 해도 믿을 정도로 고요했다.

“……..”

조운의 얼굴이 경악에 휩싸였다. 한낱 고철덩어리에 불과한 검에 생명이 약동하고 있다. 주인이 불태우는 생명의 불꽃을 받아 정염(情炎)의 춤을 추고 있다. 무심(無心)으로 사람과 검이 함께 되는 경지.

“신검합일(身劍合一)……..”

신음성을 흘리며 조운이 강렬한 기운이 흐르는 곳을 향해 몸을 움직였다. 한없는 어둠 속에서도 느껴지는 간헐적으로 검이 약동하는 소리가 신경을 자극한다. 설마 이 정도일 줄은. 드넓은 하북에서조차도 구원의 여포에게 비견된다는 문추를 제외하고는 이런 기를 느껴본 일이 없었다. 이건 좋지 않아. 여진(餘震)이라도 난 것처럼 온몸의 혈맥이 꿈틀거린다. 순간 조운의 몸에서 요동치는 살기(殺氣)가 무겁게 밀려들었다. 처음으로 개방하는 살기. 그의 날카로운 눈매가 작게 꿈틀거렸다.

콰아아!

땅을 박차는 발이 그 어느 때보다 힘이 들어가 있다. 조운은 뿌연 흙먼지 속에서 숨 쉴 틈 없이 창을 내질렀다.

“몽환류(夢幻流) 비기(秘技) 살풍지흑월(殺風支黑月)!”

살기의 바람으로 검은 달을 가른다. 온몸의 기운을 남김없이 폭발시켜 한 점의 찌르기에 집중시키는 필살(必殺)의 일격. 그것은 너무도 거대한 파멸적인 힘의 횡일이었다. 그의 창이 죽음의 기운을 피워 올리며 산산이 부서지는 달빛 속에서 그 어느 때보다 환상적인 선을 그리며 수평으로 날았다.

“……..”

소름이 끼친다. 사마의는 부르르 몸을 떨며 조운을 바라보았다. 그녀조차도 참기 힘든 저런 살기를 뿌리는 조운은 그녀로서도 처음이었다. 게다가 뭐든지 갈가리 찢어발길 듯한 저 파괴적인 섬격은……. 그녀는 떨리는 두 손을 꽉 움켜쥐었다.

그리 먼 거리는 아니었다. 아니, 오히려 가까운 거리였다. 그런데도 끝없는 먼 여정처럼 온몸이 욱신거린다. 한없이 팽배된 근육, 그리고 비수처럼 날카로워진 감각들. 조운은 입술을 지그시 깨물며 온 힘을 집중했다.

"……."

눈을 떴을 때 뺨은 열기에 달아오르고 살갗은 한기에 휩싸였다. 이 두 상반된 감각 속에 숨이 헐떡거리고 온몸이 고통 속에 신음한다. 하지만 마음만은 그 어느 때보다 불가사의하게 고요했다.

검은 마음이다.

스승의 마지막 말이 뇌리를 스치며 손이 움직인다. 눈앞에서 느껴지는 더없이 강대한 힘에서 발산되는 찌르는 듯한 폭풍 같은 살기 속에서도 망설임없이 딛는 한 걸음, 그리고 우참.

제갈량의 검이 허공에 더할 나위 없이 아름다운 선을 그렸다. 검끝이 가늘게 떨리는 것이 무척이나 나약하게 보인다. 그리고 그것은 곧 죽음의 기운을 내뿜는 창과 충돌했다.

"아……!"

끼아아앙!!

그것은 병기끼리의 충돌이라고는 믿을 수 없는 굉음이었다. 귀가 떨어져 나갈 것 같은 소음 속에서 사마의는 놀란 눈을 치켜떴다. 두 강대한 힘은 심연 속에서 서로 부딪쳤다. 뇌우와 벽력 속에서 거대한 용끼리 발톱을 세우고 충돌하는 것처럼 그 힘들은 심연 속에서 산산이 찢어졌다. 서서히 그림자가 걷히며 격돌의 결과가 눈에 들어왔다.

"자룡!!"

사마의가 애타게 조운의 이름을 불렀다. 창대까지 쇠로 된 장창의 반신(半身)이 예리하게 베어져 있었다. 조운은 반밖에 남지 않은 창을 손에 든 채 애매한 표정으로 제갈량을 바라보고 있다. 그의 몸이 부르르 떨린다.

"우웩!"

곧 그는 시뻘건 선혈을 제갈량에게 토해내고 말았다. 방금의 격동(激動)으로 기혈이라도 뒤틀렸을까? 사마의의 얼굴이 순간 충격으로 새하얗게 변했다.

"자룡!"

그녀가 하얗게 질린 얼굴로 급히 달려간다. 금방이라도 그의 목을 향해 제갈량의 검이 떨어질 것 같아서.

"……"

하지만 제갈량의 상태도 그리 나은 상태는 아니었다. 비록 조운의 병기를 부수는 데 성공했다고 하지만 고요 속의 마음의 평정이 깨지면서 모든 게 원 상태로 돌아오고 말았다. 힘도 제대로 줄 수 없는 하반신과 함께 타는 듯한 격통이 전신을 훑는다. 다리의 상처가 벌어져 선혈이 펑펑 흘렀다. 신음 소리조차 내지 못하고 견딜 수 없는 고통 속에서 제갈량은 결국 바닥에 무릎을 꿇고 말았다.

조운은 떨리는 고개를 들어 제갈량을 향했다. 입가의 뜨거운 혈흔이 흘러 그의 목줄기를 적셨다. 온통 캄캄하고 어지럽다. 기혈이 뒤틀려 감각이 죽어버렸기 때문이다. 어둠에 침몰하려는 찰나 그는 부러진 창대를 제갈량에게 향했다. 아직 끝나지 않았어. 그의 입가에 실낱같은 미소가 지어졌다.

"……."

일어날 수 없다. 조운의 선혈로 범벅이 된 몸이 무겁게 짓눌러 온다. 오래전부터 익숙한 고통이었지만 그것은 숙명처럼 언제나 참을 수 없는 고통을 안겨주었다. 저편에서 분명하게 조운의 미소가 느껴진다. 비웃음일까? 하지만 한 가지는 확실했다. 그 미소에 담긴 의사(意思)는 한곳을 가리키고 있다는 것을. 부러진 창대에서 가는 예기 한줄기가 이쪽으로 쏟아지려 하고 있었다.

"천하무적……."

입에 습관처럼 밴 말을 중얼거리며 그는 떨리는 손으로 검을 치켜들었다.

까앙!

그들의 충돌은 그 어느 때보다 미약한 울림이다. 하지만 모든 생명력의 잔재를 태우고 있었다. 그들의 후들거리는 몸을 지탱해 주는 것은 바로 그 타오르는 의지였다. 어느새 그들은 처음과 같이 서로 버티고 섰다. 만신창이가 된 몸으로.

"자룡……."

사마의는 발걸음을 멈췄다. 이미 거기에는 완벽에 가까운 창술과 검술을 구사하던 사내들은 없었다. 시정잡배처럼 허점투성이에 안쓰러울 정도로 느린 공격. 하지만 그 기세만큼은 한층 더 무섭게 끓어오르고 있었다. 고적한 뜰에 거친 숨소리가 날뛰었다. 정열에 찬 그들의 기세에 눌려서였을까? 결국 그녀는 입술을 지그시 깨물며 가담하려는 마음을 포기했다.

"하아……."

차마 말을 뱉을 여력도 없었다. 제갈량은 흐트러진 호흡을 몰아쉬며
검을 휘둘렀다.

챙!

조운은 창대를 이용해 그의 공격을 막아내었다.

'제길, 어떻게? 손가락 하나 까딱하기도 힘들 텐데.'

타는 듯한 격통 속에서 제갈량은 이를 악물었다. 우참은 단순히 그
의 무기만을 파멸시킨 것은 아닐 것이다. 그 기술을 정면으로 받아서
성한 인간 따위가 있을 리 없다. 아마 그의 팔 한쪽쯤은 지독한 충격으
로 마비되었을 것이 틀림없었다. 그런데…….

"윽."

퍼억!

조운의 창대가 그의 어깨를 후려쳤다. 순간, 번개를 맞은 듯한 충격
에 그의 눈이 파르르 떨렸다. 어깨의 상처를 정통으로 건드린 것 같았
다. 젠장. 가까스로 제갈량은 검을 놓치지 않을 수 있었다. 폭참도, 회
참도, 속참도, 그 어떤 흑일유상류의 기술도 지금 이 몸으로는 구사할
수 없다. 지금은 그저 몸에 배일 대로 배인 베기와 찌르기를 사력을 다
하여 구사하는 수밖에 없었다.

채앵!

허리를 노리고 간 단조로운 공격을 조운이 힘겹게 받아내었다. 그의
손도 눈에 보일 정도로 떨렸다. 머리, 허리…….

채앵! 챙!

하나하나가 눈이 보일 정도로 느리고 단조로운 공격이다. 하지만 제
갈량은 숨겨진 최후의 검식이라도 시전하는 것처럼 혼신의 힘을 다해
검을 휘둘렀다. 물론 그것은 조운도 마찬가지였다. 방향조차 잡기 힘

든 감각을 채찍질해 가며 사력을 다해 제갈량의 공격을 막아가며 기회를 엿본다. 전신을 휘도는 격통은 목숨의 위기 앞에서는 한낱 사치일 뿐이었다.

둘 다 한 치도 물러서지 않는다. 제갈량이 수직으로 휘두른 검을 비껴 쳐내며 조운이 또 한 번 어깨를 찔러간다. 제갈량은 움직이지도 않는 발을 질질 끌며 간신히 그 공격을 피해낸다. 하지만 결코 뒤로는 물러서지 않는다. 그의 검이 다시 한 번 허공에 무거운 곡선을 그렸다. 조운도 지지 않고 손을 내뻗었다.

카앙!

승부가 나지 않는 팽팽한 접전은 한동안 계속되었다. 그리고 그 접전을 깨뜨린 것은 제갈량의 묵검이었다.

“……”

느낌이 온다. 조운은 점점 파멸로 치달아가는 그의 부러진 창신의 감각을 여실히 느꼈다. 금이라도 간 것일까? 귓전을 스치며 쇠가 운다. 애초에 명품이라고 불릴 만한 창은 아니었다. 하지만 저 외팔이남자의 검은 웅어리 맺힌 어두운 기운이 풍겨오는 것이 분명 이름난 명공(名工)의 작품일 것이다. 하필 이때, 조운은 으스러져라 창대를 움켜쥐었다.

끼이잉!

제갈량이 한 번 더 내려긋기를 하자 창대가 소름 끼치는 소리를 내며 산산이 깨져 버렸다. 조운의 인상이 찌푸려진다.

“자룡!!”

사마의가 절박한 음성으로 그의 이름을 불렀지만 채 끼어들 시간조차 없이 제갈량의 검이 떨어졌다. 바람 소리가 들린다. 그리고……

“으아아아!”

비명성을 터뜨리며 조운은 두 손을 내밀었다.

콰악.

예리한 검의 기운에 베인 듯 손에서 선혈이 안개처럼 흘러나왔다. 하지만 결국 손바닥 사이에 검을 잠시 가두는 데는 성공할 수 있었다.

퍼억!

“윽!”

제갈량의 신음성이 터져 나오며 검이 공중으로 치솟았다. 조운이 혼신의 힘을 다해 발로 그의 손을 걷어찬 것이다.

쨍!

땅바닥에 묵검이 떨어졌을 때 조운이 제갈량에게 달려들었다.

픽!

다리의 상처를 그가 걷어차자 제갈량의 몸이 비틀거렸다. 금방이라도 땅바닥에 쓰러질 것처럼. 하지만 제갈량도 물러서지 않고 사력을 다해 조운에게 공격을 가했다. 머리를 향한 박치기. 일류검객으로서 평소라면 나려타곤(懶驢陀坤:땅을 굴러서 몸을 구함)만큼이나 수치로 여길 행위였지만 아랑곳할 여유가 없었다. 지금 가장 강한 공격을 가할 수 있는 신체는 어깨가 망가진 손이 아니라는 것을 느끼고 있었기에.

퍼어억!

불의의 공격은 보기 좋게 적중하고 말았다. 순간적으로 머리가 아찔하는 느낌에 조운은 비틀거렸다. 코뼈가 주저앉은 것 같았다. 피가 나고 있었으니까.

‘이 녀석.’

분노가 어린 실소를 흘리며 조운은 온몸으로 제갈량을 들이받았다.

"으윽……."

지금 막 찢기기라도 한 것처럼 다리의 상처에서 선홍의 피가 뿜어져 나왔다. 버티려고 안간힘을 썼지만 어느새 몸은 뒤로 넘어가고 있다.

콰앙!

뒷머리에서 강한 충격이 오며 세상이 빙빙 돌았다. 눈앞으로 피로 검붉게 물든 흙 바닥이 가까이 와 있다. 흩어진 잔가지들이 얼굴을 따갑게 자극한다. 거친 숨을 몰아쉴 때마다 부엽토 냄새가 코를 찌른다. 입 안에는 어느새 잔뜩 들어간 흙이 피와 어우러져 씹힌다. 침을 뱉을 여유조차 없었다. 입 안의 이물질을 목구멍으로 거칠게 넘기며 제갈량은 발작처럼 땅에 떨어진 검에 손을 가져갔다. 막 차가운 금속의 느낌이 손에 와 닿았을 때 엄청난 격통에 제갈량은 피가 날 정도로 입술을 깨물었다.

우드득!

귀에 거슬릴 정도로 끔찍한 기향(奇響)이 울려 퍼졌다. 조운이 검을 집어가려는 제갈량의 손을 강하게 짓밟았기 때문이다.

"끄으윽!! 너!!"

손등이 여지없이 부서져 버린 것 같았다. 눈앞이 캄캄한 아픔에 흙 바닥을 강하게 긁었는지 흙이 파고든 손톱이 견딜 수 없이 고통스럽다. 헐떡이는 숨결 속에서 참을 수 없는 분노가 타올랐다. 제갈량은 혼미한 정신 속에서 피가 잔뜩 밴 오른발을 들어 조운의 발목을 혼신의 힘을 다하여 걷어찼다.

콰드득!!

또 한 번 끔찍한 소음이 울려 퍼졌다. 피에 젖은 다리가 주체할 수 없이 부들부들 떨린다. 방금의 충돌로 발등이 완전히 나가 버린 듯했다. 하지만 조운도 무사하지는 못한 듯했다.

"으아악!!"

신음을 흘리며 바닥에 무너지는 조운을 향해 제갈량은 전신을 사용해 땅을 굴렀다. 일어날 일말의 기력조차도 없었다. 귓구멍과 입술이 피가 섞인 흙으로 더럽혀졌다. 온몸의 뼈마디가 연신 비명을 질러댄다. 제갈량은 이미 알고 있었다. 이런 삼류 건달들의 진흙탕 싸움에서는 한 팔이 없는 자신이 무척이나 불리하다는 것을. 그렇다면 먼저 강한 타격을 주는 수밖에는 없었다. 목!

"죽어!!"

무거운 몸을 이끌고 가까스로 그는 조운에게 그나마 성한 왼발로 사력을 다한 일격을 날렸다.

콰악!

됐다. 제갈량은 지옥 같은 고통 속에서도 가느다란 냉소를 지었다. 목에 적중하는 느낌이 발에 와 닿는다. 이제 끝이다.

"끄악!!"

기다렸다는 듯이 조운의 입에서 선혈이 폭포수처럼 뿜어져 나와 그의 얼굴로 쏟아졌다. 피가 섞인 흐릿한 시선 속에서 조운의 얼굴이 보였다. 온통 피로 범벅이 된 채 참을 수 없는 광기를 내뿜는다. 그가 피를 토하며 강하게 절규한다.

"제갈량!!"

숨조차 쉬기 힘들 텐데. 제갈량의 눈이 크게 흔들린다. 목에 온통 핏줄이 선 채로 조운은 제갈량에게로 온몸을 날렸다. 그 흉흉한 기세에 제갈량은 놀란 숨을 몰아쉬며 조운의 명치를 향해 또 한 번 발을 날렸다. 폐와 심장에 직접적으로 충격을 주기 때문에 제대로 맞으면 숨조차 제대로 못 쉬는 급소였다.

쾅!

맞았다. 그러나 비명은 들려오지 않았다.

"흡!!"

다리와 어깨의 상처가 짓눌려 숨이 멎을 것만 같다. 조운은 제갈량의 몸 위에 강하게 올라탔다. 선혈과 선혈이 서로를 적신다. 바로 앞에서 들려오는 절박한 호흡, 그리고…….

퍼억!! 퍽! 퍼억!

조운은 쿨럭대며 피를 토하면서도 쉬지 않고 제갈량의 얼굴을 내려쳤다. 아니, 이미 거기가 얼굴인지도 의식할 수 없었다. 살아 있는 감각이라고는 오직 청각뿐이다. 눈보다도 정확한 육감 따위는 이미 마비된 지 오래였다. 그저 숨소리가 들려오는 곳을 향해 온 힘을 다해 손을 뻗을 뿐이다. 이렇게까지 누군가에게 살의가 끓어오른 것은 정말로 처음이었다.

"……."

눈앞이 혼맹(昏盲)해진다. 두개골을 쇠망치로 내려치는 것처럼 쩡쩡 울려온다. 입 안에서 피와 섞인 마른침이 흘러나와 턱을 타고 흘렀다. 멀어져 가는 정신 속에서 안간힘을 다해 몸을 일으켜 보려 하지만 힘이 닿지 않는다. 다리도 팔도 마치 다른 사람의 소유인 것처럼 그 어떤 명령도 듣지 않았다. 어딘가에서 사마의의 공포에 질린 신음성이 들려온다. 달이 점점 멀어져 간다.

'이대로…….'

제갈량은 느꼈다. 이대로 목숨이란 것이 끝날 수도 있다는 것을. 몸이 알 수 없는 경련을 한다. 이미 언제 맥박이 멈춰도 이상하지 않은 상황이다. 이 상황에서 대체 무엇을 할 수 있는가? 흐릿해지는 조운의 모습 속에서 마음이 낮게 가라앉는다.

검은 마음이다.

할 수 있는가? 그 어떤 확신 따위는 없었다. 하지 않으면 죽는다라는 마음에서 몸이 움직였는지도 모른다. 조운의 몸에 깔린 제갈량의 발이 허공으로 조금 들렸다. 그 애처로운 움직임은 곧 땅으로 승화된다.

콰악!

미약한 발의 디딤. 온몸의 피가 남김없이 뒤집어져 나오는 느낌이다.

"우참(雨斬)!!"

각혈이라도 하듯이 혼신의 힘을 다해 목소리를 토해낸다. 피가 펑펑 흘러나오는 오른손이 허공으로 솟구친다. 그리고…….

콰아아앙!!

또 한 번 커다란 굉음이 검은 대기를 갈랐다.

"컥!"

가슴에 제갈량의 손이 닿았다고 느낀 순간 엄청난 충격에 숨이 콱 막혀왔다. 몸이 허공으로 솟구친다. 귓전을 가르는 바람 소리를 들으며 곧 조운은 땅바닥과 충돌하는 고통에 얼굴을 찡그렸다. 아니, 그보다 가슴에서 전해지는 엄청난 격통에 그는 몸을 부르르 떨며 입술을 깨물었다. 내장이라도 온통 상했는지 입에서 핏줄기가 주체할 수 없이 솟구쳐 나온다.

'몸이…….'

누군가가 어깨라도 잡고 찍어 누르는 것처럼 몸은 꼼짝도 하지 않았다. 간신히 오른손을 들어 흙 바닥을 짚어보았지만 몸을 지탱하기에는 너무나도 미약한 움직임일 뿐이다.

"우엑!"

조운은 또 한 번 시뻘건 핏덩이를 토해냈다. 역류하는 피의 흐름에 미약한 숨조차 유지하기 힘들다. 어째서……? 이럴 리 없을 텐데…….

"제갈… 량……."

간신히 중얼거리며 몸을 일으키려 안간힘을 쓰려 할 때 그의 피투성이가 된 손을 누군가가 부드럽게 잡아왔다. 떨리는 손으로.

"이제… 그만 하세요. 그만… 하면 됐잖아요……."

멍한 청각 속에서도 그 여인의 목소리는 알아들을 수 있었다. 사마의의 목소리. 그녀는 가늘게 울먹이고 있었다.

"쿨럭! 하지만……."

"그 남자도… 꼼짝하지 못해요. 더 이상은… 더 이상의… 승부는 무리예요."

그런가, 그 남자도? 의식이 점점 혼탁해진다. 머리가 실타래처럼 얽혀 마치 방금의 사투가 꿈인 것처럼 느껴진다. 맹렬히 타오르던 살의는 어느새 식어 있다. 흐트러지는 정신 속에 결국 조운은 의식의 끈을 놓고 말았다.

"……."

조운의 백발을 가만히 쓰다듬는 사마의의 눈빛이 매섭다. 그를 바닥에 바로 눕힌 후 사마의는 제갈량을 눈 하나 깜빡이지 않고 응시하였다. 어느새 그녀는 제갈량을 향해 다가가고 있다.

"하아……."

손가락 하나 꼼짝하지 않는다. 구사일생으로 마지막 공격을 성공시킬 수 있었지만 손이 완전히 망가져 버린 것 같았다. 찌를 듯한 몸의 통증은 이제는 익숙한 사치일 뿐이다. 가라앉는 육체 너머로 여인의 가냘픈 발소리가 들려온다. 잊을 수 없는, 산들바람같이 가벼운 발걸음. 제갈량은 억지로 고개를 들었다.

"당신……."

부들부들 떨리는 붉은 입술을 지그시 깨물며 사마의가 서 있다. 왼손에는 파르스름한 빛을 발하는 소검을 들고서. 제길. 제갈량은 혀를 찼다. 이런 몸으로 이 상황을 빠져나가는 것은 불가능하다.

"잘도… 자룡을……."

"……."

대답 없이 제갈량은 사지에 힘을 주려 노력해 보았다. 하지만 그의 육체는 잠이라도 든 것처럼 응답이 없었다.

'빌어먹을, 어떻게… 어떻게… 이 상황을…….'

"당신을… 죽여 버리겠어요……."

"후후……."

전신을 훑는 격통 속에서 절망감보다 웃음이 먼저 흘러나왔다. 스스로에 대한 조소. 한 번은 목숨을 구걸받고 한 번은 여인네에게 개죽음 당하려는 꼴이라니.

"아, 그 약골 기둥서방의 복수를 여편네가 대신하려는 건가?"

"닥쳐요!!"

퍼억!

"크윽……."

사마의의 가차없는 발길질이 제갈량의 다친 어깨를 강타했다. 아직도 흘러나올 피가 남았는지 또 한 번 선혈이 터져 나와 땅을 적신다. 괴로운 신음을 억지로 참으며 제갈량은 입가에 미소를 띠었다.

“발이… 꽤 매서운데……?”

“이…….”

퍽! 퍼억! 퍽!

분노가 서린 무차별한 발차기에 이마라도 터졌는지 피가 흘러나와 입술을 적셨다. 이미 마비되다시피 한 몸뚱어리는 끊이지 않는 고통만을 전달할 뿐이다. 젠장, 방법이……. 머리 속은 작은 돌파구라도 찾기 위해 노력했지만 방법은 바늘구멍만큼도 보이지 않았다. 그저 죽는 수밖에는 없단 말인가?

“하아… 하아…….”

사마의는 격렬한 분노의 표출로 거칠어진 호흡을 가다듬었다. 피범벅이 된 채 쓰러져 있는 외팔이남자. 더 이상 살려둘 필요는 없었다. 그녀는 소검을 꽉 움켜쥐었다.

“…저승에나 가시죠.”

무겁게 소검이 허공을 가르며 내려간다. 그의 심장을 향하여. 제갈량은 환상처럼 그 검의 궤도를 바라볼 뿐이다. 점점 검이 다가온다. 다음에 일어날 일은 의심할 여지가 없었다. 끔찍할 정도로 숨이 막힌다. 죽음이 주는 무게감이란 이런 것이었나? 제갈량은 마지막으로 처절할 정도로 차가운 웃음을 뿌렸다. 그리고 그 웃음이 산산이 부서지려는 찰나 눈앞에서 요요하고 영롱한 광채가 빛을 발했다.

까앙!

그것이 검광(劍光)이라는 것을 의식한 것은 금속성이 울리며 사마의의 소검이 위로 튕겨 나갔을 때였다. 우미(優美)한 곡선을 그리는 검. 제갈량은 천천히 뒤를 돌아보았다.

그곳에는 언제나 빨려 들어갈 것 같은 우수에 찬 검은 눈동자를 가진 적의(赤衣)의 여인이 서 있었다.

"…만신창이라니, 꼴사납군."

언제나처럼 듣기 좋은 고음이었지만 나오는 말은 여지없이 차가웠다.

"주유……."

제갈량의 얼굴이 멍하니 얼어붙는다. 흩어진 주위의 선혈을 송두리째 빨아들인 듯 붉게 빛나는 자태. 달빛을 끔찍하게 머금어 차디차고 요요한 기운을 발한다. 겨울 눈보라의 중심에 있는 듯 얼음장같이 차가운 미녀. 그것이 제갈량이 그렇게 손에 넣고 싶어하던 여인의 본모습이었다.

"이……."

가눌 길 없는 분노로 사마의가 몸을 부르르 떤다. 바로 눈앞에서 놓쳐 버리는가? 방금 전의 사투로 다친 허리에다 상대는 우수(右手)의 공근. 도저히 상대가 될 리가 없다. 그렇다면…….

"이분이… 불쌍한 제 오라비를 핍박하시더군요. 그래서 그만 화를 참지 못해……."

"평범한 장님이 량(亮)을 저 꼴로 만들 수 있을 리가 없지."

"그……."

"원소야, 조조야? 나를 죽이라고 시킨 자가 말이야. 그것도 아니면 유표인가? 바른대로 말하면 살려주지."

주유가 격앙된 목소리로 다그쳤다. 머리 속으로는 잔인한 생각이 떠올랐지만 그녀는 애써 막아버렸다. 어디까지나 눈앞의 시비를 보내온 것은 대교. 하지만… 하지만…….

"……."

눈을 감고 갈등한다. 일 처리에 실패했으니 이대로 입을 다물고 죽는 것이 자객의 규율. 혹여라도 의뢰인을 밝힌다는 것은 씻을 수 없는 최고의 수치였다. 자칫 잘못하면 그분에게까지 누가 될 수 있을지도 모를 일이었다. 혼자의 몸이었다면 당장에라도 자결을 했으리라. 그러나 조운까지 있는 이상……. 그녀는 잘근 입술을 씹었다. 선택은…….

곧 이어 눈을 떴을 때 그녀의 눈은 차분했다.

"당신을 죽이라고 시킨 분은……."

폭풍에 휩쓸린 대나무가 꺾이듯 주유는 그 자리에서 무너지듯 주저앉고 말았다.

＊　　　　＊　　　　＊

바람 한 점 없는 날씨다.

소위 머리 좋다는 인간들과 대화를 나누는 것은 예전부터 귀찮은 일이다. 그것이 환담(歡談)을 빙자한 추궁이라면 더욱 그러하다. 이신은 아까부터 해를 자주 바라보았다. 스쳐 지나가는 구름에 부딪쳐 햇빛은 그리 강하지 않다. 언제까지 중천에 떠 있을 건가. 평상시와는 시간의 흐름 자체가 다른 것 같았다. 시간이 흐름을 타지 않는다. 이 따분한 자리가 언제까지고 계속될 것같이 느껴졌다.

"한잔 받으시지요."

병자와도 같이 새하얀 피부를 가진 남자다. 걸치고 있는 옷마저 때 하나 없이 새하얀 것이 병적인 결벽증이라도 걸린 듯 의심스러웠다. 그 남자는 외모같이 하얗게 웃어 보였다. 갑자기 속이 울렁거렸다.

'순유…….'

이신은 얼핏 시선을 피하며 잔을 내밀었다. 혹시 이 남자는 자신의 웃음이 호감을 준다고 생각하는 것은 아닐까? 언제나 느끼는 것이지만 그를 볼 때마다 흡혈마(吸血魔:다른 사람을 괴롭히거나 몹시 착취하는 사람)가 생각났다. 순유가 그의 잔에 술을 따른다. 지나가는 투로 그가 한마디 한다.

"귀공(貴公)이 건강하셔야 본 국(本國)의 민초들이 발 뻗고 편히 잘 수 있지 않겠습니까?"

비꼬기는. 싸우지도 않고 서주를 내준 것에 대해 은근한 조롱을 보내고 있다. 충분히 이해가 가긴 한다. 여포와 갖은 피를 흘리며 얻은 곳을 서주목이란 작자가 그냥 넘겨주었으니 원통하기도 하겠지. 하지만 가장 큰 이유는 그것이 아니었다. 조조에게 서주 건에 대해 이상할 정도로 문책을 받지 않은 것. 그것이 그들의 시기심과 의심을 부추긴 것이다. 아무리 현재의 대업에 공이 많은 자라 할지라도 단 한 마디의 추궁조차 없이 넘어갔다는 것은 확실히 의심을 받을 만한 일이었다. 오죽하면 그와 조조 간에 밀약이 있었다는 소문까지 심심치 않게 돌 정도였으니까.

이신은 억지로 술을 넘겼다.

"저 같은 필부 따위야 어떻게 되든 큰 상관이겠습니까. 순 공(荀公)처럼 앞을 보는 재주도 없는데."

그는 스스로도 겸손인지 비꼼인지 판단하지 못할 정도로 아무 말이나 내뱉었다. 점점 머리가 아파온다. 차라리 허저처럼 왜 승상을 배신했냐며 검을 꼬나 들고 난입하여 고래고래 소리를 지르는 편이 더 나았다. 문득 허저가 생각나 이신의 입가에 잔웃음이 맺혔다. 비웃음이라고 느꼈을까? 순간 순유의 얼굴이 가늘게 일그러진다. 하지만 절대로 발끈한 기색을 보이지 않는다. 오히려 하하 하며 제법 호방하게 웃어 젖힌다.

"귀공께 그런 말씀을 들으니 몸 둘 바를 모르겠습니다. 서주를 바쳐 평안을 얻으실 만큼 배포가 넓으신 분이 아닙니까. 하하!"

"……."

노골적인 비꼼. 이신은 슬며시 시선을 돌려 좌중을 둘러보았다. 순욱, 곽가, 정욱, 가후. 내로라하는 조조의 참모들이 모두 자신에게서 나올 답변을 궁금해하는 눈으로 자신을 바라보고 있다. 지금까지의 지루한 얘기들은 다 서주라는 본론을 꺼내기 전의 전초에 불과했다는 것이군. 글쎄, 어쩔까. 이신은 애매한 웃음을 지었다.

"…평화라고 하셨습니까?"

담배라도 있었다면 깊게 머금었을지도 모른다. 지금은 그저 탁자를 탁탁 하며 손가락으로 규칙적으로 두드릴 뿐이다. 그 규칙적인 행위가 사람들의 긴장감이라도 고조시켰는지 꿀꺽 하는 누군가의 침 넘어가는 소리가 들려온다. 이신은 시선을 태양에 맞추며 살며시 인상을 찌푸렸다.

"확실히 부정할 마음은 없습니다. 피를 흘리기 싫었으니까요. 다만 그것이 순 공이 말하시는 평안이라면 말이죠."

"으음."

순유는 짐짓 거친 숨소리를 흘리며 새하얀 뺨을 쓰다듬는다. 예상했던 반응과 다르기라도 했을까. 저 하얀 피부 밑의 두뇌는 지금쯤 맹렬히 회전하고 있을 것이다. 이신은 눈을 가늘게 뜨고 순유를 응시했다. 순유의 눈이 반짝였다.

"서주가 피를 흘리고 지킬 만큼의 가치가 없다는 뜻이라고 이해해도 되겠습니까?"

영악한 자식. 이신은 속으로 실소했다. 공개적으로 자신의 생각을 정의하려고 드는 것이다. 그것도 빼도 박도 못하게 일부러 대답을 유도하면서. 고리타분하지 않아서 좋군. 이신은 손가락의 움직임을 멈추며 입을 열었다.

"뭐… 그렇게 생각하는 건 순 공 마음이겠지요."

구구절절하게 설명할 필요도 없지 않나? 여기 있는 사람들 중 서주의 가치에 대해 모르는 사람은 없을 테니까. 손책의 준동을 견제하는 시초(始初)적인 방어선이자 강동 진출의 교두보. 하지만 손책과 손을 잡은 이상 전자의 가치는 필요없다고 보아도 무방했다. 문제라면 욱일승천하는 손책에게 서주라는 날개를 달아준 것이겠지. 이신은 슬쩍 이마를 짚었다.

"그 말씀은?"

"가치가 없다고 생각하십니까?"

반대로 이신이 되물었다. 순유는 얼굴빛 하나 변하지 않고 능숙하게 받아넘겼다.

"이런 곳에서 소생의 어리석은 소견을 밝히기는 민망할 따름입니다. 그저 귀공의 고견을 듣고자 합니다."

처음 보면 진짜로 아무것도 모르는 사람인 줄 알겠어. 자그마치 한(漢)의 군사(軍師)라는 작자가. 이신은 그만 대놓고 실소를 터뜨릴 뻔했다.

"물론 지킬 만한 가치는 있습니다. 하지만 저보다 소중하지는 않습니다."

"예?"

순유가 처음으로 동요한다. 멍한 눈으로 이신을 바라본다. 아마 무언가를 잘못 들었다고 생각하는 것 같았다. 그가 막 다시 입을 열려고 할 때 다른 곳에서 질문이 들려왔다.

"가치는 있지만 좌장군보다는 소중하지 않다는 말씀인가요?"

옷자락에서 매화 향기가 풍겨온다. 아아, 감동적인 등장이로구면. 이신은 천천히 목소리의 주인을 응시했다.

집금오 가후. 실로 청아하고 수려한 풍모를 지닌 중년 남자다. 스쳐 지나기만 해도 절로 호감을 느낄 정도로. 하지만 그의 뱃속에 무엇이 들어 있는지 안다면 절대로 그를 가까이하기는 싫을 것이다. 꼬리 아홉 달린 여우 가죽이 잔뜩 들어 있겠지.

이신이 과장된 미소를 지어 보였다. 그의 머리 속은 지금 어느 쪽 노선을 탈까 하는 고민으로 가득할 것이다. 조조의 편으로 귀순한 지 별로 안 된 지금은 입지가 불리할 테니까. 저 정도의 입지전형적인 인물이 실수할 리 없다. 이신은 또박또박 정확한 발음으로 입을 열었다.

"집금오의 말씀이 옳습니다."

좌중에서 신음성이 터져 나왔다. 설마 하니 긍정할 줄은 몰랐던 것이다.

"좌장군 그 말씀은 해명이 필요하군요."

순유가 기다렸다는 듯이 말했다. 그의 얼굴은 약간 상기되어 있었다. 몰아넣었다고 생각하는가. 이신의 손가락이 다시 탁자를 두드리기 시작했다.

"여러분은 어떻게 생각하시는지 모르지만 손책에게는 이길 수 없습니다. 저는 이길 수 없는 싸움을 해서 목숨을 버리는 바보는 아닙니다만."

"좌장군, 이곳은 농(弄)을 하기에 어울리는 장소가 아니라고 생각합니다만."

까맣게 탄 피부와 짙게 폭풍우 치는 검은 눈동자를 가진 사내가 날카로운 목소리로 말했다.

"후후, 봉효."

그는 이곳에 모인 사람들 중 유일하게 자(字)로 불릴 정도로 이신과 친한 남자였다. 평상시의 그의 목소리가 얼마나 부드러운가를 알고 있는 이신은 그가 일부러 차갑게 말을 꺼낸 의도를 짐작했다. 자신의 말을 실언이라 생각하고 재빨리 농이라는 핑계로 덮어주려고 하는 것이었다. 하지만…….

"미안하지만 절대로 농이 아닙니다."

그가 딱 잘라 말했다. 일단은 불을 지펴놓는 것이 중요하다. 그저 그런 말로 넘어갈 만큼 호락호락한 자리는 아니었다. 소위 수재(秀才)라고 불리는 인간들은 스스로 아는 것이 많다고 생각해서 당연하고 옳을 듯한 말에는 별 반응을 보이지 않는다. 그래서 자신들이 예측하지 못한 사고(思考)에만 강한 흥미를 느끼며 그럴듯하다고 생각하게 된다. 이신이 노린 것은 바로 그 점이었다. 이쪽에 그대들이 모르는 패가 있다는 점을 넌지시 꺼내 든 것이다. 그리고 바로 미끼는 물렸다.

"그 무슨 말도 안 되는 말씀을."

희생양은 정욱인가? 이신의 눈이 빛났다. 모두들 정욱이 먼저 입을 열어서 침묵하고 있을 뿐 금방이라도 말을 꺼내고 싶어하는 눈치다. 좌중 모두가 손책과의 전쟁이 안 된다는 생각 따위는 꿈에서라도 가지고 있지 않은 듯했다. 좋아. 이신은 높이 울리는 심장의 고동을 진정시키며 정욱을 바라보았다.

희끗희끗한 백발이 보이는 장신의 남자. 그에게서 음침한 기운이 뿜어져 나온다. 정욱은 무척이나 강직하고 강퍅한 성격에 대인 관계가 좋지 않기로 소문이 난 남자였다. 이 남자만 승복시킬 수 있다면 이야기의 주도권을 쥘 수 있을 것이다.

"정 공(程公), 무엇이 말이 안 된다는 말씀입니까?"

"손책과 싸우지도 않고 꼬리를 말 이유가 없다는 것입니다. 그가 아무리 호랑이 새끼라고 하지만 그 전성기의 강력하던 원술, 여포와 비교가 될지는 의문이군요. 원술, 여포마저도 격파한 아군입니다. 상대가 누구이든 두려워할 이유가 있습니까?"

"사람을 볼 줄 모르시는군요. 손책은 원술 같은 필부는 말할 것도 없고 지모없이 용력만을 믿고 설쳐 대던 여포와도 비교가 불가능한 인물입니다. 한마디로 군계일학이랄까요? 단지 병력만을 보고 세력을 판단하는 오류(誤謬)를 저지르시지는 않을 분이라 생각했는데요."

이신은 태연하게 말하면서 미소까지 지어 보였다. 스스로의 말이 논리적인지 비논리적인지는 상관없었다. 어찌 됐든 그의 시선은 그 어느 누구도 조조군 제일의 명장(名將)이라고 믿어 의심치 않는 남자의 시선이었으니까. 상당한 신뢰성의 확보 따위는 암중모색하지 않아도 얼마든지 얻을 수 있었다. 중요한 것은 대화의 흐름을 이쪽으로 끌고 오는 것뿐이었다.

"하, 그 말씀인즉슨 귀공이 손책보다 못하다는 겁니까?"

정욱이 기가 차다는 듯이 말했다. 한번도 손책이라는 남자를 그렇게까지 대단하게 생각해 본 적은 없었다. 그 딴 변방의 강동 따위 재패하는 것이 무에 어려우랴. 그는 강동 따위는 조조군의 상장(上將) 중 아무나 보내도 손쉽게 함락할 수 있는 땅이라고 생각했다. 하물며 중원제일(中原第一)이라는 칭호까지 가지고 있는 남자가 이렇게까지 손책에게 미적지근한 태도를 보이다니 그저 화가 치밀어 오를 뿐이었다.

정욱의 그런 마음을 아는지 모르는지 이신이 우습다는 투로 미소를 지어 보였다.

"아하하, 물론 손책보다 제가 못할 리 없죠. 손책이 별이라면 저는 달입니다."

쾅!

정욱이 부서져라 자리를 박차고 일어났다. 흉흉한 기세가 그에게서 풍겨 나온다.

"지금 이 사람을 희롱하시는 겁니까?"

"희롱이라니요?"

"그렇다면 대체 손책에게 꼬리를 만 이유가 뭐란 말입니까? 귀공이 그 잘난 손책보다도 낫다면서요?"

정욱의 표정이 퍽 싸늘하다. 세상에 겨우 우호를 맺는다는 이유로 한 주(州)씩이나 헌납하는 바보 천치는 없을 것이다. 그것도 엄청난 피를 흘려가면서 얻은 땅을. 아니, 차라리 바보 천치라면 납득이라도 할 수 있었다. 하지만 그것이 조조의 세 번째 명검이라고 불리는 남자의 머리에서 나온 생각이라면 그냥 넘어갈 수 없었다. 중원의 노른자 땅을 네 주(州)나 가진 대제후가 겨우 약관의 애송이에게 고개를 숙였다는 것은 모든 제후들에게 조롱거리가 될 수 있음을 모를 리가 없을 텐데 도대체 무슨 꿍꿍이지?

"……."

이신은 말없이 흰 이를 드러내 보이며 웃어 보였다. 물론 정욱의 말이 우스워서 짓는 웃음은 아니다. 웃음은 상대방의 눈에 여유롭게 비치게 한다. 게다가 한쪽이 무척이나 격앙된 상태라면 대조되어 더욱 그러하다. 이쪽은 아무 동요를 하지 않았다는 것을 은근히 암시하는 것이다. 이신은 정욱을 똑바로 바라보며 입을 열었다.

"말 그대로입니다. 이길 수 없기 때문입니다."

"……."

좌중이 술렁인다. 정욱은 화가 뻗쳐 올라와 너무도 기가 찬지 말조차 쉽사리 내뱉지 못했다. 그저 몸을 부르르 떨며 싸늘한 시선으로 이신을 바라볼 뿐이다. 이신은 그 시선을 피하지 않았다. 정말로 마음속을 꿰뚫어 보는 사람이라도 있지 않는 한 시선을 피할 이유는 없었다. 시선을 피한다는 것은 무언가 마음에 걸리는 게 있다는 뜻과 같으니까. 그저 천천히 호흡을 가다듬으며 정욱의 입이 열리기를 기다렸다.

"…이 사람이 귀공이라는 사람을 잘못 봤군요."

희롱이라도 했다고 생각하는 듯했다. 정욱의 목소리가 어느 때보다 차갑다. 그보다 높은 관직에 있는 사람이기에 차마 대놓고 진노를 터뜨리지는 못하는 것이리라. 이럴 때는 멋들어진 말 한마디로 더욱 불을 붙이면 족하다.

"정 공이 보는 하늘만이 전부라고 생각하지는 말아주시길. 그 하늘이 우물 위의 좁은 하늘일 수도 있지 않겠습니까?"

"좌장군!!"

걸려들었다. 이신은 손가락으로 탁자를 강하게 한 번 두드렸다. 이렇게까지 도발을 했는데 화가 숫구치지 않을 사람은 없을 것이다. 그것도 스스로가 수재라고 굳게 믿는 사람이라면. 그는 능청스럽게 픽 웃어 보였다.

"예?"

"더 이상의 모욕은 이 사람도 좌시하지 않을 것이오!!"

“글쎄…….”

대답은 다른 곳에서 나왔다. 유난히 창백한 피부와 물처럼 정기가 흐르는 눈을 가진 중년의 남자 시중 순욱.

“진정하시지, 정 군(程君). 좌장군은 허튼소리를 할 사람이 아니니까 말이오.”

“시중께서도 한가지로 이 사람을 희롱하시려는 거요?”

하지만 정욱의 화가 쉽사리 가라앉을 리가 없었다. 자연 순욱을 향한 목청도 높아진다. 그러나 순욱은 별 동요 없이 말했다.

“희롱이라……. 오히려 이해를 못하는 것은 정 군 쪽이 아닌지. 이긴다는 의미가 하나라고 생각하시오?”

“아…….”

순유가 저도 모르게 신음성을 터뜨렸다. 과연 그런 것이군. 그는 황급히 입을 막았다. 그렇지 않으면 이신 같은 남자가 구태여 이길 수 없다라는 말을 두 번째에도 쓸 리가 없다. 아니, 쓸 수가 없다. 스스로의 논리에 어긋나게 되므로.

“으음…….”

정욱도 그제야 그것을 눈치 챘는지 무거운 신음을 흘리며 다시 자리에 앉았다. 격앙된 상태에서 그만 상대에게 말려들 뻔한 것이다. 음흉한 놈. 정욱이 이신을 날카롭게 쏘아보았다.

“…….”

하아, 과연 순욱. 가장 빠르게 이쪽의 심정을 눈치 채다니. 이신의 시선이 다시 해를 향한다. 여전히 중천에 떠 있는 해. 뭐, 상관없겠지. 그가 순욱을 응시하며 미소를 머금었다. 햇빛이 그의 얼굴에 부딪쳐 찬란하게 부서진다.

"시중의 고견을 듣고 싶습니다만."

순욱은 글쎄 하며 애매하게 웃어 보였다. 순욱은 부담스러울 정도로 언제나 자신과 의견 충돌을 하지 않았다. 자신의 판단과 행동이 조조에게 해를 끼치지 않는다고 판단해서였을까? 하지만 이번 일은 그도 그냥 넘기고 있지만은 않을 것이다. 아무리 그라고 해도 손책의 죽음까지 예견하고 있지는 않을 테니까.

"한마디만 올리겠습니다."

곽가가 천천히 입을 열었다. 그의 안색은 어딘가 피곤해 보였다. 이신은 그의 앞에 놓인 탁자 위에 덩그러니 놓인 빈 술병 세 개를 봤을 때 상황을 짐작할 수 있었다. 모두들 긴장해서 제대로 술잔조차 들지 못하는 자리에서 이 남자는 따분하기라도 한 듯 양껏 마셔댄 것이다. 아마 그는 지금도 이 지겨운 자리를 빨리 벗어났으면 하는 생각뿐일 것이다. 그렇지 않으면 저런 눈은 할 수 없지.

"허허."

순욱은 그만 실소를 터뜨렸다. 저렇게나 노골적으로 지루하다는 눈을 할 필요는 없지 않나?

"엎질러진 물은 다시 담을 수 없습니다."

어차피 여기서 이신을 추궁한들 서주는 되돌아오지 않는다는 것을 겨냥한 말이었다. 곽가의 탁월한 점이 바로 이런 것이다. 쓸데없이 뒤를 돌아보지 않는다. 오직 앞으로 나아가는 데에만 온 정열을 불태운다. 순욱은 그래서 그가 마음에 들었다. 하지만……

"거울로 비추지 않으면 제 얼굴 못난 것도 모르는 법이지. 그렇지 않소?"

"흐음."

문약까지 사생결단이라도 낼 생각인가? 이상하군. 곽가는 고개를 갸 웃했다. 아무리 뛰어난 사람이라도 나쁜 판단 한두 번쯤은 할 수도 있 는 것이다. 조 사군(曹使君:조조)조차도 일찍이 완의 장수에게 대패하 여 그 장남까지 친히 잃지 않았던가. 실망감 때문일까, 이런 중요한 시 기에 가장 믿었던 사람이 실족해 버린 것이?

"자, 이제 왜 이길 수 없는지 말씀해 주겠소?"

순욱이 슬쩍 시선을 이신에게로 다시 돌리며 말했다. 눈은 신선처럼 청아했지만 입가에 걸린 가는 미소는 어딘지 모르게 음산한 느낌을 자 아낸다. 너구리 같은 인간. 은근슬쩍 흐트러진 분위기를 바로잡으면서 도 질문의 끈을 놓치지 않는다. 확실히 감정이 밖으로 드러나 보이는 정욱 같은 사람보다는 안과 속이 다른 순욱 쪽이 더욱 부담스러웠다. 이신은 잠시 침묵하며 몇 번이고 자신의 생각을 정리했다. 그 잠시의 침묵의 시간 동안 다른 사람들의 초조감이 여과 없이 느껴진다. 물론 쿵쾅대는 자신의 심장 소리도. 그가 입을 열었다.

"손책과 전쟁을 벌이는 것은 하책(下策)이기 때문입니다. 하책으로 는 동점(同點)은 있어도 승리는 얻을 수 없습니다."

"뭣?!"

누구든지 스스로의 마음속 생각을 정면으로 부정당하게 되면 동요 하게 된다. 게다가 그것이 의심할 바 없이 옳다고 생각했으면 더욱 그 러하리라. 순욱이 멍한 표정으로 이신의 말을 곱씹는 동안 순유가 소 리쳤다.

"그것이 어째서 하책이란 말씀입니까? 방금 귀공께서 손책보다 낫 다고 하지 않으셨습니까? 승리가 없다니? 귀공이 설마 손책에게 백전 백패라도 당할 거라는 말씀입니까?"

"아니, 이길 자신은 있습니다. 하지만……."

이신이 살짝 곽가를 바라보며 술잔을 쏟았다.

"엎질러진 술은 다시 담을 수 없지 않겠습니까?"

"……."

'음?'

곽가가 의아한 표정을 지었다. 분명 같은 의미로 쓴 말은 아닐 터. 설마…….

"…죽어버린 병사와 소모해 버린 물자는 회복 불가능하다… 가 아닐는지."

가후가 쓴웃음을 지으며 말했다. 왜 그것을 진작 생각하지 못했을까? 그가 완의 장수에게 사관하고 있었을 때 조조와의 싸움을 피한 것은 전투에서 이길 자신이 없었기 때문만은 아니었다. 힘겹게 승리를 한다고 해도 죽어버린 병사와 소모해 버린 물자는 쉽게 회복되지 않는다. 결국 전투를 할 때마다 큰 손해를 보는 것은 영유하는 땅이 적은 이쪽이라는 말과 같았다. 게다가 그것이 수비전이라면 결국은 얻는 실질적인 땅 없이 병사와 물자만 잃는 꼴이 되어버린다.

"하지만 그것은 손책 쪽이 더 심하지 않습니까?"

정욱이 물었다. 틀에 박힌 자의 질문이다. 이신이 슬며시 차가운 미소를 지었다.

"적은 손책 하나가 아니지요. 국지(局地)적인 측면에서는 작은 승리를 얻을 수 있겠지만 결국 대국(大局)적인 측면에서 보면 패배나 다름없습니다. 원소와의 전쟁 전에 병력과 물자를 소비하고 들어간다는 것이니까요. 그게 얼마나 치명적인지는 말을 안 드려도 다들 아실 테지요. 게다가 앞뒤로 적을 맞이하는 격이 아닙니까? 단지 할거 제후라면 상책(上策)일 수도 있겠지만… 천하를 노리는 제후로서는 하책 중의 하책입니다."

"……."

짝!

"좋군."

곽가가 싱긋 웃어 보이며 박수를 쳤다. 역시 대단한 남자다. 저런 전략적 식견이라니. 당면의 위기에 직면하면 누구든 앞을 바라보기 힘들게 된다. 하지만 저 남자는 우물 속에서 넓은 하늘을 바라보고 있다.

"하지만 세 개의 주(州)만으로 공손찬의 세력까지 멸하고 흡수한 원소를 상대할 수 있겠소? 장기적인 소모전으로 나온다면 골치 아플 텐데."

역시 순욱. 날카롭게 요점을 찔러댄다. 이신이 물었다.

"소모전이라 함은?"

"이 사람이 원소라면 대군을 이끌고 관중(關中)으로 나와 승상의 세력을 연주와 예주로 몰아넣고 서량을 쳐 강족과 호족을 끌어들인 후 서촉(西蜀)을 준동시킬 것이오만. 그렇다면 당해낼 도리가 없지 않소?"

"과연."

좌중에서 탄성이 터져 나온다. 과연 그것이야말로 천하인(天下人)으로 가는 지름길이었다. 이신은 나지막하게 웃었다. 이런 남자가 있으니 제아무리 원소라도 당해낼 재간이 없겠지. 서주의 또 다른 가치를 단박에 떠올려 버리다니. 서주를 얻어 산동(山東) 지방을 영유하면 원소와 관중이 아닌 또 다른 전선을 맞댈 수 있는 것이다. 그로써 원소의 관중만을 향한 준동을 어느 정도 견제할 수 있다. 설혹 손책이 서주의 주인이라 한들 이쪽의 뜻대로 순순히 움직인다는 보장은 없었으니까.

"훌륭하군요."

이신이 진심으로 감탄한 말투로 입을 열었다. 순식간에 장내가 이상한 분위기로 돌아간다. 설마 이대로 이신이 물러서는 건가? 돌연 곽가가 무엇을 생각하는지 싱글싱글 웃으며 이신에게 말했다.

"후후, 과연 그런 약점이 있었던 거군요. 그러나저러나 너무 억측이군요. 좌장군이 장안에서 서쪽을 융합하고 승상이 관도에서 원소와 대치한 후 서주의 손책을 움직이면 나름대로 승산이 있다고 생각하는데요. 그렇지 않습니까, 좌장군?"

봉효도 만만치 않군. 이신이 혀를 내둘렀다. 현재 취할 수 있는 최선의 방책과 한 치도 틀림이 없었다. 결코 강동에서 만났던 주유의 헤아림에 뒤지지 않는다. 주유가 순순히 서주 건을 승낙한 것은 이런 방법을 읽었기 때문이다. 그녀로서는 어떻게든 천하로 달려가는 끈을 놓치지만 않으면 되니까.

"하지만 그 경우에는… 승리한다고 한들 손책과 중원 땅을 나눠 가져야 하겠지요."

순유가 하얀 얼굴을 더욱 창백하게 물들이며 말했다.

"이로써 천하 통일이 십 년은 늦어지겠군."

끌끌거리며 그가 혼잣말로 중얼거렸다.

이신이 작게 한숨을 내쉬었다. 아무리 복잡하게 얽혀진 실타래라도 시간만 들이면 충분히 풀 수 있다. 그리고…….

"그렇기 때문에 제가 선택한 방법은 일단은 중책(中策)에 지나지 않습니다."

스스로 최선의 방법이 아님을 인정하고 들어간다. 이로써 다시 주도권은 저쪽으로 돌아가 버렸다.

가후가 고개를 절레절레 저으며 갈수록 재미있어진다는 듯 애매모호한 미소를 지었다. 이신의 등골이 서늘해진다. 어쨌든 여기서 가장 여유있는 쪽은 가후인 것이다. 박쥐처럼 또 한 번 그에게 유리한 쪽에 붙어버리면 그만이니까. 그리고 그는 충분히 한 번 더 배반할 수 있는 남자였다.

"일단은?"

정욱이 이상하다는 듯이 중얼거렸다. 그것은 여러 가지 묘한 의미를 줄 수 있는 말이 아닌가?

"지금은 중책이지만 언젠가는 상책 이상의 것으로 바뀌기 때문이죠."

이신이 기묘한 미소를 지었다.

"그렇다면 도대체 상책은 무엇이오?"

순욱이 물었다.

"물론… 손책을 죽이는 것이지요."

뚜드득.

누군가의 척추에서 뼛소리가 울려 퍼졌다.

대수롭지 않은 듯 말하는 이신에게 순욱이 추처럼 무거운 말투로 입을 열었다.

"가능하지 않은 방안은 함부로 입에 담는 것이 아니오."

이신은 부정하지 않는다.

"물론 인간의 힘으로는 불가능하겠죠. 그렇기 때문에 지금은 제 방법이 최선이 아니면서도 최선의 방법입니다. 하나……."

"……."

이신이 다시 해를 바라본다. 어느 샌가 해는 중천에서 저쪽 산 너머로 많이 내려가 있다.

"……손책은 하늘이 죽입니다. 그리고 그때 피 한 방울 흘리지 않고 서주를 되찾겠습니다. 그것이야말로 손자(孫子)가 말한 최고의 승리가 아니겠습니까? 후후."

순욱은 순간 그의 웃음에서 일말의 광기(狂氣)를 느꼈다.

*   *   *

"…하늘이 돕지 않았나 보군."

들려온 남자의 목소리에 사마의가 땀에 흠뻑 젖은 백의를 불안하게 만지작거리면서 답한다.

"죄송합니다. 소녀가 경솔했습니다."

열이 오른 초조감에 머리가 어질하다. 저지른 잘못이 있어 함부로 말조차 꺼낼 수 없다. 엄격한 긴장 속에서 사마의는 나무에 기대어 앉아 있는 사내를 슬쩍 내려다보았다. 생각만큼 차가운 표정은 아니다.

"그대답지 않군. 이렇게까지 긴장할 필요는 없지 않나?"

"……."

그녀는 말없이 침을 꿀꺽 삼켰다. 눈을 꼭 감고 말을 할까 하는 마음도 있었지만 자룡 때문에라도 속에 꾹 묻어두어야만 했다. 사내가 피식 웃더니 말을 이었다.

"아아, 그대는 최선을 다했어. 실수라면… 내 이름을 판 거겠지."

덜컹!

심장이 심하게 내려앉았다. 주체할 수 없이 몸이 부들부들 떨려옴을 느끼며 사마의는 바닥에 무릎을 꿇고 말았다. 망연자실한 표정으로.

“…….”

“알고… 계셨습니까?”

“후후.”

사내는 그저 말없이 웃어 보였다. 금방이라도 진노하면서 칼을 빼어들 거라고 생각했던 그녀는 오히려 알 수 없는 두려움에 숨이 턱턱 막혔다. 한참 후에야 머뭇거리며 그녀가 입을 열었다.

“…이 자리에서 자결… 이라도 해 보일까요?”

“어리석은 소리.”

사내가 딱 잘라 말했다.

“엎질러진 물은 무슨 방법으로도 다시 담을 수 없다.”

“그…….”

자기도 모르게 눈물이 왈칵 나왔다. 이 남자는…….

“가보게. 내가 저질러 놓은 일을 내가 해결해야 하는 건 인지상정 아니겠나?”

“하지만…….”

“내가 죽으면 꽃이나 뿌려주게.”

사내는 몸을 일으켰다.

시간이 얼마나 흘렀는지도 모른다. 이렇게까지 심각하게 앓아본 게 태어나서 처음인 것 같다. 손가락 하나 꼼짝할 수 없는 무력감 속에서 하루에도 몇 번이나 몽롱한 정신으로 꿈속에 빠져들었다. 마치 그 밤에 일어난 사투(死鬪)가 환상 속에서 일어난 착각에 지나지 않은 것처럼. 아니, 지금 눈앞에서 벌어지는 일련의 일조차 꿈의 파편처럼 느껴졌다.

흐릿한 기억 속에서 여인의 눈처럼 흰 목을 보았다. 홍매화(紅梅花) 같이 붉은 옷자락 위에서 그 가는 목은 더욱 도드라져 보였다. 누굴까? 스쳐 지나가는 여인들의 그림자 속에서 하얗고 깨끗한 손이 뺨에 와 닿는다. 얼음장처럼 차갑다. 그 손은 목덜미를 거쳐 서서히 가슴으로 내려앉았다. 순간, 심장이 아련히 울려온다. 잔잔한 호수에 던져진 돌처럼 파문이 온몸으로 퍼져 나갔다. 무너진다. 지극한 황홀감 속에서 애잔한 감정이 녹아들어 가라앉았다. 그리고 그 전율이 채 사라지기 전에 그는 꿈에서 깨어났다.

"하아… 하아……."

제갈량은 거친 숨을 몰아쉬었다. 가뜩이나 핏기 없던 그의 안색이 더욱 초췌하다. 잠시 멍한 눈으로 땀에 젖은 이불을 바라보던 그는 이윽고 자신이 처한 상황을 파악했는지 시선을 돌려 주위를 둘러보았다. 창을 통해 들어오는 달빛이 선명하다. 귓전으로 두견새 울음소리가 들려온다.

"대체……."

호흡을 가다듬으며 천천히 몸을 일으켜 보았다. 순간 그날 밤의 끔찍한 고통이 생각나 그의 눈살이 찌푸려졌지만 방바닥을 짚은 오른손은 거짓말처럼 한 점의 통증도 주지 않았다. 그의 눈이 방문을 향한다.

드르륵.

방문을 조금 열자마자 차가운 공기가 제갈량의 피부를 자극했다. 산바람이다. 그는 바람 속에 아늑하게 배어 있는 생흙 냄새를 맡고 그것을 짐작할 수 있었다. 저쪽으로 끝없이 펼쳐진 수풀을 응시하며 그는 발걸음을 디뎠다.

"달이……."

검은 하늘에 애처롭게 빛나는 초승달이 걸려 있다. 시간이 지났군. 달을 비호하듯 제각기 자리 잡고 반짝이는 별들을 바라보며 제갈량은 천천히 발을 옮겼다. 그의 발걸음이 비틀거린다. 오랫동안 누워 있다 일어난 듯 전신의 감각이 엉망이었다.

"허허, 꽤나 강인한 젊은이로구먼."

뒤에서 들려오는 말소리에 제갈량은 우뚝 멈춰 섰다. 후, 정말 감각이 둔해졌군. 자기도 모르게 허리에 걸린 검을 잡아가던 그는 빈 옷자락만 있음을 확인하고 서서히 몸을 돌렸다.

"하지만 너무 곧기만 해도 쓸데없지."

"……."

마치 신선도에 그려진 선인과도 같은 분위기를 풍기는 노인이다. 청아한 눈동자가 물처럼 투명했다. 바람 한줄기가 뺨을 스치고 지나갔다. 찰나, 제갈량은 피식 웃음을 흘렸다.

"…스승과 같은 부류인가?"

"허허."

노인은 그저 재미있다는 듯이 웃기만 했다. 광기가 깃든 얼굴에 비해 지나치게 예리한 젊은이였다.

"젊은이의 명자가 알고 싶구먼."

"제갈량… 공명."

우스운 일이다. 제갈량은 노인을 똑바로 바라보았다. 저도 모르게 기억 한구석에 묻어놓은 자(字)까지 말해 버렸다. 단지 공중에 붕 뜬 듯한 뒤숭숭한 심정이기 때문만은 아닐 것이다. 그건 옛 향수(鄕愁)의 잔향일 것이다. 제갈량의 눈썹이 미미하게 떨렸다.

"노인장은?"

건방진 태도였지만 이상할 정도로 기분이 나쁘지는 않았다. 노인은 한번 씩 웃어 보이고는 입을 열었다.

"우길이라고 하네."

"우길……."

들어본 적이 없는 이름이었다. 하지만 한 치 앞도 읽혀지지 않는 안개 같은 느낌을 풍기는 노인이 결코 평범한 산중 노인이라고 생각되지는 않았다.

"노인장이 나를 치료했소?"

우길은 말없이 고개를 끄덕였다. 거친 홑옷만을 걸친 앙상한 몸이 추위에 떨리는지 소름이 끼쳐 있었지만 흔들림은 없었다. 노인답지 않은 맑고 깨끗한 피부는 주름살조차 없어 세월의 흐름을 짐작하게 해주는 것이라고는 하얗게 센 머리칼과 수염밖에 없었다. 그가 풍염한 입술을 열어 물었다.

"몸은 좀 어떤가? 그리 만만한 상처는 아니었네만."

"그 정도 상처로 쩔쩔맬 정도로 허약한 몸은 아니오."

"핫핫, 호기롭기는."

분명 눈앞의 사내도 심상치 않은 상처였다는 것 정도는 알고 있을 것이다. 자신의 몸은 스스로가 가장 잘 아는 법이니까. 하지만 꼴사납게 강한 척하는 것으로는 보이지 않았다. 설령 심장에 칼이 박힌들 절대 굽히지 않을 그런 남자였다. 하지만…….

"지나치게 곧으면 부러진다네."

짐짓 준엄한 목소리로 우길이 말했다. 대답 없는 제갈량의 시선이 스치듯 달을 향했다. 오랜만이다, 누군가의 충고를 듣는 것은. 방통을 제외하고는 감히 간섭을 하는 자가 없었으니까.

“…….”

우길이 얼핏 제갈량의 시선을 따라가며 수염을 쓰다듬었다. 과묵하리라고 짐작은 했었지만 이건 지나칠 정도로 무겁다. 정말 극단적인 사내라는 생각에 우길의 입가에 실소가 맺힌다.

“누이가 실로 절세가인(絕世佳人)이더구먼.”

이 남자의 굳게 닫힌 입을 움직이게 하는 데는 역시 천하절색인 누이 얘기가 적격이라고 생각한 우길이 말했다. 순간 제갈량의 눈이 흔들렸다.

“누이?”

‘음?’

우길이 의아한 표정을 지었다. 잘못 짚었을 리가 없을 텐데?

“무슨 소리를 하는 겐가? 자네를 밤새워 지극히 간호했던 그 누이 말이네. 얼마 전에 시가(媤家)를 가야 한다고 이곳을 떠났네만.”

“제길…….”

그만 까맣게 잊고 말았다. 제갈량은 으스러져라 주먹을 꽉 움켜쥐었다. 꿈이 아니었어. 정말로 나의 병간호를.

“…그 누님이란 사람이 적의를 입고 있었소?”

“아… 응.”

무언가 심상치 않은 분위기를 느낀 탓인지 우길의 목소리가 낮아졌다.

“…….”

숨이 막힌다. 고통으로 인해 흐릿한 정신으로 똑똑히 듣지는 못했지만 분명 사마의는 그 남자의 이름을 말했다. 그렇다면 지금 주유의 마음은 갈가리 찢겨져 있을 것이다. 아무리 강한 여자라고 한들 그 상처는 치명적일 것이다. 대체 어찌해야 하는가? 대답 따위는 필요없었다. 그저 마음 내키는 대로 검을 빼어 들면 족하다.

"후후."

차가운 미소를 흘리며 그가 입을 열었다.

"죽어서는 안 되는 사람이 죽으러 간다면 어떻게 하겠소?"

우길이 이상하다는 표정으로 고개를 갸웃했다.

"당연히 막아야 하는 거 아닌가?"

"맞소."

제갈량의 눈이 차갑게 가라앉았다. 누구라도 베어버린다. 그것으로 족하지 않은가? 돌연 참을 수 없는 살의가 끓어올랐다. 그녀에 대한 걱정도 애잔한 감정도 모두 살의로 승화되어 버렸다.

"자네⋯⋯."

이 젊은이⋯ 검기(劍氣)가 몹시 탁하다.

"내 검은 어디 있소?"

"대체⋯ 무슨 소리지?"

싸늘한 공기를 가르며 영문을 모르겠다는 우길의 목소리가 들려왔다.

"갑자기 어인 부름이십니까?"

손권의 표정은 의아함에 차 있었다. 이런 늦은 시간에 그의 가형(家兄)이 그를 부른 적이 한 번도 없을뿐더러 일찍 침수 들기로 유명한 손책일지니 더욱 의구심에 차는 것은 어쩔 수 없었다.

"아, 거기 앉거라."

손책이 대수롭지 않다는 듯 손을 저어 보였다. 손권은 좌정(坐定)하

며 형의 표정을 유심히 살펴보았지만 희미한 촛불만으로 세세한 안색
까지 살피기에는 무리가 있었다. 문득 손책이 손권의 얼굴을 찬찬히
살피더니 피식 한번 웃고는 어깨를 소리나게 쳤다.

"아……."

금방 손권의 얼굴이 붉어진다.

"그렇게 긴장하지 말거라. 아직도 이 형이 어려운 거냐?"

손책이 장난기 어린 눈으로 그를 바라보았다. 이름난 미인이었던 어
머니의 피를 이어받은 듯 손권은 대단히 준수했다. 하지만 아버지의
피를 함께 이어받아 근골이 강성하고 훌쩍 큰 키를 가진 손책과는 달
리 손권은 차라리 여인의 자태에 가까웠다. 어렸을 적엔 여자 아이로
여러 번 오인받았을 정도로. 뿐만 아니라 성격까지 대범하고 쾌활한
형과는 달리 수줍음이 많고 찬찬했다. 그 순간에도 가는 붓으로 단숨
에 그린 듯한 우미한 눈썹이 가늘게 떨리고 있었다.

"…아닙니다."

기어들어 가는 목소리로 손권이 말했다.

'녀석.'

손책이 결국 실소를 터뜨렸다. 손책의 웃음에 손권이 머뭇머뭇 어깨
를 움찔거렸다. 겨우 여섯 살 어리지만 언제까지고 감싸주고 싶어지는
동생이다. 손책은 어쩔 수 없다는 듯 고개를 절레절레 젓고는 입을 열
었다.

"내가 죽으면 네가 강동의 주인이다."

"그런 말씀은……."

"그래서 몇 가지 묻고 싶은 것이 있어 너를 불렀다."

"……."

무게가 실린 손책의 말에 손권이 하려던 말을 멈추고 고개를 약하게 위아래로 끄덕였다. 저렇게까지 진지한 눈빛의 형은 오랜만이었다.

"인간의 천수(天壽)란 것은 인간이 결정하는 것이 아니다. 오직 하늘만이 알 뿐이지. 그래서 인간은 언제고 꿈을 좇아 앞만을 바라보지 않으면 안 된다. 뒤를 돌아볼 시간조차 없으므로."

"……."

"게다가 지금은 난세다. 조금이라도 방심하면 누군가가 목을 베어가지. 그래서 네가 걱정된다."

"소제(小弟)는……."

"확실히 넌 난세에 적합한 인물은 아니다."

단정 짓듯이 손책이 말했다. 그의 눈이 어느 때보다 날카롭다. 불현듯 드는 섬뜩함에 손권은 등골이 서늘했다. 확실히 평상시의 형과는 확연히 달랐다. 언제나 입가에 돌던 미소는 지운 듯이 사라져 있었다. 손책이 말을 이었다.

"만약 내가 죽으면 서주와 양주를 어떻게 경영할 테냐?"

"형님, 그 말씀은……."

"대답하거라."

숨 쉴 틈 없이 손책이 재촉했다. 손권은 지그시 입술을 깨물었다. 형은 대체 무엇을 얘기하고 싶은 것일까? 일말의 두려움과 함께 궁금함이 고개를 들었다.

게다가 형의 말이 절대로 해가 될 리 없지 않은가? 손권은 마음을 결심한 듯 눈을 빠르게 깜빡인 후 입을 열었다. 작지만 처음보다 많이 침착해진 목소리였다.

"형님이 남겨주신 두 주(州)를 굳게 지킨 후 천천히 세력을 넓혀 나가겠습니다."

"흐음."

과연 성격대로다. 손책의 오른쪽 눈썹이 미약하게 흔들렸다. 가지고 있는 것을 잃지 않되 위험을 감수한 발전도 감히 시도하지 않는다. 천천히 안전하게 세력을 넓혀 나간다. 듣기로는 일견 옳은 말이다. 하지만…….

"틀렸다."

"예?"

"너로서는 서주까지 영유(領有)할 재주가 없다. 서주를 버리고 장강(長江)을 경계로 굳게 지켜라. 그게 옳을 것이다."

"어째서입니까? 어째서 온전한 한 주를 그냥 넘겨주라는 말씀입니까? 정녕 소제는 한 주의 동량밖에는 안 된다는 것입니까?"

언제나 여리기만 한 손권이었지만 이때만은 참지 못하고 격정적으로 외쳤다. 왈칵 나오려는 눈물을 입술을 꾹 다물고 억지로 참아냈다. 정녕 저를 그렇게 못난 동생으로만 보십니까? 정녕?

"너의 답변은 천하를 노리는 제후의 답변이 아니다. 그것은 기껏해야 변방에서 할거하는 우두머리에게 어울리는 답변에 불과하다. 너는… 나와 다르다."

"그렇다면… 소제에게 형님께서 가르침을 주십시오! 그러면 그대로 소제가 실행하면 될 것 아닙니까?"

피를 토하듯이 애원하는 손권을 보는 손책의 안색에 그림자가 진다.

"가르쳐 준다 한들 너로서는 무리일 것이다. 오히려 위태로워지기만 할 뿐. 일(一)을 얻기 위해서는 일을 버릴 각오가 있어야 하듯이 백(百)을 얻으려면 백을 버릴 각오가 없이는 불가능하다. 즉……."

“…….”

“멸망할 수도 있다는 말이다.”

날카로운 가시처럼 멸망이라는 단어가 심장에 와 박혔다. 고통과도 같은 미친 듯한 전율이 전신을 휘감는다. 형이 단지 이렇게밖에 자신을 생각하지 않았다니. 하지만 마음 한구석에서 부정조차 할 수 없는 자신이 더욱 한심했다. 형처럼 군략적 재능도, 장소처럼 정치적 재능도, 그렇다고 태사자처럼 무예에 능한 것도 아니다. 가진 것이라고는 소심하기 짝이 없는 약한 마음과 가녀린 육체뿐. 고개를 숙인 그의 눈가에 촉촉한 것이 맺힌다.

“아……?!”

문득 뺨에 따뜻한 감각이 느껴져 손권은 천천히 고개를 들었다. 그곳에는 손책이 여느 때처럼 부드러운 미소를 짓고 자신을 바라보고 있었다.

“그것이 너의 장점이다. 가신(家臣)을 위해 눈물을 흘릴 수 있다는 것. 조조도, 원소도, 나도 그것은 할 수 없다. 사람들에게 한번 강하게 보이고자 노력한 사람은 더 미치도록 그것을 연기할 수밖에 없기 때문이지.”

“형님…….”

“넌 서주를 지킬 순 없지만 네 마음에 담긴 사람들은 넉넉히 지킬 수 있을 것이다.”

“…….”

“게다가 독단적이고 유능한 동량보다는 귀를 기울일 줄 아는 평범한 동량이 나은 법이니까. 후후.”

손책이 나지막하게 웃음을 터뜨리며 손권의 눈에 어린 눈물을 닦아

주었다. 마지막 정이라도 나누는 사람처럼 얼핏 드는 비장한 느낌에 손권이 불현듯 몸서리를 쳤다.

"형님?"

귓전으로 실낱같은 손책의 목소리가 들려왔다.

"내가 죽으면 군사(軍事)는 주유와 상의하고 내정은 장소와 의논하여라."

조금 쌀쌀하다.

비가 한 방울 두 방울 내리기 시작하더니 이윽고 가랑비가 되어 내렸다. 굵지 않은 빗발이었지만 닿는 피부마다 얼음장에 닿은 듯 소름이 끼친다. 새벽 해는 얇은 구름에 가려 눈부시지 않았다. 주유의 시선이 붉게 부서지는 해를 향한다. 태양 빛에 비치는 그녀의 아름다운 검은 눈동자는 언제나 서려 있던 우수(憂愁)의 안개가 걷혀 있다. 대신 영롱한 빛을 발하는 눈동자는 뭐라 형용할 수 없는 묘한 감정을 발한다. 하늘에 던지는 천한 조소(嘲笑)와도 같고 연인을 향한 끓어오르는 애증(愛憎)과도 같은, 딱히 뭐라 정의하기 힘든 감정들이 뒤섞여 있는 듯했다. 그녀의 발걸음이 숲 쪽을 향한다. 사람들이 별로 드나들지 않은 듯 거친 나무들이 성성한 산길로 접어들려고 하던 그녀의 발길이 멈췄다.

"……."

산길의 입구에 일단(一團)의 병사들이 운집해 있었다. 주유의 눈이 빠르게 병사들의 수를 훑기 시작했다. 일곱. 게다가 최정예였다.

"죄송하지만 그냥 보내 드릴 수는 없습니다."

가장 앞에 서 있던 키가 훌쩍 큰 병사가 허리에 걸린 대도를 만지작거리면서 입을 열었다. 모두들 심상치 않은 분위기를 뿜어댄다. 왜 아니

그럴까. 그들은 조조가 자랑하는 호표기나 무위에 대적하기 위해 손책이 창설한 친위 부대였다. 부양할 가족도 돌아갈 고향도 없이 오직 어떻게 사람을 죽이는 가만을 끝없이 학습하는 일종의 살인 무기였다.

하지만 그런 그들조차 긴장한 모습이 역력하다. 눈앞에 서 있는 적의(赤衣)의 여인이 누구인가를 똑똑히 알고 있었기 때문이다. 천하에서 가장 강하다는 오 인(五人) 중의 하나이자 우수(右手)의 공근이라고 불리는 당대제일의 검객 중 하나가 아닌가? 그러나 물러설 곳은 없다. 침묵이 공간을 사로잡으며 쏴아 하는 빗소리가 들려온다. 천천히 주유의 손이 반대 손에 들린 검집을 잡아간다.

"으음……."

삼검(三劍)?! 왼쪽 허리에 걸린 검 두 자루, 그리고 손에 들고 있는 장검 하나. 키 큰 병사가 불편한 신음을 흘렸다. 쌍검(雙劍)이 아니었던가?

"주랑(周娘), 그새 삼검으로 바꾸셨군요."

"천만에."

평상시의 듣기 좋은 고음이 아니다. 탁하게 쉬어버린 차가운 목소리. 그녀가 단숨에 손에 들린 검을 빼어 들었다. 탁하고 검은 빛이 안개처럼 퍼져 있는 장검. 피 냄새가 풍겨온다.

"일검(一劍)이다."

순간 숨 막힐 듯한 살의가 폭발했다. 자기도 모르게 키 큰 병사가 뒤로 한 걸음 물러섰다. 이 행위가 얼마나 수치스러운 것인지는 스스로도 잘 알고 있었지만 지금은 그런 것을 생각할 계제가 아니었다. 언제나 지극히 차갑고 냉정하게 적을 베어가던 주유가 저렇게까지 노골적인 살의를 드러내는 것은 처음 보았다. 대체 저 검은? 분명 다수를 상대할 때는 익숙한 쌍검이 절대적으로 유리하다는 것을 잘 알 텐데 어째서…….

묵검에서 풍겨오는 기분 나쁜 피 냄새가 알 수 없는 불안감을 들게 한다. 단순한 위기감과는 다른 그 무언가의 감정에 입술을 깨물면서 키 큰 병사가 허리춤에서 대도를 빼어 들었다. 그것이 시발점이 되었는지 뒤의 병사들도 일제히 병장기를 빼어 든다. 순식간에 살기 어린 침묵이 그들 사이에 감돈다.

“우욱…….”

긴장감이 절정에 달한 찰나 가녀린 욕지기가 그것을 깨뜨렸다. 주유의 고운 미간이 찡그려진다. 너무 울어서 상한 몸이 가랑비에도 견디지 못한 것이다. 그녀의 입은 끔찍할 정도로 선명하고 붉은 선혈을 토해낸다. 온통 소름이 돋은 몸이 가늘게 떨린다. 순간 병사들의 얼굴에 한줄기 희색이 돌았다. 저런 몸 상태라면 그들이 살아날 확률은 확실히 올라갈 것이다.

장기전. 그들은 순식간에 눈빛을 주고받는다. 수비를 굳건히 하면서 시간을 끌며 지치기를 기다린다. 몇 번이나 생사를 넘나들던 병사들다운 탁월한 판단이었다.

“후후.”

병사들의 눈이 또 한 번 동요한다. 정말 기이한 날이었다. 일검에 이어 이번에는 웃지 않기로 유명한 주유에게서 웃음까지 보게 되다니. 비록 그것이 얼음장처럼 싸늘한 냉소라고는 하지만.

“보다시피 몸이 안 좋아서 병신 같은 왼손까지 쓸 시간이 없거든.”

“무슨?”

의미를 제대로 생각할 틈도 없이 주유의 몸이 움직였다. 그녀의 몸이 향하는 곳은 대도를 든 키 큰 병사 쪽이었다. 한눈에 그 병사가 가장 강하다는 것을 알아본 것이다. 일 대 다(一對多)의 싸움에서는 확실히 단숨에 가장 강한 상대를 노리는 것도 한 방법이었다. 하지만…….

키 큰 병사가 낮게 이죽거렸다. 단지 엄밀한 수비만을 한다면 그 누구에게도 수십 합은 버틸 자신이 있었다. 게다가 이쪽은 혼자가 아니다. 수(守)는, 즉 다른 병사들의 공(攻)이나 마찬가지였다.

"섬비오(閃飛鳥)!"

체력을 낭비할 시간이 없었다. 단숨에 끝장을 낸다.

쐐액!

주유의 검격이 빗줄기를 가르며 병사의 가슴을 베어갔다. 섬세하지만 생각만큼 빠르지 않다. 역시 힘이 빠졌나? 병사는 눈을 크게 뜨고 가슴을 향한 참격을 향해 도를 뻗어갔다. 그 찰나, 주유의 검이 빠르게 병사의 목을 향해 튀어 올랐다.

"억! 방향이?"

전혀 예상조차 못한 불의의 일격에 병사는 놀란 눈을 치켜뜨며 목을 향한 검격을 그저 바라보기만 했다.

"크윽!!"

촤악!

정확히 목에 한 가닥 붉은 선을 그리며 검이 지나간다. 순간 선혈이 폭포수처럼 뿜어져 나왔다. 땅을 향해 서서히 무너지는 병사의 시신을 확인하지도 않고 주유가 다음 병사를 향해 달려들었다.

"이이……."

경악한 눈으로 그 광경을 지켜보고 있던 병사가 황급히 주유를 향해 창을 치켜든다. 장병(長兵)에게 선공은 무리. 그렇게 판단한 다른 병사

둘이 주유에게 몸을 날렸다. 엄중한 협공은 셋. 쉽사리 얽히지도 않고
효율적인 공격을 가할 수 있는 수였다.

"……."

멈추면 당한다. 등 뒤를 돌아볼 필요도 없었다. 예리한 기운이 등골
을 자극해 왔으니까. 주유는 발걸음을 멈추지 않고 창을 든 병사에게
쏜살같이 달려들었다.

쐐애액!

눈앞에서 창이 뻗어온다. 무서운 기세는 아니지만 기본에 충실한 무
척이나 정확한 찌르기다. 요동하는 공기 속에서 주유의 눈이 번뜩인
다. 그녀의 몸이 무너지듯 지면으로 숙여지더니 곧 땅을 박차고 허공
으로 도약했다.

"어리석은!"

그렇게 하면 공격 범위에서 벗어날 수 있을 줄 알았나? 병사는 재빨
리 회수한 창대를 공중으로 치켜 올리며 혼신의 힘을 다한 일격을 가
했다. 빗줄기를 가르며 화살처럼 날카롭게 솟아오르는 창날을 바라보
며 주유는 솔직히 인정했다. 저들은 목숨을 건 최고의 일격 일격을 펼
쳐 내고 있다는 것을. 그리고 그것은 충분히 위협적이라는 것을. 하지
만 목숨을 거는 것은 이쪽도 마찬가지였다. 그녀의 손이 빠르게 들렸
다. 그리고 들린 것보다 빠르게 내리그어진다. 순간 병사는 보았다, 빗
줄기가 기묘하게 우그러지는 것을.

"살풍격(殺風擊)."

카앙!!

대기를 가르며 처음으로 소름 끼치는 충돌음이 울려 퍼졌다. 그리고
믿겨지지 않게 창신이 형편없이 반으로 쪼개졌다. 멍한 표정으로 서

있는 병사에게 그녀의 검이 위로 승천한다. 목을 향해.

쾌악!!

"으악……!"

목을 잔인하게 뜯어버린 그녀의 검이 선혈이 채 땅에 흩뿌려지기도 전에 뒤로 선회(旋回)한다.

채앵!

뒤에 눈이라도 달린 것처럼 등을 노리고 온 검을 팅겨내며 그녀의 몸이 작게 원을 그렸다. 순간 등 뒤로 간발지차로 허공을 베어가는 칼날들의 소리를 느끼며 주유는 앞의 병사를 향해 검을 강하게 내리그었다.

푸카악!

"크악!"

단말마의 비명과 함께 가슴이 베어진 병사에게서 피보라가 내장과 뒤섞여 솟구쳐 올랐다. 눈앞에서 동료의 죽음을 본 병사들에게서 살기가 짙어진다. 하지만 머리 속은 지극히 냉정했다. 흥분이 어떤 결과를 부르는지 누구보다도 잘 알고 있기 때문이었다. 빠르게 그들이 큰 원을 그리며 주유를 둘러쌌다.

"……."

잡혔다. 그 어떤 일류고수라도 등 뒤의 공격에서는 반응이 더뎌지는 법. 그러나 병사들은 성급히 공격을 가하지 않고 신중히 그녀를 주시하며 기회를 엿보았다.

"후~"

주유가 낮게 한숨을 쉬더니 돌연 왼손에 들린 묵검의 검집을 집어 던졌다.

캉!

병사 하나가 검집을 칼로 쳐내는 것을 시발점으로 사방에서 노도와 같은 기세로 검 네 자루가 그녀에게 몰려든다. 합검진(合劍陣)이라도 될까? 놀랄 만큼 빠르고 정교한 협공이다.

키익!

순간, 그녀의 왼손이 발검(拔劍)한다. 용천검이 거친 숨결을 토해냄과 동시에 그녀의 오른손에 들린 묵검이 강하게 앞으로 던져졌다. 반사적으로 검을 받아냈지만 자세가 흔들리는 것만은 막을 수 없었다. 그 잠시의 당황. 세 개의 검을 피해내며 주유는 그쪽으로 몸을 날렸다. 그리고 섬광과도 같이 그녀의 오른손이 발검했다.

쉬이잉!!

"뭐……?"

눈에 제대로 보이지도 않는 속도다. 병사가 발검을 인식한 것은 목줄기에 칼이 꽂히는 참을 수 없는 마지막 고통을 느꼈을 때였다.

"……."

차마 비명조차 없이 그 병사는 싸늘한 시신이 되어 땅에 몸을 뉘었다. 피의 안개가 빗줄기와 섞여 그들에게 흩뿌려진다. 하지만 채 정적이 머무를 틈도 없었다. 주유도 병사들도 혼을 산산이 불태운 일격을 주고받고 있었으니까. 날카로운 금속음이 쉴 틈 없이 울려 퍼졌다. 차마 기합조차 없이 그들은 호흡까지 멈추고 검격을 주고받았다. 한 몸과도 같은 일사불란한 협공을 펼치는 병사들도 대단했지만 어느새 두 손에 쌍검이 들린 주유는 도저히 틈이 보이지 않았다. 그녀의 눈이 차갑게 병사들을 훑는다. 그리고는 정면의 병사를 향해 오른손에 들린 검으로 강맹한 검격을 토해냈다. 갑자기 펼쳐진 강렬한 공격에 당황하며 병사가 비틀거렸다. 피할 수 있을까? 왼쪽에서 날아온 검을 용천검으로 받아내면서 그녀는 몸을 비틀었다.

쐐액!

귓전을 자극하는 바람 소리가 아슬아슬하게 등의 옷자락을 스쳐 지나간다. 그사이 그녀의 오른손이 춤을 추며 정면에 있는 병사의 목을 난도질하며 지나간다. 어김없이 먼저 간 동료들과 같은 붉은 피를 뿌리며 그 병사가 다섯 구째의 시체를 만든다.

"으으……."

일곱이서 당하지 못한 상대를 둘이서 당할 리가 만무하다. 하지만 돌아갈 곳도 물러설 곳도 없다. 그들에게 남겨진 것이라고는 목숨을 건 돌진뿐. 으스러져라 어금니를 악물며 그들이 돌진하려는 찰나 뒤에서 목소리가 들려왔다.

"거기까지."

수려한 용모를 가진 키가 훤칠한 남자였다. 갸름한 얼굴에 긴 속눈썹을 가진 선이 가는 미남이다. 일견하기에는 서생(書生) 같은 분위기를 풍긴다. 하지만 그를 본 주유의 고운 섬미가 찡그려진다.

"태사공(太史公)."

"오래만이네요, 주랑."

주유의 차가운 시선이 태사자가 들고 있는 활에 머문다. 일찍이 그가 백 보(步) 밖에서 기둥에 서 있는 병사의 손을 꿰뚫어 그 말을 전해 듣고 감탄한 조조에게서 당귀(當歸)를 선물받은 사건은 천하에 유명했다. 그 정도로 그는 장료, 이신에 버금가는 명궁(名弓)으로 이름이 높았다. 이건 성가신 정도가 아니다. 게다가 그의 칼도 절대 녹록하지는 않을지니. 지그시 붉은 입술을 깨물며 주유가 입을 열었다.

"대체… 이 한 몸에서 얼마나 피를 보고 싶으시기에 귀공(貴公)까지
온 거죠?"

"하하, 어차피 상처 하나 안 입으셨으면서. 게다가……."

태사자가 싱긋 웃으며 활을 땅바닥에 던졌다.

"저는 당신을 막을 마음이 없습니다. 다만 아까운 병사들의 목숨을
구하고 싶었기에."

"……."

함정을 쓸 정도로 치졸한 남자는 아니지. 주유가 말없이 검을 집어
넣는다. 긴장이 풀린 병사들이 거친 호흡을 내쉬었다. 기이하다. 뭔가
뒤통수를 맞은 느낌이다. 주유는 떨리는 목소리로 물었다.

"이 병사들의 목숨은 소중하면서 그, 그의 목숨은 아깝지 않나 보
죠?"

자신이 그를 죽이지 못할 거라고 생각하는 건가? 그렇다면 심각할
정도의 오산이라는 것을 보여주겠어. 태사자가 낮게 한숨을 쉬며 두
손을 들어 보였다.

"그 길을 선택한 것은 다른 누구도 아닌 바로 그분이십니다. 저 따
위가 참견할 일이 아니죠. 주랑의 정체성을 증명하려면 그분을 만나뵙
는 수밖에는 없는 것, 제가 막을 이유는 없습니다."

"……."

진정한 충신이다, 이 사람은. 눈을 감고 작게 고개를 끄덕이며 주유
는 발걸음을 옮겼다. 어느샌가 빗방울은 그쳐 있었지만 금방이라도 주
저앉고 싶을 정도로 몸이 떨려왔다. 그녀는 머리칼에 맺힌 빗물이 흐
르는 이마를 짚어 열을 확인했다. 빌어먹을.

"잠깐."

“…뭐죠?”

주유가 부르르 몸을 떨며 뒤를 돌아다보았다. 태사자가 땅에 떨어진 피 묻은 묵검을 가리킨다.

“저 검, 주랑의 검이 아니던가요? 딱 보기에도 대단한 명검인데.”

“바보 같은 남자가 막무가내로 따라올까 봐 잠시 빌려온 것뿐이에요. 귀공이… 돌려주는 것도 괜찮겠군요.”

“그 남자가 검을 빼 들지 않으면 다행이겠지만……..”

조그맣게 중얼거리는 자신의 소리를 들었는지 ‘음?’ 하며 눈을 동그랗게 뜨는 태사자를 보니 이런 상황에서도 피식 실소가 나온다.

“아니, 역시 주랑이 가져가요. 저렇게 위험한 검은 오랜만이군요.”

“무슨?”

태사자가 검을 수습하고는 주유에게 던졌다.

탁.

주유가 영문을 모르겠다는 표정으로 묵검을 잡았다.

“좋아요. 이제 좀 낫네요.”

그의 표정이 한결 가볍다.

“무슨 소리죠?”

“저 검이 자꾸 사람을 죽여달라고 제게 오열을 하네요. 상당한 원한이 맺힌 검인가 보네요. 주인이 누구인지는 몰라도.”

“…….”

무슨 무자(巫子) 같은 소리를. 주유는 고개를 설레설레 저으며 다시 발걸음을 옮겼다. 그녀의 등 뒤에서 혼잣말처럼 태사자가 중얼거렸다.

“…혼자서 기다리고 계십니다.”

심한 현기증에 몇 번이나 나무를 짚어가며 걸음을 옮겼다. 외상은 없었지만 심각한 울화병이었다. 어느샌가 손에 든 묵검을 지팡이 삼아 걷는 자신을 보니 허탈한 웃음이 나왔다. 다 꿈이었으면 좋겠다고 생각했다. 그는 절대로 나를 배반했을 리 없다고. 아니, 배반이라는 단어를 붙이기에도 우스웠다. 순간, 의식이 혼탁해진다. 감정의 편린이 산산이 뒤틀린다.

"우욱."

결국 그녀는 흙 바닥에 주저앉고 말았다.

"……."

꿈과 현실의 경계조차 제대로 구분하지 못하는 멍청한 년이 무슨 강동의 주유란 말인가? 지금이라도 꿈에서 깨어나면 금방이라도 이 모든 거짓 환상들이 거울처럼 부서질 것 같았다. 아니, 무엇이 거짓이란 말인지, 무엇이 현실이란 것인지. 자신이 지금 가는 길은 무엇이란 말인가? 쉬고 싶다.

"우엑!"

또 한 번 욕지기가 올라왔다. 주유는 창백한 얼굴로 입을 막았다. 붉은 선혈이 손 틈 사이로 새어 나와 주르르 흐르며 땅을 적셨다. 그것이 정신의 경종을 울렸다.

"피……."

서서히 사고(思考)가 냉정하게 돌아왔다. 뭐가 환상이란 말인가? 이렇게나 선명한 붉은 피가 흐르는데.

"확인… 해봐야 해."

그녀가 차가워진 눈빛으로 다시 걸음을 디딘다.

"…변해 버렸어."

생명을 잃고 차디찬 사체로 변해 버린 병사들을 바라보며 태사자가 중얼거렸다. 무척이나 잔인한 손속이다. 화풀이라도 하려는 거라면 방향을 잘못 잡았어. 몇 수천 명을 벤다 한들 당사자에게 맺힌 원한은 풀리지 않는다. 무의미한 정열 낭비지. 자신의 예상이 옳다면 그녀의 정신은 지금 붕괴 상태일 것이다. 겉이 얼음장같이 차가운 사람일수록 속이 약한 법 아니던가. 막 태사자가 발걸음을 돌리려 할 때 흑의의 남자와 눈이 마주쳤다.

"응?"

꺼림칙한 분위기를 풍기는 남자다. 아니, 그보다 아무리 딴생각을 하고 있었다고는 하지만 어느새 뒤에 다가와 있었다니. 문득 몸이 뜨거워진다.

"……."

아무 말 없이 그 외팔이남자는 그를 스쳐 지나간다. 옷자락에서 피 냄새가 풍겨온다. 그것은 땅에 눕혀진 시체에서 풍겨 나오는 그것과는 느낌 자체를 달리하는 것이었다. 딱히 그 남자에게 깊은 관심이 가는 것은 아니었다. 다만 마음 한구석에 그의 목소리를 듣고 싶은 열망이 올라와 태사자는 결국 뒤돌아서며 입을 열었다.

"잠깐."

"뭐지?"

사내가 천천히 몸을 돌렸다. 아무런 감정도 떠올라 있지 않은 무심한 시선. 그리고 거북할 정도로 탁한 목소리. 탄성이 터져 나올 정도로 외모와 어울리는 목소리였다.

'음…….'

태사자는 잠시 고민했다. 일단 불러놓았지만 딱히 할 말도 없지 않은가. 그렇다고 목소리가 듣고 싶어 불렀다고 할 수도 없는 노릇이었다.

"그곳은 가지 않는 게 좋아."

결국 그는 아무 말이나 내뱉고 말았다. 저 남자가 향하는 곳이 과연 위험한가. 그로서도 전혀 단정 지을 수 없다. 하지만 목소리만은 그 사실이 당연하다는 듯이 느껴졌다.

"그런가? 바보 같은 여자가 막무가내로 검을 훔쳐 가서 말이야."

흑의의 남자는 그 한마디만을 남기고 다시 걸음을 옮겼다.

"음?"

어디선가 많이 들은 소리 같은데? 태사자는 고개를 갸웃거렸다.

어느덧 구름 한 점 없이 맑아진 푸른 하늘에는 태양이 높게 솟아 있었다. 언제부터인가 깎아내린 듯 까마득한 절벽 서편으로 강이 보이기 시작한다. 옷자락이 펄럭이는 강풍으로 푸른색 메아리가 친다. 용솟음치는 격류 속에 뜬 배가 한 척도 보이지 않는다. 새벽부터 불어오는 심한 바람에 선주들이 배 띄우기를 포기한 듯했다. 흩날리는 머리칼을 매만지며 주유는 발걸음을 옮겼다. 이제 조금만 가면 그를 처음 만났던 곳이 나온다. 그리고 그는 그곳에서 기다리고 있을 것이다.

탁.

마지막 발을 내딛는 순간 눈 뜨기조차 힘들 정도로 강풍이 불어왔다. 곧 이어 눈을 떴을 때 깊은 하늘 아래 그가 서 있었다.

"아, 공근."

손책이 싱긋 웃었다. 여느 때와 같은 생기 넘치고 부드러운 미소. 주유는 순간 지금까지 겪어왔던 모든 일이 거짓처럼 느껴졌다. 그 정도로 손책의 태도는 몹시 자연스러웠다. 그녀가 입술을 꼭 깨문다.

"주공(主公)……."

"건강하지는 못한 모양이군."

그가 주유의 안색을 설핏 살피며 입을 열었다.

"그저……."

마음속에 담아왔던 말들을 송두리째 날려 버린 듯 해야 할 말이 생각나지 않는다. 불현듯 현기증이 일었다. 하얀 손을 꼭 움켜쥐며 주유가 말했다.

"…주공께서 소녀를 죽이려 하셨기에."

쿵쾅대며 심장의 고동이 높게 울린다. 이어서 들려올 그의 대답을 듣기가 싫었다. 그랬다가는 참지 못하고 주저앉아 버릴 것 같았다. 그녀의 호흡이 가빠졌다.

"아, 그래. 확실히 그런 일이 있었지."

망설임없이 똑똑히 들려오는 그의 대답에 그녀의 냉정의 끈이 끊어져 버렸다. 주유가 부르짖었다.

"백부!!"

"……."

손책의 표정이 딱딱하게 경직된다. 눈꺼풀을 한번 깜빡일 때마다 여러 가지 감정이 부서졌다.

"어째서, 어째서 나를 죽이려고 했지? 너는… 너는… 날 대체 뭘로 여겼던 거야?! 이 주유 공근을 말이야!"

"…나의 가장 소중한 친우(親友)다."

피를 토하듯 외치는 주유의 물음에 그의 대답이 무겁게 가라앉는다.

"헛소리하지 마! 이 위선자! 끝까지 나를 속일 작정이야?! 넌 대체……!"

"거짓말을 하지는 않아."

"아니, 너는 거짓말을 하고 있어! 그렇지 않다면 평상시처럼 왜 나를 보고 웃지 않지? 아니면 그 웃음까지 거짓이었던가? 응?"

"공근… 넌 내 가장 소중한 친우이지만… 내 꿈보다 소중하지는 않아."

신음을 토하듯 손책이 말을 뱉어냈다. 침묵이 순식간에 그들 사이를 덮었다.

"…무슨 소리지?"

"반 년쯤 전에 조조에게서 서신이 왔었어. 너를 죽이고 자신과 손을 잡으면 서주를 주겠노라고."

"그 남자……."

그제야 이리저리 얽힌 실타래가 풀리듯 모든 것이 이해되기 시작했다. 고통이 물밀듯이 몰려와 온몸이 부들부들 떨려왔다. 어째서……? 그럼 그 외교는?

"다… 나를 속인 거군. 감쪽같이……. 개자식들."

"부정할 마음은 없어."

"어째서… 어째서 서주가… 서주 따위가 나보다 소중하다는 거야?! 그런 거야? 나한테 청혼한 것도 연기였었던 거야?"

"천하를 위해서라면… 사랑 따위는 몇 번이고 잘라 버릴 수 있어야 하는 법이야. 여자나 능신은 또 얻을 수 있지만 이신이 지키는 서주를 피 흘리지 않고 얻는 기회는 한 번뿐이다. 천하를 위해서라도 중원의 싸움에 끼어들 이 절호의 기회를 놓칠 수는 없었다."

"미친놈."

끓어오르는 화를 억누를 수가 없었다. 겨우 이 정도의 남자였던가?
내가 믿고 사랑했던 남자는 꿈을 위해서라면 단번에 손을 뒤집을 수
있는 그런 남자였었나?

"우웩!"

격정을 참지 못하고 주유가 시뻘건 선혈을 토해냈다. 그녀의 안색이
몹시나 초췌하다. 선혈에 젖은 손이 부들부들 떨린다. 그 붉은 손은 곧
망설이더니 검집을 잡아갔다.

키잉!

먹구름같이 검은 검이 투박한 검신(劍身)을 드러냈다.

"뽑아……."

가늘게 떨리는 목소리로 주유가 말했다. 그녀의 몸에서 참을 수 없
는 살의가 발산된다. 검을 쥔 오른손에서 밀물처럼 살의가 몰려들어
온다.

"하아!"

참지 못하고 그녀가 격앙된 숨을 토해냈다.

"…안 그래도 그럴 작정이었어. 모습을 보아하니 태사자는 너를 막
아서지 않은 모양이군. 바보 같은 놈."

키익.

손책의 손에 대도가 들렸다. 태양 광을 받아 찬란하게 빛나는 도광(刀
光)을 바라보며 주유는 천천히 거리를 좁혔다. 생각 밖으로 결투에 들어
서도 흥분이 쉽게 가라앉지 않는다. 오직 몸속 깊은 곳에서 살의가 불타
오를 뿐이다. 이 빌어먹을 검 때문일까? 하지만 버리고 싶은 생각은 들
지 않는다. 이 검으로 손책의 심장을 후벼 파고 싶은 생각만이 간절히

들 뿐이다. 전신을 휘감고 도는 흥분감에 주유의 호흡이 거칠어졌다.

"지옥을… 보여주지."

탁!

주유가 땅을 박차고 손책에게 달려들었다. 그 어느 때보다 패도적인 검기(劍氣)가 그녀의 몸에서 뿜어져 나온다.

"외수(外手)라니, 단단히 얕보았나?"

피식 웃음을 흘리고는 손책도 지지 않고 그녀에게 몸을 날렸다.

채애앵!!

허공에서 참격이 격하게 얽혔다. 격렬한 소음과 함께 쇠붙이에서 불꽃이 튄다. 발이 흙을 패면서 서로 엇갈리기가 무섭게 그들은 뒤로 돌아 제이격(第二擊)을 뿌려댄다.

차앙!!

또 한 번의 충돌음이 발산되었다. 그 여운이 채 가시기도 전에 주유가 왼쪽으로 돌며 검격을 뿌려댄다. 머리, 목, 가슴. 얼핏 삼연격(三聯擊) 같으면서도 동시에 이뤄진 공격으로 착각할 만치 놀라운 속도로 손책에게 검격이 뻗어갔다.

"하아앗!"

기합성과 함께 손책의 도가 대기를 가르며 나아갔다.

찌잉!

찢어질 듯한 바람 소리와 함께 허공에서 검과 도가 맹렬히 부딪쳤다.

카앙! 챙! 채앵!

정확히 세 번 울리는 금속음 속에 주유의 검이 위로 튕겼다. 힘에서 밀리기라도 한 것일까? 손책이 그 순간을 놓치지 않고 앞으로 한 걸음

을 디디면서 도를 휘둘렀다. 번뜩이는 섬광. 주유의 눈이 가늘게 떠진
다.

촤악!

바람을 갈가리 찢으면서 질풍처럼 휘몰아치는 참격을 주유가 몸을
비틀어 피해낸다. 그와 함께 주유의 오른손이 교묘하게 움직였다.

"섬비오(閃飛鳥)."

"……."

손책의 눈이 커진다. 왔군. 산들바람처럼 부드럽고 자연스런 움직임
으로 주유의 검이 뻗어간다. 노리는 곳은 가슴. 하지만 방향에 구애받
지 않는 변화무쌍한 검이라는 것 정도는 이미 알고 있다. 손책이 한 발
물러나며 끝까지 검을 지켜본다. 머리. 손책이 재빨리 몸을 숙인다.

쐐액!

주유의 검이 손책의 머리 위를 유려한 곡선을 그리며 선회했다.

"막을 수는 없지만 피할 수는 있지."

호기롭게 외치며 손책이 고개를 숙인 그 자세로 주유의 복부를 향해
뇌우 같은 찌르기를 시도했다. 채 검을 회수해서 막아낼 시간이 없어
보였지만 주유는 전혀 당황한 기색이 없었다.

키익!

그녀의 왼손이 발검한다.

차앙!!

어느새 왼손에 들린 용천검이 손책의 도를 막아갔다. 동시에 망설임
없이 오른손이 움직인다. 투박한 검이 어느새 대기를 할퀴며 내리그어
지고 있다.

"허……."

역시 인간이 아니야. 실소를 터뜨리며 손책이 재빠르게 뒤로 몸을 날렸다.

칵!

땅에 묵검이 부딪치자 흙먼지가 일렁이듯 퍼져 나갔다.

"와라!"

더 이상 공격에 전념할 틈 따위는 없었다. 두 손에 검을 든 주유는 외검일 때하고는 비교가 안 되게 강하다는 것 정도는 잘 알고 있었다. 손책의 등골에 땀이 흐른다.

"하아!"

처음으로 주유가 기합성을 내지른다. 그녀의 오른손이 전뇌와 같은 섬격을 뿌린다.

카앙!

손책의 도가 재빨리 그녀의 공격을 쳐냈지만 문제는 지금부터였다. 평상시의 주유의 검술은 왼손은 수(守), 오른손은 공(攻)의 역할을 했지만 지금의 그녀의 왼손은 어느새 빛살처럼 대기를 가르고 있다. 수비를 다소 포기하면서까지 공격에 집중하겠다는 의사였다.

"재밌군."

그렇게까지 날 죽이고 싶나? 어차피…….

촤악!

검에 베어졌는지 손책의 어깨에서 피가 튀었다. 하지만 그는 눈썹 하나 까딱하지 않는다.

"…오래 끌 생각은 없었으니까!!"

땅을 강하게 박차며 손책이 혼신의 힘을 다한 일격을 주유에게 뿌렸다. 공기를 가르는 소리가 섬뜩하게 울려 퍼졌다. 하지만 그 자리에 이미 주유는 없었다. 찬란한 도광(刀光)이 허공을 가를 때 주유는 어느새 그의 왼쪽에 다가가 있었다.

"큭."

여전히 빠르군 그래.

쐐액!

사선으로 칼날이 떨어졌다. 허리 베기.

파각!

옷자락이 잘리면서 붉은 혈선이 그어진다. 정신을 수습할 새도 없이 오른손에 들린 묵검이 수평으로 목을 향해 찔러온다.

"헛!"

놀란 호흡을 몰아쉬며 손책은 황급히 뒤로 물러났다. 이 녀석, 더 강해졌나? 그럴 리가…….

핏!

화살이 대기를 찢는 익숙한 소리가 귓전을 자극한다. 하지만 그것이 검이 울리는 소리라는 것을 아는 손책으로서는 기막힐 노릇이었다. 채 생각할 틈도 없이 반사적으로 몸을 비틀었지만 왼쪽 어깨에 섬뜩한 느낌이 와 닿는다.

"후……."

이를 악물었다. 어깨의 근육이 뭉텅 베인 듯 찌를 듯한 격통 속에 힘도 제대로 들어가지 않는다. 하지만 쇠꼬챙이로 찌르는 듯한 극심한 통증 속에서도 손책은 양손으로 힘껏 도자루를 움켜쥐었다. 순간 어깨에서 선혈이 뿜어져 나와 땅바닥을 흥건히 적신다.

"이 정도로 날 쓰러뜨릴 수 있을 줄 알았나?"

"……."

주유의 눈이 이채를 띤다. 저 바닥을 드러내지 않는 가열(苛烈) 찬 기백은. 확실히 손책답다. 하지만 여기서 쓰러지는 것은 너다.

"한 번에 안 된다면 수십, 수백 번이라도 베어주지!"

타악!

땅을 박차고 달려든 주유의 검이 무서운 검압을 일으키며 손책의 머리를 베어갔다. 손책은 피가 날 정도로 입술을 깨물며 주유의 검을 막아갔다.

촤아앙!!

익숙한 쇳소리가 울려 퍼지며 손책이 뒤로 한 발 물러섰다. 힘에서 밀렸기 때문이 아니었다.

콰악!

그의 오른발이 있던 장소에 용천검이 땅과 충돌하는 소리가 울렸다. 한시라도 방심하면 당한다. 손책이 눈을 매섭게 치켜떴다.

"하앗!"

카앙!

그의 도가 붙어 있던 묵검을 위로 튕기며 다시 한 번 수직으로 주유의 목을 올려 벤다. 주유는 상체를 젖혀 공격을 피해내며 연이어 수평으로 검을 베어갔다.

차앙!

어느새 도를 회수한 손책이 검과 부딪친다.

카가각!

쇠가 타는 냄새가 코를 찌르며 그들은 그 자리에서 검과 도를 버티어 섰다. 손책의 눈이 땅을 향하고 있는 주유의 왼손에 들린 용천검을 응시한다. 조금이라도 움직이면 뒤로 물러설 작정이었다. 그러나 그녀의 왼손은 움직이지 않았다.

"…눈빛은 죽지 않았군."

얼음장 같은 싸늘한 목소리와 함께 주유가 검을 떼며 수평으로 눕혔다.

쐐애액!

매섭게 대기를 가르는 소리가 사방에 진동했다. 동시에 그녀의 묵검이 선명하고 예리한 검광을 흩뿌리며 손책의 다친 왼쪽 어깨를 노려 날아들었다. 한쪽 팔을 끝장낼 심산이었다. 상대의 약점을 이용한다. 너무나 당연한 진리가 아닌가. 하지만 손책도 그것을 알고 있었다.

채앵!

금속끼리 부딪치는 충돌음이 대기에 퍼졌다. 손책이 도를 들어 그녀의 검격을 막아낸 것이다.

"과연……."

그녀가 오른손의 검을 회수하며 왼쪽의 용천검으로 연속 공격을 하려고 할 때 손책이 먼저 그녀의 용천검을 후려쳤다.

카앙!!

그 어느 때보다 크고 청명하게 울리는 쇳소리.

"이런……."

주유는 그녀의 검이 땅으로 튕겨 나가는 것을 보고 아차 했다. 말 그대로 혼을 실어 싸우는 상대를 너무 가볍게 여긴 것이다. 그만 똑같은 수법을 써버리다니……. 그 기회를 놓치지 않고 손책의 도가 뱀처럼 요동치며 그녀의 가슴을 향해 쏜살같이 내려갔다.

찌이익!

주유의 앞섶이 예리하게 잘려 나감과 동시에 그의 연속 공격이 펼쳐졌다. 차마 한숨을 돌릴 시간도 없었다. 그녀는 아찔한 심정으로 가슴을 찔러오는 그의 도신을 묵검으로 눌러갔다.

카가각!

그녀는 간신히 손책의 도의 방향을 바꾸는 데 성공했지만 순간 손책이 그녀를 향해 몸을 날렸다.

"윽……."

아찔한 정신으로 재빨리 검을 휘두르려 했지만 손책의 움직임은 생각보다 빨랐다.

퍼억!

팔꿈치에 명치를 가격당한 순간 눈앞이 어지러운 빛들에 휩싸이며 세상이 빙빙 돌았다. 비틀거리는 주유의 눈에 중천을 향하며 높게 들린 손책의 도가 눈에 들어왔다.

'큭.'

맞으면 볼 것도 없이 바로 절명이었다. 그녀는 어금니를 악물며 몸을 날려 피해내려 했다. 하지만 잠시 균형 감각을 잃은 몸은 생각대로 움직여 주지 않았다.

쐐액! 푸각!

섬광의 무지개는 곧 선혈의 폭포로 승화됐다. 깊게 베인 허벅지에서 참을 수 없는 격통이 온몸을 울려온다.

"으윽……."

상처를 돌볼 틈도 없이 주유는 황급히 거리를 벌렸다. 하지만 손책은 이상할 정도로 좋은 공격 기회에 도의 움직임을 멈췄다. 손책이 땀에 젖은 머리칼을 어루만지며 차갑게 입을 열었다.

"생각대로군. 너는 독기에 몸이 상해 정상이 아니야. 고작 그 정도에 검이 튕겨 나가다니. 악으로 버티는 것도 한계가 있다. 검도 힘껏 쥐지 못할 몸 상태로 나를 쓰러뜨릴 수 있을 줄 알았나? 게다가… 다리까지 다친 지금의 너에게는 승산이 없다.”

“…….”

정확히는 울화병이다. 이 개자식아!

주유가 아찔할 정도로 처연한 미소를 지었다. 온 힘을 다해 참아냈던 현기증이 다시금 계속해서 일어난다. 알고 있다. 지금의 몸으로 이길 승산 따위는 없다는 것을. 하지만…….

“아아, 감동적이군.”

주유가 싸늘하게 가라앉은 눈매로 있는 힘껏 몸을 일으키려고 할 때 그녀가 처음 발을 디뎠던 그곳에서 탁하게 쉰 목소리가 들려왔다.

“량?!”

주유의 눈이 커졌다.

‘어째서… 이곳에……?’

언제나 허리에 걸렸던 묵검이 없을 뿐 변함없는 흑의에 바람에 흔들리는 빈 소매는 틀림없이 그였다.

“그대가 누구인지는 몰라도 끼어들 자격이 있나?”

손책이 갑작스런 제갈량의 등장에도 얼굴색 하나 변하지 않고 물었다.

“큭큭큭!”

돌연 제갈량이 무엇이 그렇게 웃긴지 허리까지 꺾으며 미친 듯이 웃어댄다.

“…….”

뭐야? 미친놈인가? 손책이 어이없다는 표정으로 그를 바라보았다.

한참 후에야 미친 듯한 웃음을 멈춘 제갈량이 평소의 차가운 눈으로 손책을 응시했다.

“자격? 물론 있지. 당신과 난 연적(戀敵)이니까.”

“…….”

손책이 멈칫했다. 상대의 목소리는 진지하지도 장난기가 서려 있지도 않았다. 그저 당연하다는 듯이 내뱉는 그의 말은 눈 속에 깃든 차가움과 어우러져 묘한 분위기를 창출했다. 그것은 마치 살아 있는 원혼 같은 느낌이었다. 이 남자는…….

“그만둬!”

주유가 간신히 떨리는 목소리로 입을 열었다. 그녀의 표정은 하얗게 질려 있다. 이건 아니다. 손책과 맺힌 문제는 자신의 손으로 해결해야만 했다. 그녀가 말을 이었다.

“…당신이 끼어들 자리가 아니야.”

제갈량은 그녀의 시선을 외면하며 험준한 절벽 밑의 강을 응시했다. 세차고 절박하게 흐르는 강동의 강물을. 그 언제인가 느꼈던 심장의 떨림이 다시금 약동한다. 그의 오른손이 천천히 가슴을 잡아간다. 피의 흐름. 그의 입이 천천히 열렸다.

“당신이 그를 죽이면 반역자가 되지 않나?”

“그건 상관없어!”

“게다가… 남자는 한번 따르기로 결정한 사람을 무슨 일이 있어도 배반하면 안 돼.”

“뭐?”

제갈량의 시선이 다시 주유를 향한다. 그의 눈동자 속에 요동치는 평상시와 다른 의지의 발현에 그녀는 흠칫했다.

“당신의 검이 되겠다고 맹세했잖아. 어서 검을 줘. 당신의 고통의
몫을 감당해 주지.”

“…….”

그의 말에 녹아 있는 어떤 갈망이 그녀의 가슴에 통증을 일으켰다.
목구멍을 맴도는 여러 단어들은 차마 말이 되어 나오지 않았다. 지친
다고 하는 게 옳은 표현일까? 저 단순 무식에 막무가내인 남자에게 무
언가를 맡기고 싶다는 감정이 드는 것은 그것밖에는 이유를 설명할 수
없었다. 묵검을 든 주유의 손이 가볍게 떨린다. 갈등한다. 어째서…….

“어서.”

짧게 재촉하는 제갈량의 말이 추처럼 무겁게 다가왔다. 왜인지 모르
게 마음이 크게 흔들린다. 설령 그가 백 가지 합당한 이유를 줄줄 늘어
놓았다고 해도 이렇게 마음이 흔들리지는 않을 것이다. 그 어떤 언변
보다 그의 눈빛과 짧은 단어 하나가 가슴을 짜릿하게 자극한다. 결국
그녀는 짙은 신음성을 흘리며 묵검을 제갈량을 향해 던졌다.

탁!

그제야 제갈량의 입가에 희미한 미소가 어린다. 손책을 향하는 그의
깡마른 몸이 어느 때보다 탄탄하게 보였다.

“무엇보다 당신에게 악역(惡逆:도리에 어긋나는 극악한 행위)은 어울리
지 않아, 병약 아가씨.”

말의 끝에 시원한 웃음이 들려옴을 느끼며 긴장이 풀린 주유는 그
자리에 주저앉았다. 화살은 이미 떠나갔다. 할 수 있는 거라고는 두 손
을 모으고 그저 지켜보는 것뿐.

“대단하군. 공근을 설득하다니. 후후, 진짜로 연적인가?”

손책이 진실로 감탄했다는 투로 말했다. 의외로 이 남자는 마음을

울리는 재주가 있는지도 모른다. 아니면 그 공근의 빙벽(氷壁)을 깨뜨
릴 수 있었을 리 만무하니까.

"당신은 실수했어. 남을 비수로 상처 입힐 때는 어디서 날아왔는지
모르게 해야 하거든. 아니면 어디선가 당신도 등에 비수를 맞을지 모
르니까."

"그건 그대의 경우겠지."

"아니, 이제 당신의 경우다!"

차가운 목소리와 함께 살의가 폭발했다. 그동안 몸속에 어떻게 숨겨
왔는지 모를 정도로 미쳐 버릴 만큼 패도적인 살의가 광풍이 되어 휘
몰아쳤다. 그 기세에 오장육부가 진탕되고 뺨이 부르르 떨려왔다. 이
녀석!!

바람에 흑의의 옷자락이 펄럭거린다. 돌연 그가 놀라운 속도로 손책
에게 달려들었다.

"아니……."

손책은 반사적으로 도를 들어 올렸다.

카가각!

붉은 불똥이 튕기며 쇠가 타는 냄새가 코를 찔러온다. 생전 처음 느
껴보는 지극한 생명의 위협감이 등골을 찔렀다. 대체 뭐야, 이 녀석은?
결코 주유에 뒤지지 않는 기세다. 이런 폭풍 같은 검세(劍勢)를 구사하
는 검객이 어째서 이름이 알려지지 않은 거지?

"흥."

코웃음을 흘리며 붙어 있던 검을 뗌과 거의 동시에 또 하나의 검격
이 질풍처럼 뻗어온다. 주유처럼 빠른 검은 아니었지만 그 검에 실린
위력은 그로서도 처음 겪어보는 무거운 것이었다. 검풍에 머리칼이 흩

날린다. 순간 미칠 듯한 전율이 일었다.

"하앗!!"

채앵!!

손책이 기합성을 내지르며 온 힘을 다하여 제갈량의 검을 향해 맞부딪쳐 갔다. 실로 가열 찬 위력. 두 사람 다 한 걸음씩 뒤로 밀린다. 흙먼지가 발에서 일렁였다.

카각!

무기를 사이에 둔 힘의 겨룸. 하지만 양손을 사용한 손책의 도에 실린 힘에 비해서 한 손인 제갈량이 절대적으로 불리했다. 팔에 가중되는 압박에 깊은 숨을 토해내며 제갈량이 뒤로 한 발짝 물러서자 손책이 그대로 무너지듯 한 걸음을 디디며 참격을 뿜어냈다. 제갈량의 눈이 찌푸려진다.

차아앙!!

귀를 찢을 듯한 쇳소리가 울려 퍼진다. 충돌의 충격이 채 가시기도 전에 제갈량은 재빨리 손책의 왼쪽으로 돌았다. 손이 찌릿찌릿 저려왔다. 적어도 힘에서는 외수검(外手劍)이 쌍수도(雙手刀)를 당해낼 리가 없다. 하지만 굴하지 않아.

"폭참(爆斬)!"

발을 디디는 순간 흙이 깊게 패였다. 그와 함께 무시무시한 위력의 참격의 바람이 손책을 압박해 왔다. 손책의 눈이 커진다.

카아앙!!

꽝음이 들려오며 놀랍게도 손책의 도가 위로 튕겨졌다. 발을 구름과 동시에 몸 안의 기(氣)를 한번에 폭발시켰나? 비교도 안 되게 강해진 위력에 등골이 서늘해진다.

“특이한 검술을 쓰는군.”

하지만 말도 안 되게 몸에 무리가 갈 것은 분명했다. 설령 강격(强擊)의 관우라 할지라도 저런 위력의 공격을 계속 구사한다는 것은 불가능할 것이다. 하물며 저런 체구로.

“…천하제일검이지.”

고작 두 마디를 주고받는 와중에도 그들은 검격을 세 번이나 주고받았다. 이미 서로 느끼고 있다. 한순간만 긴장의 끈을 놓쳐도 패하는 것은 자신일 거라는 것을. 팽배해진 근육이 땀으로 젖어온다.

카각!

그들의 병기가 각각 상대편의 쇠붙이를 할퀴고 지나갔다. 번뜩이는 섬광. 열기가 채 식기도 전에 그들은 다시 검과 도를 맞댄다.

채앵!!

“윽!”

제갈량이 잇소리를 내며 황급히 뒤로 물러섰다. 아직 상처가 다 낫지 않았던가. 평상시에 잠잠하던 손등과 어깨가 격렬한 움직임을 보이자 다시 통증을 안겨준다. 아니, 애초에 몽환창이라고까지 불리는 조운과 그런 사투를 벌이고도 후유증이 없을 거라고 생각한 자신이 어리석었다.

“후.”

제갈량이 차가운 조소를 짓는다.

“하압!”

손책이 망설임없이 도를 들고 제갈량을 짓쳐 온다. 힘에 의존할 뿐 기술도 속도도 특별할 게 없는 단조로운 도법(刀法)이었지만 동시에 허점이 거의 없는 깨끗한 도법이기도 했다. 상대하기 거북하다. 제갈량은 인상을 찌푸리며 몸을 비틀어 도격을 피해냈다. 일단은 최대한 검의 부딪침을 자제할 심산이었다. 팔이 나간 다음에 후회해 봐야 돌이킬 수 없다는 것을 잘 알고 있기 때문이었다.

쐐애액!

도의 폭풍이 난무한다. 금방이라도 숨통을 끊어버릴 것 같은 위력적인 연속 공격을 제갈량은 눈 하나 깜빡하지 않고 아슬아슬하게 피해냈다. 도압(刀壓)에 그의 옷자락이 연신 흩날린다.

"어울리지 않게 피하기만 할 건가?"

관자놀이에 맺힌 땀이 뺨을 타고 흘렀다. 혼신의 힘을 담은 연이은 결투에 몸은 분명히 지쳐 있을 터. 하지만 손책의 표정은 즐거워 보였다. 주유와 태사자 이후에 이렇게까지 강한 검객은 처음이었다. 모든 것을 잊고 싸움에만 몰입해야 할 만큼. 그리고 그 기분은 최고였다.

"아니, 이제 파악했어."

말이 끝나기가 무섭게 제갈량이 발을 멈췄다. 날아오는 도.

"회참(回斬)!"

챙!

순간 제갈량이 빠르게 손책의 도를 비껴내고는 선회하며 반대쪽 어깨를 베어간다. 예측 불허의 일격에다 빠르고 정확한 그 공격을 손책은 미처 피해낼 수가 없었다.

파악!

한줄기의 선혈이 튀며 그들을 적셨다.

"……."

상처를 쳐다볼 겨를도 없었다. 입을 굳게 다물고 고통을 참으며 손책은 제갈량의 검을 똑바로 바라보았다. 찌르기! 손책은 재빨리 도신을 들어 그 공격을 받아냈다.

찌잉!

도신이 어지러이 울려왔다. 저편에서 제갈량이 낮게 이죽거리는 소리가 들려왔다.

"역시 물러나는 것은 내 체질이 아니라는 것을 말이야."

"후……."

"이건… 진검 승부다!"

검을 회수하자마자 전광석화와 같은 속도로 묵검이 울었다.

찌이잉!

공기가 찢어지는 듯한 소리가 들려온다. 수비마저 도외시한 채 온몸의 힘을 담은 일격. 이런 공격을 정면으로 받아내는 것은 어리석은 짓이었다. 무엇보다 위력이 강한 공격일수록 허점이 많은 법. 보통의 사람이라면 몸을 피한 후 반격을 노리리라. 하지만 손책은 피하지 않았다.

"좋군."

까아앙!!

가느다란 미소를 띠며 손책이 도를 들어 있는 힘껏 제갈량의 참격을 쳐냈다. 엄청난 힘의 충돌에 두 사람 모두 순간 비틀거리며 한 걸음씩 물러나고 말았다.

"제법."

손책의 도가 발산하는 눈을 자극하는 은빛 광채를 응시하며 제갈량이 속삭이듯 중얼거렸다. 그의 검에서도 예리한 검기가 달무리처럼 어렸다.

카악!

쉿소리가 퍼져 감과 동시에 반동으로 제갈량의 검이 튀어 올랐다. 그 순간을 놓치지 않고 손책의 도가 추격하듯 제갈량의 목을 베어갔다.

파악!

하지만 벤 것은 허공이었다. 제갈량은 뒤로 공중제비를 돌며 땅에 착지했다. 칼자루를 움켜쥐는 그의 눈이 번뜩였다.

"섬비오(閃飛鳥)!"

'뭐지?'

주유의 눈이 흔들렸다. 물처럼 자연스럽게 제갈량의 검이 흘렀다. 그리고 그 움직임은 분명 그녀의 그것과 흡사하게 보였다. 설마…….

"……."

이 녀석, 무슨 수작이냐? 손책이 어이없다는 표정으로 율동하는 제갈량의 검을 노려보았다. 검에서 풍기는 분위기, 움직임 모두 주유의 기술과 유사해 보였다.

"장난치지 마!"

손책의 표정이 일그러졌다. 그렇게 쉽게 남의 기술을 복사할 수 있으면 누가 뼈를 깎는 고통 속에서 검술을 배우겠나. 그것도 초일류검객의 기술을.

피익!

손책의 도가 무서운 속도로 나아가 제갈량의 검과 부딪치려고 했다. 그 찰나, 제갈량의 검이 사라졌다. 아니, 정확히는 손책의 왼쪽 허리쪽으로 꺾이고 있었다. 그리고 그것은 완벽한 섬비오였다.

최악!

섬뜩하게 살이 베이는 소리와 함께 피가 안개처럼 흩뿌려진다. 고통보다도 먼저 충격으로 인해 뇌리가 멍해졌다. 붉은 선혈과 함께 기운이 있는 대로 다 빠져나간 듯 손책은 무릎을 꿇고 말았다.

"이게… 무슨……?"

말도 안 되는 일이……. 설령 무신(武神)이라 불리는 여포라고 해도 이런 일은…….

"섬비오……."

주유가 넋이 나간 듯한 표정으로 중얼거렸다. 이런 것, 가능할 리가 없다, 아주 일상적이고 사소한 검법의 동작조차 제대로 흉내 내려면 사흘은 걸릴 것이다. 하물며 몇 번 보기만 하고 이런 고급 기술을 완벽하게 시현한다는 것은 불가능할 터였다. 그런데…….

검을 서서히 땅을 향해 내리며 제갈량이 차갑게 말했다.

"세 번이나 본 기술을 따라 하지 못할 정도로 바보는 아니지."

하늘을 올려다보았다. 눈부신 태양이 눈을 직시한다. 대지에 생명을 불어넣어 주는 그것이 그 어느 때보다 준엄하게 보인다. 닿고 싶었다. 그저 닿고 싶었다. 참으로 오만하게 높고 무시무시하게 타오르는 저 원에 닿고 싶었다. 그러나 꿈은 깨졌다, 바로 이 순간.

"아하하하!"

손책은 웃었다. 태양은 공평하게 모든 이의 눈에 똑같이 비춘다. 그래서 더욱 무서운 것이다. 모두다 그것에 닿을 수 있다고 생각한다. 하지만 반짝이는 그 거대한 빛은 하나였다. 태양 빛으로 인해 먹먹해진 시선으로 제갈량과 주유를 응시한다. 그들은 살아 있는 사람이다. 나아갈 수도 있고 뒤를 돌아볼 수도 있다. 하지만 자신은 이제 나아가지 못한다. 남겨진 것이라고는 스스로를 향한 비웃음과 과거의 반추뿐이다.

"그저 낙양에 손가(孫家)의 깃발을 꽂고 싶었다. 공근, 내가 어리석은가?"

손책의 입가에는 희미한 미소가 걸려 있다. 그 어떤 슬픔과 위기 속에서도, 심지어 아버지인 손견이 죽었을 때조차 지었던 변치 않는 미소다. 그래서 그것이 그의 본색이라고 착각할 만큼.

"……"

주유는 대답하지 못했다. 자신을 배반한 남자, 그리고 사랑한 남자. 처음에는 치솟는 격정을 참지 못하고 울었다. 잔인할 만치 영롱한 달빛 아래서 눈물이 말라 더 이상 울지 못할 정도로. 그 눈물은 분노의 결정으로 승화하여 그를 만나면 눈 하나 깜빡하지 않고 심장에 칼을 박아버리리라 결심했었다. 하지만 그 분노는 손책의 눈을 보는 순간 지운 듯이 사라지고 말았다. 저토록 고절(孤節)한 눈이라니. 죽음을 앞에 두고 미진(微塵)만큼의 비굴도 절망도 없이 오히려 주변의 기(氣)를 희소시킬 정도의 향취를 뿌리는 사람이 어디 있단 말인가? 어째서?

"어리석었다."

제갈량이 차갑게 말을 이었다.

"한(漢)의 황씨(皇氏)는 유(劉)가 아닌가. 손에 닿지 않는 찰나적 꿈에 몸을 던진다는 것은 진실로 어리석은 짓이다. 그것도 칼날을 거꾸로 들어 스스로의 손을 벨 만큼."

"하하!"

손책은 다시 한 번 웃음을 터뜨렸다.

"그대는 정말 재미있는 남자다. 왕후장상(王侯將相)의 씨가 어디 따로 있다던가? 천하를 떨쳐 울리는 조조도 원소도 유씨가 아니다."

"언젠가는 깨어질 꿈이다. 장각… 이나 동탁, 원술처럼 말이지."

"나까지 더해주면 고맙겠군."

장단을 맞추듯 공허한 대꾸를 하며 손책의 시선이 다시 해를 향한다. 그는 타오르는 불길을 바라보았다. 정확히는 불길 너머에 숨겨진 그의 꿈을. 그의 음성이 고요하다.

"그대들은 태양을 보지 못했나 보군. 살다 보면 스스로를 갈가리 태워 버릴 것을 뻔히 알면서도 불속에 들어가야 할 일이 있는 법이지. 그것은 그대들도 예외는 아니야. 언젠가는 자신들을 활활 태워 버리겠지."

"……."

치졸한 변명으로는 들리지 않았다. 제갈량조차 입을 굳게 다문 채 무심한 시선으로 그를 응시할 뿐이다. 불현듯 잘려진 왼팔이 아파왔다. 주유가 땀이 나는 손바닥을 꽉 움켜쥐며 말했다.

"너는… 나를 배신했어."

"후후……."

말없이 손책은 나지막한 웃음을 흘렸다. 그녀는 눈을 날카롭게 뜨고 손책을 응시했다. 저 부드러운 웃음 깊숙이 감춰진 감정을 알고 싶었다. 진실한 감정을.

"분명 배신한 것은 나야. 화가 풀릴 때까지 내 몸을 토막 내도 상관하지 않아. 하지만… 강동(江東)을 떠나지는 마라."

"뭐?"

"너를 배신한 것은 나지 강동 사람들이 아니다. 내 신념과 긍지를 관철시키고 고독해지는 것은 나 하나면 족해. 죽어서까지 모두에게 피해를 주기는 싫다. 내가 죽으면, 그리고 공근 네가 떠나면 강동은 곧 전란의 피바다가 된다. 손권으로서는… 녀석으로서는 막을 능력이 없

다. 호족들이 구심점을 잃고 이곳저곳에서 주인을 자처하며 봉기할 것
이 틀림없어. 죽어 나가는 것은 백성들이다."

"그건……"

"이제부터 군(軍)의 통수권자는 내가 아니다. 바로 공근 너다. 그저
강동을 지켜줘."

순간 정체를 알 수 없는 느낌이 온몸을 휘돌았다. 주유는 저도 모르
게 창백한 뺨을 어루만졌다. 혹시 백부가……. 이 남자가 쫓기듯 서두
른 것은 자신이 꿈속에서 느꼈던 북쪽에서 불어오는 어떤 암울한 예감
때문이 아니었을까? 태양이 울부짖고 대지가 피에 젖는다. 그리고 강
이 불탄다. 붉은 강.

"양주의 동량으로서 마지막 부탁이다. 다만… 상처는 모두 저 남자
가 감당해야 해."

손책의 폭풍우 치는 시선이 제갈량을 향한다. 제갈량은 동요하지 않
고 서슬 푸른 미소를 흘렸다.

"이미 각오한 일이야. 그렇지 않다면 내가 이곳에 발을 들여놓을 일
도 없었겠지. 난… 손책 당신을 죽인 자객이다."

한 치의 망설임도 없었다. 평화로운 들판을 거닐 듯 그렇게 제갈량
은 목숨이 위험해질 수도 있는 발언을 태연히 입에 담았다. 그 당당한
지체(肢體)에 주유의 심장이 터질 듯 두근거렸다. 대체 당신과 나의 인
연은……. 그토록 짧은 시간에 목숨을 두 번이나 구명받게 되다니.

"량……."

"공명이다. 내 자는… 공명이야, 주(周) 소저."

흐릿한 미소였지만 참을 수 없이 사람의 마음을 끌어들인다. 그 속
에 깃든 사뭇 어두운 감정까지도 잊을 수 없는 향취를 뿌렸다. 주유가

떨리는 시선으로 그를 바라보았다.

"공명, 하지만……."

"선택은 아가씨에게 맡기겠어. 하지만 내가 말했었지. 절대로 아가씨를 죽게 하지 않겠다고."

여전히 차갑지만 일말의 부드러움이 배어 있는 목소리였다. 제갈량을 예전부터 알아왔던 사람이라면 놀라 탄성을 터뜨릴 만큼의 감정 표현이었다. 몸을 부르르 떨며 주유는 손책을 돌아보았다. 더 이상 제갈량을 바라보았다가는 주체할 수 없는 격정에 사로잡힐 것 같았다. 누군가에게 자신의 모든 것을 맡긴다는 것이 이토록 힘든 일인 줄은 몰랐다. 정말 몰랐다. 그녀의 흔들리는 눈동자를 보며 손책이 조용히 물었다.

"맡아주겠나, 공근?"

가늘게 떨리는 음성으로 주유가 답했다.

"예, 주공."

"고맙네, 공근."

손책의 입가에 싱긋 미소가 어렸다. 그리고 그 미소가 채 사라지기 전 검은 광채가 안개처럼 흩뿌려졌다.

쐐액!

제갈량의 손에 들린 묵검이 매섭게 대기를 갈랐다. 이윽고 뼈가 갈라지는 소름 끼치는 소리와 함께 손책의 목이 몸과 분리됐다. 잃어버린 목을 찾기라도 하듯 주인을 잃은 몸은 힘없이 쓰러지며 선혈을 토해냈다.

붉게…

붉게…

물들었다.

그리고 여인의 애통한 부르짖음이 그 위를 덮었다.

숲과 대지는 여전히 태양에 젖어 있었다.

바람에 나뭇가지가 흔들리며 숲의 향기로운 냄새가 풍겨온다. 번들거리는 푸른 잎이 이리저리 날리며 땅에 떨어진다.

푸드득!

날갯짓 소리와 함께 두견새가 힘껏 푸른 허공으로 날아간다. 여느 때와 같이 평화로운 햇살 가득한 연초록 숲이다. 하지만 그곳에는 딱딱한 침묵이 격자(格子)처럼 꽉 묶고 있다. 선혈이 낭자한 흑의를 입고 있는 외팔이사내. 그의 빈 소매가 바람에 출렁였다.

슬프도록 흐린 빛을 발하는 눈동자가 떨렸다. 차디차게 식어버린 눈동자에 어린 빛이 가냘프기 그지없었다. 주유는 부들부들 떨리는 붉은 입술을 열어 속삭였다.

"공명……."

"사원(士元:방통)이 그러더군. 사랑하는 사람을 보내고, 이별하고, 영원한 죽음을 받아들이는 것. 절대 인정할 수 없는 일이라지만 결국 시간의 흐름이 고통에서 벗어나게 해준다고 말이야. 그리고 그 죽음을 통해 남은 자들에 대한 소중함을 느끼게 된다고. 죽음은 벗어날 수 없는 삶의 역설이라나? 그 남자도 가끔은 쓸 만한 소리도 하니까 말이야."

"……."

"그래서 이제는 아가씨에게 내가 소중한 사람이 되길 바라. 죽은 사람에게는 죽은 사람만의 삶이 있으니까 말이야, 주 소저."

주유의 눈꺼풀이 부르르 떨렸다. 그녀가 얼음 조각같이 창백한 손으로 옷자락을 움켜쥐며 말했다.

"공근이야. 공근이라고 불러줘."

"…그래, 공근."

청량한 미소가 제갈량의 입가에 어렸다고 느낀 순간 그녀는 그가 부드럽게 손을 뻗어 자신을 안아오는 것을 느꼈다. 여인의 차가운 체온과 향기로운 머리 냄새가 제갈량을 자극했다.

"아……."

주유는 놀란 눈으로 흐트러진 숨을 몰아쉬었다. 그의 품은 이상하리만큼 부드럽다. 깊숙이 빠져든다. 보이지 않는 부분, 생각할 수 없는 부분까지도 꼼꼼히 애무하듯이 상처난 가슴을 보듬어주고 감싸준다. 그녀가 막 떨리는 손을 내밀어 제갈량을 밀치려고 하는 찰나에 그의 목소리가 들려왔다.

"…사랑해."

호흡이 금방이라도 멎어버릴 것만 같다. 떨리는 숨결이 푸들푸들 새어 나왔다. 순간, 다른 것은 아무것도 생각나지 않았다. 격렬하게 뛰는 심장만큼이나 달아오른 이성은 오직 눈앞의 남자에게만 집중하고 있었다. 그의 입술이 다가왔을 때 그녀는 거부하지 않았다. 뜨겁게 빨려 들어갈 것 같은 입술이 온몸에 불을 놓았을 때 그는 천천히 그녀를 품에서 놓았다.

"난… 나는……."

"대답은 보류해 두는 게 좋을 것 같아, 공근."

제갈량은 또다시 시원한 미소를 흘리고는 망설이지 않고 등을 돌려 걸음을 옮겼다. 반짝이는 햇빛이 그의 뒷등을 비추었다. 발소리가 청아하다.

　"……."

　온몸을 내던지면서까지 자신을 위해 희생한 남자를 이대로 보내야만 하다니……. 옷자락 하나조차도 잡을 수 없다니……. 새삼 애잔한 기분이 전신을 적셨다. 아니, 애초에 자격도 없었다. 그의 눈앞에서 그를 버렸다. 그렇지만… 그렇지만…….

　"잠깐."

　그녀의 촉촉하게 젖은 목소리가 잔잔한 숲 속을 울린다.

*　　　　*　　　　*

　형주는 황건적의 난의 피해를 가장 적게 입은 주(州) 중의 하나였다. 중원에서 거리가 먼 이유도 있었지만 가장 큰 이유라면 역시 논 위주의 농사였다. 그런 이유로 전국을 강타했던 가뭄의 피해를 적게 받았기 때문에 굳이 농민들이 목숨을 걸고 봉기할 이유가 없었다. 거창한 기치가 무엇이든 농민들은 결국은 배가 고파서 봉기한 것이므로.

　평화롭다. 훈훈한 인심이 느껴지는 형주 고을의 백성들을 볼 때마다 중원의 전란은 아득한 먼 나라의 일처럼 느껴졌다. 하지만 방통은 잘 알고 있었다. 형주의 평화란 기껏해야 십 년이라는 것을. 아니, 십 년이나 갈까? 그의 입가에 쓸쓸한 미소가 어렸다.

　"어머, 선생님!"

　문득 들려온 목소리에 방통의 시선이 그쪽을 향한다.

　"아, 유 소저."

　방통이 예의 익숙한 상냥한 미소를 지었다. 오른손에 쥔 흑칠선을 가볍게 흔들면서. 순간 여인의 얼굴이 붉어졌다. 언제 봐도 익숙해지지 않는 얼굴이다, 저 아름다운 남자는. 그녀는 쿵쾅대는 가슴에 섬섬옥수를 지그시 가져갔다.

"선생님께서 이곳까지 어인 일이십니까?"

아깝다, 아까워. 방통은 속으로 혀를 찼다. 유설(劉雪). 눈앞의 여인은 유표의 여식이었다. 그의 얼간이 같은 두 아들과는 달리 심지가 곧고 혜안이 있었다. 남자로 태어났으면 능히 한 몸 의탁해 볼 텐데.

"유 사군(劉使君:유표)을 뵈러 왔습니다만."

"아버님을요?"

유설의 눈이 휘둥그레졌다. 아버님이 몇 번이고 초청을 할 때는 거절하더니 자진해서 만나길 청한다고? 그 방통 사원이? 대현자(大賢者) 사마휘의 수제자로 봉추라고 불리며 형주에서는 모르는 사람이 없는 이 귀재(鬼才)는 세속에는 별로 관심이 없는 걸로 알려져 있었다. 그녀는 문득 궁금증이 치밀어 올랐다.

"무슨… 일로?"

"글쎄요, 어쩌면 사관이나 할런지."

대수롭지 않은 투로 말했지만 그 속에 든 한 단어를 듣는 순간 유설의 심장이 멈출 수 없을 만큼 요동쳤다. 그녀가 떨리는 소리로 겨우겨우 입을 열었다.

"자, 잠시만 기다리세요, 선생님. 당장 아버님께 말씀 올리겠습니다."

그녀는 말을 끝마치자마자 뒤도 돌아보지 않고 나는 듯이 걸음을 옮겼다.

사관, 분명 사관이라고 그랬어. 이 기회는 절대 놓치지 않아. 아니,

놓칠 수 없어.

유표는 풍채가 당당한 남자였다. 시원스런 봉목과 헌칠한 키는 환갑이 가까운 노인의 그것이라고는 생각되지 않았다. 자태와 용모에 황실의 인물다운 위엄이 넘쳐흘렀다. 다만 유난히 좁은 미간 정도가 신경에 거슬릴까? 방통은 슬며시 미소를 지었다.

"허허, 선생이 직접 방문해 주시다니 믿기지가 않소이다."

"별말씀을. 그동안 이런저런 핑계로 찾아뵙지 못해서 죄송할 따름입니다."

"그 어인 말씀을."

유표가 너털웃음을 터뜨리며 잿빛 수염을 쓰다듬었다. 방통은 찻잔에서 올라오는 옅은 흰 빛의 증기에는 눈길조차 주지 않고 흑칠선을 만지작거렸다.

'음, 이런 유형의 남자는 어떻게 다뤄야 할까?

순식간에 생각을 마친 그의 입이 서서히 열렸다.

"…단도직입적으로 말씀드리겠나이다. 이대로 손을 놓고 계시다가는 머지않아 유리걸식(遊離乞食)할지도 모를 일입니다."

"뭣?"

갑작스런 독설에 유표의 얼굴색이 기묘하게 변했다. 그는 목구멍에 칼이라도 박힌 듯 입술만 떨 뿐 쉽사리 말을 내뱉지 못했다. 갈등하고 있는 것이다. 만약 상대가 천하에 유명한 명사만 아니었어도 당장 밖으로 내쳤으리라. 하지만 주위의 이목뿐 아니라 끓어오르는 불쾌감을 참아내서라도 이야기를 들을 가치가 있다고 생각했는지 유표는 결국 애매한 웃음을 짓고 말았다.

"…뭐라고 하셨소?"

능구렁이 같은 노인네. 방통은 유표의 끓어오르는 속을 짐작하고 있었다. 그러나 저렇게까지 겉으로 내색을 하지 않을 줄은 몰랐다. 어쩌면 저 남자는 생각 외로 계산에 철저할 뿐 아니라 귀가 얇을지도 모른다. 세간의 평가에 저렇게까지 신경을 쓰는 한 당신은 영원히 그 자리다. 방통은 유표의 눈을 똑바로 응시하였다.

"이대로 손을 놓고 계시다가는 유리걸식할지도 모른다는 말씀을 올렸습니다만."

"그 말은?"

"한수(漢水)를 건너서야 합니다."

"허허……."

유표의 웃음에서 허무함이 묻어 나온다. 고작 그런 말을 하려고 방통 같은 남자가 왔단 말인가?

"그 말이라면 한숭과 괴월에게 지겹도록 들었소. 선생도 땅을 다 바치고 조조에게 귀순하라는 말 따위를 하려는 건 아니겠지?"

"그럴 리가. 원소와 손을 잡고 조조를 쳐 관중을 얻으시지요."

"흐음……."

유표의 손이 다시 수염에 머문다. 납득이 가지 않는다. 이왕 사직을 걸고 도박을 할 거라면 작은 쪽에 거는 것이 옳지 않은가? 그래야 돌아오는 이득이 클 것이니. 그런데 원소에게 걸라니?

"왜 원소요?"

"조조가 중원을 장악하면 반드시 남하할 것이지만 원소가 중원을 장악하면 남하하지 않을 것입니다. 후일의 사군의 사직을 생각한다면 원소가 낫겠지요. 게다가 조조는 이 기회를 넘기면 다시는 제거하기 힘들 것입니다. 그는 진실로 무서운 남자입니다.”

“…….”

눈앞에서 노골적으로 다른 사람을 띄우는 발언에 유표의 눈매가 날카로워진다. 곧 이어 그의 입에서 나온 목소리가 다소 과할 정도로 강한 어조인 것은 어쩔 수 없으리라. 이미 심사가 뒤틀렸으니.

“선생의 입에서 나왔다고는 도저히 믿을 수 없는 소리로구먼. 손책은 조조를 택했소. 아니, 조조 놈이 유혹했지. 서주라는 과도할 정도의 선물을 주면서 말이오. 하지만 이 유표에게는 손 하나 내밀지 않았소. 본인은 제 발로 조조를 찾아가 굽실거릴 정도로 비굴한 인간은 아니오. 또한…….”

유표가 단호하게 말을 이었다.

“단지 조조에게 업신여김을 받았다는 이유만으로 원소와 손을 잡을 정도로 소인배도 아니오. 중요한 것은 형주 백성들의 안녕일 뿐이지. 조조도 원소도 쉽게 싸움을 끝낼 수는 없을 것이오. 일단은 형세를 관망하는 것이 최고의 방책이라고 생각하오만.”

“…….”

그럴듯한 당위성으로 포장할 뿐 정작 결단성은 없다. 겨우 이런 남자라니……. 방통은 실소를 지었다. 숨기지 않는 그 웃음에 유표가 노골적으로 기분 나쁘다는 표정을 지었다.

“선생, 지금…….”

탁! 쨍그랑!

찻잔이 바닥에 부딪쳐 산산조각나는 소리가 들려온다. 방통의 입가에 미소가 씻은 듯이 사라졌다. 그는 더없이 싸늘한 눈매로 유표를 내려다보았다. 그 얼굴은 도저히 방금 전까지 웃고 있었던 것으로는 상상도 할 수 없는 얼굴이라서 유표는 분노보다도 그만 움찔하고 말았다.

"사군은 채 십 년도 되지 않아 사직이 엎어질 것입니다. 그때 고통에 몸부림치며 후회해도 때는 늦은 것이겠지요. 멍청한 자식."

"뭐?! 이 어린 놈이 오냐오냐 하니까 눈에 뵈는 게 없구나!"

제법 카랑카랑한 목소리였지만 그의 턱과 손은 이미 제어할 수 없을 정도로 떨리고 있었다.

"한 가지만 가르쳐 드리지요."

폐부를 얼려 버릴 정도로 더없이 싸늘한 말투였다.

"자고로 집 지키는 개는 주인이 바뀌면 버림받는 법입니다."

"……."

멍청하긴.

방통의 매끈하게 뻗은 턱 선에 해를 등진 나무의 그림자가 손을 뻗쳐 온다. 그는 뭐가 그렇게 불만인지 쉬지 않고 작은 목소리로 투덜거렸다. 그의 등 뒤에는 초라한 묘소가 이끼가 낀 것처럼 무성한 잡풀 속에 뒤덮여 있었다. 그 푸른 웅고 위에 까마귀가 보인다. 하늘의 선을 타고 위태로운 비행을 하며 울어대는 검은 새가.

"십 년만 일찍 태어났어도 당신 따위……."

찾아가지도 않아. 방통은 묘한 중얼거림을 멈추지 않았다. 상관하고 싶지 않아서 하지 않은 것이 아니다. 그가 세상을 보는 눈을 소유했을 때는 이미 중원은 조조와 원소라는 두 세력으로 양분되어 있었다. 후한 십삼 주(十三州)라고 하지만 천하 구주(九州)라는 말이 있을 정도로 한수(漢水) 이북의 주, 군(郡)은 나라의 심장이나 마찬가지인 요충지였다. 그중 여덟 개 주를 나눠 가진 조조와 원소가 절대적인 힘을 가지고 있는 것은 어쩔 수 없으리라. 게다가 그들의 밑에는 이미 수많은 재사(才士)들이 몰려 있었다. 그런 그들에게 출사한다는 것은 관중(管仲)이나 악의(樂毅)를 넘어서겠다는 포부를 가진 그로서는 절대로 기피해야 할 선택일 수밖에 없는 것이었다.

"유장은 얼간이… 유표는 겁쟁이……."

한고조(漢高祖:유방)가 패업을 일으킨 한중을 눈앞에 두고도 움직이지 않는 유장은 직접 찾아갈 필요도 없을 정도로 어리석은 인물이었다. 한중을 얻지 않는 한 중원의 싸움에 한 발짝도 들여놓지 못한다는 것은 자명한 사실. 그것을 일부러 포기할 정도로 유장은 야심도 능력도 없는 인물임이 분명했다. 어차피 변방에 도태되면 결국은 사직이 무너진다는 것조차 모르는 이상 더 생각할 필요도 없었다.

유표는 형주의 이점이 무언지도 모르는 인물이었다. 지키기도 힘들지만 나가기도 수월하다. 그렇기 때문에 언제든 빠르게 손을 쓸 수 있다는 것을. 그러나 이미 그의 가슴속의 정열은 초라하게 식어버렸다. 장사의 반란을 진압하고 영릉(零陵)과 계양(桂陽)을 수복하며 한천(漢川)을 점령하던 그의 정복 사업은 이미 먼 옛날의 일이 되고 말았다. 아니, 애초에 형주 하나에 만족할 인물인지도 몰랐다. 절대 주목 이상의 인물은 아니다.

"손책은……."

여기서 방통은 잠시 망설인다. 적어도 손책은 젊었다. 게다가 고작 일 년여 만에 강동을 거의 지배할 정도로 능력도 있었다. 무슨 대가를 지불했는지는 모르지만 서주까지 얻으면서 조조와 손을 잡을 정도로 시국(時局)을 보는 눈도 흠잡을 데가 없었다. 지금 막 커 나가는 세력이라는 부분에서 그의 포부와도 일치한다. 그가 이런 손책을 염두에 두지 않았을 리가 없었다. 하지만…….

"…극도로 단명(短命)할 상."

그의 목소리가 무겁게 가라앉았다. 언제인가 강동에서 만난 손책은 순간 그를 깜짝 놀라게 할 정도로 요절(夭折)할 상이었다. 손책뿐만이 아니었다. 주유도, 태사자도, 여몽도 줄줄이 하늘의 버림이라도 받은 듯이 짧은 수명의 그림자가 얼굴에 드리워져 있었다. 참으로 세상은 공평하다. 재주며, 외모며, 복이며 모두 갖춘 사람이 존재하지 않는 것을 보면. 물론 정해진 운명이란 가변할 수도 있는 것. 하지만 또한 벗어날 수 없는 쇠사슬이기도 했다. 게다가 손책의 동생인 손권은 세간에서 '손가(孫家)의 처녀'라고 불릴 정도로 유약한 남자가 아닌가. 설령 그 이신(李神)이 열이 있다 한들 동량이 무능하면 아무런 소용도 없는 일이다.

"마등은……."

그가 막 다시 입을 떼려고 할 때 누군가의 목소리가 그를 가로막았다.

"당신답지 않군. 그런 표정이라니."

땅에 떨어진 썩은 나뭇가지가 발걸음에 삐거덕거린다.

깍! 까악!

까마귀가 차가운 울음을 터뜨리는 것을 들으며 방통은 눈을 크게 떴다.

"아니……?"

까마귀를 연상시키는 흑의(黑衣), 냉막하고 핏기없는 얼굴. 그 사내는 유난히 시선을 끄는 뭔가가 있었다. 제정신인 사람이라면 절대로 차고 다니지 않을, 검의 무게만도 어마어마할 무려 세 자루나 되는 검과 감정이 거의 배어 있지 않은 무심한 눈, 마지막으로 허공에 흩날리는 빈 소매가 그것이었다. 오른손잡이는 반드시 검을 왼쪽 허리에 차는 게 정석이다. 하지만 저 남자는 오른쪽 허리에 검 두 자루를, 왼쪽 허리에 검 한 자루를 각각 차고 있었다. 아니, 애초에 세 개나 되는 검을 가지고 다닌다는 것부터가 웃음거리였다. 정상인에게도 불가능한 일을 외팔이가 삼검(三劍)이라니 그야말로 지나가던 개도 웃을 일이 아닌가? 하지만 이 남자라면 얘기가 달라진다.

"공명, 삼검이라니? 이 무슨……?"

무시무시한 검세(劍勢)를 뿌리기는 하지만 제갈량은 기본적으로 속도에 의존하는 검술을 구사했다. 특히 한쪽 팔을 잃은 다음에는 더욱. 그런데 저런 검을 차고 다니다간 역량에서 크게 손해 볼 것은 자명한 사실이 아닌가? 치밀어 오르는 호기심보다 놀람의 감정이 먼저 들었다. 적어도 그가 아는 공명이라는 남자는 검에서만큼은 계산이 확실한 남자였다.

"약속은 늦지 않았다."

"……."

평상시의 탁한 목소리 그대로 제갈량이 말했다. 설마 했는데 정말로 한 치의 어긋남도 없이 정오에 도착하다니.

'과연.'

방통은 입술을 지그시 깨물었다.

"대답은?"

"이거다."

키익!

제갈량이 허리를 격렬하게 비틀며 오른쪽 허리에 걸린 검 중 하나를 잡아갔다. 뽑을 수 있다?! 방통의 얼굴에 혼란의 기색이 스며든다. 오른손으로 오른쪽 허리에 걸린 장검을 빠르게 뽑는 것은 절대 불가능한 일일 터인데. 자칫 잘못하면 스스로를 찌를 수도 있는 위험한 행동이었다. 채 생각을 끝마칠 새도 없이 하얀 섬광이 대기를 갈랐다.

"역수발검(逆手拔劍)······."

그의 입에서 신음성이 흘러나온다. 단 한 번의 몸동작만으로 방통은 새삼 깨달았다. 아아, 이 녀석, 천재였지. 겨우 약관의 나이로 중원제일검(中原第一劍)이라는 조조에게 중상을 입히는 말도 안 되는 기적을 실현시킬 정도로.

"공근의 용천검(龍泉劍)이다. 이 정도면 대답이 충분하다고 생각하는데?"

"뭐, 뭣?!"

눈부실 정도로 하얀 광채를 뿌리는 눈같이 깨끗한 검. 방통은 그 검을 멍하니 바라보면서 망연자실한 표정을 짓고 있다. 설마······.

"주유··· 를 정말 죽였나? 그 주유를?"

"아니, 당신 말대로 그녀의 마음을 얻었다. 공근은 나에게 검을 맡겼어. 언젠가는 조조와 이신의 심장에 하나씩 칼을 박아달라고 하더군."

"이봐! 이보게, 공명!"

방통의 얼굴이 하얗게 질렸다. 이건 사실이다. 이 녀석은 거짓말을 하면 단박에 표정에 드러나 보인다. 어떻게··· 어떻게······?

"···눈이 아름다운 여인이더군."

제갈량의 입가에 시원한 미소가 어렸다. 순간, 방통의 심장이 미친 듯이 쿵쾅댄다.

'이 녀석이··· 저런 미소를······. 이건 꿈이야······.'

그의 하얀 손가락이 허벅지를 잡아갔지만 얼얼하기만 할 뿐이다.

"너… 설마 정말 주유를……?"

"응, 반해 버렸다."

"캑… 쿨럭… 쿨럭……."

결국 참지 못하고 방통이 사레라도 들린 듯 연신 기침을 해댔다. 변했다. 이 녀석, 너무 변해 버렸다. 대체 주유가 어떤 재주를 부린 거지? 이 녀석을 어떻게 홀린 거야?

"역시 몸이 안 좋은 모양이군, 아까 그 표정은."

"아, 아니네."

방통이 황급히 손사레를 친다. 진짜로 운명을 바꿔 버리다니. 나의 우매한 의문은 결국 정답이 나와 버린 건가? 제길.

"어쨌든 약속은 지켜라. 내 눈앞에서 사라져, 사원."

"……."

방통이 편치 않은 시선으로 제갈량을 바라본다. 어찌 편할 수가 있으랴. 보기 좋게 한 방 먹고 말았는데. 그가 천천히 입을 열었다.

"그럴 수는 없네."

어금니를 꽉 깨문 탓인지 발음도 확실치 않다.

"당신 정도의 남자가 약속을 어기리라고는 생각지 않았는데."

"아아, 그렇게 봐주다니 고마운데? 하지만 역시 그럴 수는 없다."

"어째서지?"

"빌어먹을, 너를 나의 주공(主公)으로 모시기 위해서다! 이해했냐?!"

핏발 어린 소리를 지르며 방통이 흙 바닥에 무릎을 꿇었다. 이번에는 제갈량의 표정이 크게 동요한다. 그의 언제나 무심한 눈은 놀람의 감정이 깊게 서려 있다.

"사, 사원?! 무슨 짓이야!"

그가 말을 더듬는 것은 아마 이번이 처음이 아닌가 싶었다. 방통은 그 와중에도 실소를 머금었다.

"예? 주공, 무슨 짓이라뇨?"

싱글싱글 웃는 표정 속에서도 한편으로 드러나 보이는 상기된 뺨이 지금 방통의 발언이 단순한 농이 아님을 짐작케 했다. 제갈량은 숨을 깊게 들이켰다. 전혀 납득이 가지 않는다. 어째서……?

"사원 당신, 대체 무슨 생각이지?"

땅을 향한 용천검의 검극이 가늘게 떨렸다.

"방금 말한 대로다. 자네에게 목숨을 바치겠다. 내 모든 것을 걸겠어."

"헛소리하지 마. 나에게서 당신이 얻을 것은 하나도 없어."

처음의 충격에서 어느 정도 벗어난 탓인지 제갈량의 목소리는 냉정함을 찾아가고 있었다. 무슨 꿍꿍이인지는 몰라도 이쪽에서 거부하면 그만이다.

"그건 자네 생각이지. 자네와 나는 목표가 같지 않은가?"

"무슨 소리지?"

"조조, 조 승상 말일세."

"……."

황량한 바람을 뚫고 한 사람의 이름이 들려왔다. 제갈량은 입을 다물고 무겁게 눈을 깜빡였다.

"조조가 서주에서 대학살의 만행을 저질렀을 때 자네 양친(兩親)이 운명하시지 않았나?"

'제길.'

제갈량은 피가 흘러나올 정도로 입술을 꽉 깨물었다. 방통의 말이 올가미가 되어 그를 결박하기 시작했다. 항상 이런 식이다, 이 녀석은. 모르는 척 내뱉는 말마다 가슴을 찔러온다. 그러나 정말로 그를 미치게 하는 것은 불쾌감 속에서도 한줄기 체념이 피어오르는 것이었다. 마치 숙명적 아픔이기라도 한 것처럼 몇 겹인지도 모를 그 올가미를 칼로 잘라낼 생각이 들지 않았다.

"상관없어. 죽은 사람 따위는 예전에 잊었다."

"그런가?"

방통이 말꼬리를 흐리며 뭐라 말할 수 없는 야릇한 눈빛으로 제갈량을 응시한다. 곧 그의 눈은 겨울 눈처럼 깨끗하게 빛나는 용천검에 고정됐다. 그의 입이 천천히 열렸다.

"자네가 학문(學文) 대신 검을 선택한 것은 그때 이후로 알고 있는데. 검을 잡은 이유를 복수심에서 나온 발로라고 해석할 수는 없는 건가?"

"뒷조사나 하고 다니는 건가? 당신에게 실망했다, 사원."

목소리 속에 분노에 찬 잇소리가 울려 나왔다. 하지만 방통은 태연히 그의 분노 어린 시선을 받아낸다.

"장각 선생님께 들었을 뿐이야."

"더 이상 할 말은 없다. 당신이 사라지기 싫다면 내가 당신 눈앞에서 사라져 주지."

제갈량은 검조차 집어넣지 않고 그대로 몸을 돌렸다. 그의 이마에서 촛농 같은 땀이 맺혀 흘렀다.

"이보게!"

방통은 멀어져 가는 제갈량의 뒷등을 보며 가만히 혀를 찼다. 그는 이대로 보낸다면 정말로 눈앞에서 지운 듯이 사라질 인간이었다. 별수 없이 방통은 곤혹스러운 표정을 지으며 제갈량에게 달려갔다. 순간, 눈앞이 번쩍였다.

"공명……."

목젖에 날카로운 칼날이 와 닿는 느낌이 선명하다. 차가운 금속의 감촉과 함께 피가 방울져 흘렀다. 한 치만 깊게 들어왔어도 바로 절명했으리라. 새파랗게 질린 방통을 보며 제갈량이 차갑게 쏘아붙였다.

"따라오면 죽는다."

그의 살의 어린 눈빛과 마주치자 전신이 난도질이라도 당하는 느낌이었다. 하지만 방통은 섬뜩하도록 차가운 한기 속에서도 가느다란 미소를 지었다. 그 미소를 본 제갈량의 표정이 일그러진다.

"죽고 싶으면 멋대로 따라와 보시지."

싸늘한 또 한 번의 경고와 함께 제갈량은 다시 몸을 돌렸다. 하지만 채 몇 걸음을 디디기 전에 등 뒤에서 방통이 다가오는 기척이 느껴졌다. 빌어먹을.

"그렇게 죽고 싶은가?"

제갈량은 머뭇거림없이 방통을 향해 검을 휘둘렀다. 예리한 검기가 순식간에 방통의 목을 향한다. 일개 백면서생 따위가 피할 리가 없는 공격. 꼼짝없이 목이 떨어지는가 싶었다. 하지만 용천검의 칼날은 자로 잰 듯이 목에서 백지 한 장만큼의 거리에서 멈췄다. 방통은 눈빛조차 흔들리지 않는다. 그가 싱긋 웃으며 말했다.

"왜 베지 않지?"

"……."

"여인에게도 노인한테도 절대 망설이지 않는 공명이 말이야."

제갈량이 평소보다 냉엄한 시선으로 방통을 응시한다. 목에 가느다란 핏줄이 돋아 있다.

"내가 묻고 싶은 말이군. 왜 피하지 않지?"

"목숨을 걸 의지 정도도 없다면 자네에게 몸을 굽히지도 않아. 게다가 자네와 반(反)하려면 언제나 목숨을 걸어야 하거든. 지금까지도 그래 왔고 이번에도 그렇다."

"…당신은 골치 아파."

"칭찬으로 듣겠네."

노도처럼 의문이 꼬리를 문다. 유명한 명사의 제자, 부유한 호족 가문, 미목 수려한 용모. 세상에 둘도 없는 배경과 능력을 가진 남자가 뭐가 아쉬워서 망나니 같은 낭인 검객을 섬기겠다는 것인가? 그 속셈의 미진(微塵)마저도 읽을 수가 없다. 단지 조조를 패망하게 하고 싶다면 원소에게 의탁하는 것이 옳지 않은가?

"무슨 속셈이지?"

결국 제갈량은 참지 못하고 물었다. 방통이 가만히 미소를 띠며 조용히 답했다.

"천하를 베고 싶지 않나?"

*　　　*　　　*

밖이 어수선하다. 침착하지 못한 여인의 발걸음. 어지럽힌 수면처럼 극성인 발걸음에는 무슨 감정이 담겨 있을까? 이신은 고개를 갸웃거리며 글 쓰기를 멈췄다. 채 먹물이 마르지 않은 한지에는 '설분(雪粉:눈가루)' 이라는 글자가 뚜렷하다. 하늘에서 내리는 고운 눈이 바람을 타고 열려진 창을 향해 들어온다. 나비의 날갯짓처럼 부드러운 그 율동을 응시하며 이신은 천천히 붓을 놓았다.

드륵.

그때 문이 거칠게 열리는 소리가 들려왔다.

'장료?'

이신이 의아한 눈으로 그녀를 바라보았다. 하얗게 질린 얼굴로 장료가 다급히 입을 연다.

"상공이… 상공이 맞았어요! 상공이 옳았다고요!"

"예?"

무슨 뜻일까? 눈을 치켜뜬 이신에게 숨 쉴 틈 없이 그녀가 말을 잇는다.

"손책이… 그 손책이 죽었다고요! 자객의 칼을 맞고……."

"아아, 손책이……."

미리 알고 있었던 일이지만 탄식이 흘러나왔다. 어찌 안온할 수 있을까. 눈앞에서 그와 직접 얘기까지 나눴는데. 문득 타오르는 정열로 가득 찬 그의 눈빛이 스쳐 지나간다. 설마 진짜로 쓰러질 줄이야. 그것도 자객 따위에게.

장료의 눈동자가 급하게 깜박이며 이신의 눈과 마주쳤다. 눈에 젖은 그녀의 머리칼에서 물방울이 흘러 방바닥을 적셨다.

"상공, 대체 어떻게 아셨죠?"

궁금함을 숨기지 못하고 그녀가 상기된 목소리로 물었다. 저승 사자가 울고 갈 정도로 한 사람의 운명을 정확하게 맞추다니. 인간 같지 않은 그 느낌에 알 수 없는 소름이 돋았다.

"손책을 만났을 때 알았습니다. 죽음에 먹히고 있더군요."

"그런… 그런 것… 가능할 리가……."

그 누구라도 이의를 가질 수밖에 없는 대목이었다. 관로라도 불가능한 일이다. 그저 막연하게 느끼는 것이면 몰라도 이렇듯 정확하게 운명을 점치는 것은.

"…사실입니다."

왠지 모르게 드는 미안한 감정에 이신이 슬쩍 시선을 피한다. 어느새 눈발이 굵어져 있었다.

팍!

밤사이 처마에 쌓인 눈이 무게를 이기지 못하고 땅과 충돌하는 소리가 들려왔다.

"하지만……."

붉게 상기된 그녀의 뺨이 평소보다 보기 좋았다. 이신은 그녀를 올려다보았다. 가시지 않은 슬픔의 그림자가 은은하게 서려 있는 눈동자가 가슴에 통증을 일으켰다. 설령 자신에게 치명적인 병이 있다고 해도 그녀에게 감추기는 싫었다. 그러나 이 비밀만은 가슴 한구석에 숨겨놓는 게 좋을 거라는 생각이 든다. 아니, 그럴 수밖에 없을지도 모른다. 지금 그녀의 세계에 나의 일부만이 닿아 있을지라도. 하지만 그것은 그리 좋은 기분은 아니다.

"앉으세요, 부인."

"……."

치마 끝을 단정히 여미며 똑바로 앉은 장료에게 이신이 말했다.

"제가 인간 같습니까?"

"예?!"

그저 장난이야. 그렇게 생각하고 싶었다. 그러나 그의 목소리는 지나치게 침착했다. 눈을 동그랗게 뜬 그녀는 할 말을 잃고 그저 멍하니 이신을 바라보았다. 한참 동안이나 침묵이 그들을 사로잡았다. 결국 이신이 부드러운 미소와 함께 입을 열었다.

"…두견새를 아십니까?"

"예."

"저에게 승상이 그러시더군요."

길게 한숨을 내쉬며 그가 말을 이었다.

"그대에게는 두견새의 향취가 난다고."

"…예."

애써 담담하게 장료가 답했다. 하지만 그녀의 눈은 참을 수 없는 파문이 일고 있었다.

"물론 알고 계시겠죠. 두견새는 '저승길에서 온 새'라고 불린다는 것을."

서글픈 한숨과 함께 이신이 말했다. 대답은 들려오지 않았다. 그녀는 부르르 몸을 떨며 그를 바라보고 있다.

"그런 존재일지도 몰라요, 저는."

"아뇨."

저도 모르게 두 손을 꽉 움켜쥐며 장료가 단호히 말했다. 하고 싶은 말이 많았지만 정작 목을 통해 올라오지는 않는다.

"소첩이 본 상공의 피는 붉었으니까요."

간신히 그녀는 이 말만을 덧붙였다.

눈앞이 부옇다.

*　　　*　　　*

강동의 소패왕이 자객에게 암살당했다는 소식은 일파만파로 퍼져 나가 세간을 놀라게 했다. 게다가 그 자리에 주유와 태사자가 있었다는 사실이 알려지자 자객에 관한 사람들의 관심은 더욱 높아져 갔다. 전설의 자객인 위(衛)의 형가와 진(晉)의 예양에 버금가는 자객의 등장이라고 벌써부터 수군수군했다. 하지만 그에 관해 알려진 것이라고는 항상 흑의를 입고 다니며 한쪽 팔이 없다는 것 정도였다. 그 수법도 외모도 자세한 것은 아무것도 드러난 것이 없이 손책의 피살 사건은 베일에 가려졌다.

200년(건안 5년). 열여덟 살의 나이로 손권이 형의 뒤를 이었다. 그는 형의 유지를 받아 서주 포기를 선언하며 동시에 중원의 전쟁에서 완전히 손을 떼었다. 바야흐로 중원의 패권을 둘러싼 원소와 조조의 전면전이 시작되려 하고 있었다. 조조의 나이 마흔다섯 살의 봄이었다.

외전

달빛이 은 가루처럼 부드럽게 흘러내렸다. 하늘 한쪽에 떠 있는 보름달은 땅으로 내려와 어둠을 환하게 밝히고 있다. 조용한 밤이었다. 풀벌레 우는 소리와 나뭇가지에 바람이 부딪치는 소리뿐 사위는 고즈넉했다.

"……."

조르륵.

다관(茶罐)을 든 한 여인이 조심스럽게 차를 따랐다. 열예닐곱이나 되었을까? 그녀의 얼굴에는 알 수 없는 두려움이 은은하게 드리워져 있었다. 지금 그녀의 앞에 앉아 있는 사람이 세상에 얼마나 악명을 떨치는지 잘 알기 때문이었다. 백성들의 고혈(膏血)을 빼앗을 뿐만 아니라 생명까지 빼앗기를 서슴지 않는 남자. 이번에 새로 시비로 들어온 임령(林玲)은 떨리는 가슴을 겨우 진정시켰다.

"달이 좋구나."

청삼(靑衫)을 입은 노인이 미소를 지었다. 노인답지 않게 큼직한 키와 깨끗한 눈빛을 가진 몹시 청수(淸秀)한 분위기를 풍기는 노인이다.

"……."

임령은 고개를 숙인 채 노인과 시선을 마주치지 않으려 애썼다. 듣기에는 시비들을 겁탈하기를 서슴지 않는다고 했다. 다관을 든 그녀의 손이 떨린다.

"춥더냐?"

"예?"

임령이 곤혹스러운 표정을 지었다. 이, 손이 떨리는 것을 봤구나.

"그게……."

임령은 우물쭈물 대답을 못했다. 자칫 기분을 상하게 하지는 않을까 저어했기 때문이다.

"날씨가 꽤나 쌀쌀하구나. 다관은 이리 주고 안으로 들어가거라."

"아닙니다, 나리!"

임령이 황급히 고개를 저었다. 이해할 수가 없다. 왜 이리 신경 써주는 척하는 거지? 그녀의 두려움은 더욱더 커져 갈 뿐이었다.

"아……?"

갑자기 뒤에서 누군가가 부드럽게 다관을 든 임령의 손목을 잡아갔다. 임령은 깜짝 놀라 황급히 고개를 돌렸다. 거기에는 큰 키를 가진 남자가 서 있었다. 희고 말끔한 피부에 부드럽고 진한 머리칼, 높이 솟은 오똑한 콧날, 길고 짙은 속눈썹. 한번 보는 것만으로도 숨이 막힐 정도로 준수한 용모를 지닌 미남자였다. 임령의 양 볼이 빨갛게 물들었다. 아, 이분이 바로…….

"이리 주거라."

여포가 나지막하게 말했다.

"아… 어찌… 감히……."

임령이 부끄러운 듯 고개를 숙이며 기어들어 가는 목소리로 말했다. 지체 높으신 분이 다관을 들고 서 있게 할 수는 없는 일이 아닌가.

"후."

여포가 작게 한숨을 쉬고는 빼앗듯이 그녀의 손에서 다관을 가져오고 만다. 임령이 몹시 당혹한 표정으로 여포를 빤히 바라보았다.

"칼부림을 보기 싫으면 들어가는 게 좋겠지?"

"네?"

여포가 탁자에 다관을 내려놓고 보검(寶劍)을 빼어 들었다. 영롱한 검광이 사방에 흩뿌려진다.

"후후, 너답지 않게 서두르는구나."

노인이 작게 웃었다. 그리고는 중얼거리듯 말했다.

"너는 행운아구나. 봉선과 맹덕의 비무(比武)는 아무 때나 볼 수 있는 게 아니지."

"맹덕?"

임령이 눈을 동그랗게 떴다.

'그… 검으로 유명한 분?'

"오랜만이오, 동상국(相國)."

몹시나 차가운 말투다. 임령의 뒤에서 또다시 한 사내가 나타난다. 이번에는 얼음장같이 차가운 눈을 지닌 남자다. 그의 흑의(黑衣)는 피로 검붉게 변해 있었다. 그리고 왼손에는 깨끗하고 아름다운 검광을 뿌리는 장검이 들려 있었다.

"하하하! 정면 돌파에 흑의라. 맹덕답지 않군."

전한(前漢) 시대의 소하 이후에 처음으로 상국에 오른 남자. 그리고 현재 무소불위(無所不爲)의 권력을 쥐고 있는 사나이. 그 동탁이 돌연 앙천대소했다.

"……."

조조는 그저 차가운 눈으로 동탁을 바라볼 뿐이었다. 동탁이 말을 이었다.

"다 죽였나?"

"아니, 몇 명을 베니 도망가더이다."

"끌끌."

동탁이 혀를 찼다.

"목숨을 걸고 지킬 이유가 없다는 거군."

"……."

"그래, 내 목숨을 가지러 왔나?"

조조가 작게 고개를 끄덕였다.

"그렇소. 상국의 목을 베러왔소."

"하하하!"

동탁이 다시금 크게 웃음을 터뜨렸다. 조조의 눈썹이 조금 꿈틀거린다. 속을 알 수 없는 노인네.

"어리군, 아직 어려. 나 같은 늙은이 하나 죽인다고 세상이 변할 것 같은가?"

"그렇소. 상국이 이 나라를 좀먹고 있소."

"틀려!"

동탁이 돌연 안광을 빛내며 크게 소리쳤다.

"그대는 아직 정치를 몰라. 환관 놈들을, 그리고 황건적의 수괴들을 죽인다고 세상이 변할 줄 알았나? 지금 지방의 제후들은 황제의 말은 듣지도 않는다. 나를 죽이면 어떻게 할 셈인가?"

"상국을 죽이고 여러 신하들이 합심해서 황제 폐하가 성년이 되실 때까지 보필하겠소."

"클클, 웃기는 소리. 지금 방법은 단 하나. 강력한 군사력으로 제후들을 친다. 이것뿐이야. 어차피 누군가는 걸어갈 길, 내가 그것을 해 보이겠다."

"궤변이오."

"진정으로 나라를 생각한다면 나를 죽일 생각 따위는 안 하겠지. 후후, 다들 나를 죽이고 다음 권력을 차지할 일에만 혈안이 돼 있는 것 아니겠나? 물론 그대는 좀 다른 것 같지만 말이야. 하하!"

동탁이 차갑게 식은 차를 천천히 들이킨다. 말없이 지켜보고 있던 여포가 한 걸음 앞으로 나섰다.

"맹덕, 돌아가라."

"그대 같으면 여기까지 와서 돌아가겠나?"

여포가 인상을 조금 찌푸렸다.

"자네와는 검을 맞대고 싶지만 이곳에서는 아니다. 스스로의 목숨의 가치를 너무 가볍게 보는 것 아닌가? 이 여포가 인정한 남자가 이런 곳에서 개죽음당하는 꼴은 보기 싫다."

"무슨 헛소리지?"

"상국이 정도(正道)를 벗어나면 내가 먼저 상국을 벤다. 자네가 나설 필요도 없어. 자네는 이 여포를 죽은 사람 취급하는 것인가?"

"뭐?!"

조조가 놀란 눈으로 동탁을 바라보았지만 동탁은 입가에 작은 미소를 띨 뿐이었다. 이게 무슨 소리지?

"가라."

동탁이 부드럽게 말했다.

"……."

"돌아가서 만약 여포가 나를 죽이거든 그대에게 천하를 맡기는 것도 괜찮겠지. 그대는……."

"……."

"눈이 아름다우니까."

달빛이 소리없이 내려와 동탁의 눈을 적셨다. 그 눈은 눈부시게 아름다웠다.

그는 이상한 남자였다. 기루에서 창기(娼妓)를 안는 것은 당연한 일일 텐데도 그 남자는 그저 술만 마셨다. 창가 밑에 핀 월견초(月見草)를 무심히 바라보면서. 달빛을 받아 청초한 자태를 자아내는 노란색의 월견초는 그날따라 바람에 심하게 흔들렸다. 앙탈이라도 부리는 듯한 몸짓으로.

드르륵.

장지문을 조용히 여는 소리에 사내는 천천히 고개를 돌렸다. 들어온 자는 화사하게 차려입은 여인이었다. 바람에 흐트러진 몇 올의 머릿결을 매만지며 사내가 입을 열었다.

"늘 보던 아이가 아니로군."

"……."

여인은 말없이 하얀 이를 드러내 보이며 미소를 지었다. 짙은 검은색

머리칼에 옷 위로 드러난 목덜미가 유난히 하얗고 깨끗하다. 엷게 바른 연지와 얇은 화장은 경박하지 않았다. 월견초와 같은 청초한 황의를 입은 여인은 다소곳이 자리에 앉았다. 그 모습은 몸을 파는 창기의 처지면서도 명문 호족의 자제와 같은 기품이 흘러넘쳤다. 어둠을 밝히는 촛불의 빛이 그 아름다운 자태에 아지랑이처럼 일렁였다. 밤 공기에 떠도는 꽃의 향취를 들이키며 여인은 나지막이 한숨을 내쉬었다.

"손님에게 호기심이 동해 그만 소첩이 무례를 저질렀습니다."

"음……."

사내는 다시 차가운 눈을 창가로 향한 채 고개를 작게 끄덕였다. 그의 손에 들린 술잔이 가볍게 기울어지며 촉촉하게 사내의 입술을 적셨다. 그의 시선은 어느 먼 곳을 바라보는 듯 눈앞의 월견초를 응시하고 있다.

"월견초를 즐기시나 보죠?"

여인이 조심스럽게 물었다. 언제나 한 병의 술과 함께 월견초를 바라보고는 새벽녘에 일어나는 남자. 그 모습을 볼 때마다 호기심과 함께 알 수 없는 연민의 감정이 드는 것을 그녀는 제대로 이해하지 못했다. 하지만 이렇게 가까이서 보니 여인의 머리에 한 가지 가정이 세워진다. 무척이나 미목 수려한 청년이다. 그러나 그의 눈은 죽어 있었다. 또래의 청년이면 응당 가지고 있을 타오르는 정열이 담긴 눈빛은 그저 까맣게 촛불을 받아 음침하게 투명한 빛을 발할 뿐이다. 그리고 그것은 삼 년 전 자신의 눈빛이었다.

"글쎄……."

지나치다 싶을 정도로 과묵하고 차가운 남자였다. 여인은 작게 호흡을 가다듬었다. 이런 고급 기루에 드나들 정도면 필시 귀한 집 자제일 것이다. 근데 저런 차가움이라니. 절로 서글픈 한숨이 지어진다. 저 남자의 모습 한구석 한구석에 과거의 슬픈 추억들이 온통 가슴을 헤집고 퍼져 갔던 것이다. 그녀가 막 다른 말을 꺼내려 할 때 사내의 입이 열렸다.

"그저 베고 싶을 뿐이야."

"……."

여인은 눈을 빠르게 깜박였다. 그녀의 눈은 어느새 방 한구석에 눕혀진 검집을 향했다. 사내의 눈동자 색과 같이 짙은 칠흑의 검집이다.

"…무인이십니까?"

주저주저하며 여인이 물었다. 이제야 그 죽은 듯한 눈의 원인을 알 듯했기 때문이다. 사람을 처음으로 죽였겠지. 마음 약한 사람 중에는 미치는 사람도 종종 있다고 들었다. 자신이 쌓아 올린 피의 무게를 짊어지지 못해.

"살인자일 뿐이야."

사내는 망설임없이 대답했다. 스스로를 살인자로 칭하는 데에 전혀 거리낌이 없는 태도다. 여인은 가볍게 몸을 떨었다. 이런 부류의 남자라면 무척이나 위험하다는 것을 알았기 때문이다.

"검은……."

"……."

"결국은 스스로를 해치지 않습니까?"

자기도 모르게 평소 생각해 왔던 말을 중얼거린 여인은 놀란 눈으로 황급히 입을 틀어막았다. 검의 길을 걷는 자 앞에서 아녀자의 몸으로 검을 논하다니. 크나큰 실례임에 분명한 일이었다. 게다가 저런 분위기를 풍기는 남자 앞에서라면 무척이나 위험한 발언일 터. 몰려오는 초조함 속에서 여인이 사과했다.

"죄송합니다. 소첩이 그만……."

"아니."

의외로 사내는 화난 표정이 아니었다. 아니, 오히려 그의 입가에 가느다란 미소가 걸려 있다. 그 미소에 놀란 여인의 눈이 커졌다. 차갑게 죽어 있던 사내에게서 절로 전율이 일 정도로 고절(高節)한 미소가 그려졌기 때문이다. 평생의 도를 추구하는 도사들에게서조차 한번도 느껴보지 못했던 그 고절한 미소에 얼핏 가슴이 두근거렸다. 사내가 조용히 물었다.

"이름이 뭐지?"

예기치 못한 사내의 물음에 여인이 잠시 머뭇거리며 답했다.

"…소첩은 초선이라고 하옵니다."

"초선이라."

사내는 곱씹듯이 여인의 이름을 혼잣말로 중얼거리며 창가를 향한 눈을 초선에게로 돌렸다. 다시 한 번 초선의 눈이 흔들렸다. 사내의 눈은 아까와는 다르게 생명의 불꽃이 약동하고 있었기 때문이다. 그리고 그것은 정열 따위와 비길 것이 아니었다. 고요한 외경(畏敬)과 함께 타오르는 광기(狂氣)의 잔재가 빛나고 있었다.

"아……."

초선은 작게 신음했다. 생각보다 더 위험한 분위기를 풍기는 남자가 아닌가? 세상에 독이 되든지 혹은 약이 되든지. 이런 부류의 사람은 그런 둘 중 하나의 인생밖에는 살 수 없다.

"뭘 잘하지?"

"금(琴)을 조금 탈 줄 압니다."

"한 곡 부탁해도 될까?"

홍접(紅蝶) 초선. 보기만 해도 절로 얼굴이 달아오른다는 그 환상의 미녀를 앞두고도 사내의 표정에는 전혀 음탕함이 서려 있지 않았다. 알 수 없는 한기에 소름이 끼치는 것을 느끼며 초선은 작게 고개를 끄덕였다.

"예, 그럼."

"……."

귓전을 스치는 아름다운 선율에 사내는 술잔을 상에 내려놓았다. 어느새 호흡마저도 그녀의 연주에 맞춰 달리고 있다. 흐릿한 슬픔이 깔린 가녀린 그 울림은 미치도록 아름다웠다. 인간이 이렇게나 아름다운 선율을 창조할 수 있는 것인가. 그녀의 손을 거친 금의 울음은 어느새 강물과 같이 변하여 순간 저 깊은 곳에서 학의 울음소리가 들려오는 착각에 빠졌다. 그 울림은 무척이나 연약해 바람만 불어도 끊길 듯 하면서도 한 걸음씩 나아가 사내의 가슴을 온통 진탕질해 놓았다.

"후~"

안절부절못하며 사내의 손은 어느새 검을 꽉 움켜쥐고 있다. 시선을 창밖으로 돌린 그의 눈에 월견초가 눈에 비친다. 순간 사내의 눈동자가 가볍게 흔들렸다. 머리카락이 흩날릴 정도로 강한 바람. 하지만 겹겹이 쌓아 올린 어둠의 정적 속에서 시간의 흐름이라도 강제로 멈춰버린 듯 뜰의 모든 생명은 고요하기만 했다. 이 청초한 노란색 꽃도 촛농같이 녹아 흐르는 달빛에 깊게 젖어 잠을 자고 있다. 사내는 깊게 숨을 가다듬었다. 어느새 그의 눈은 지그시 감겨 있다.

붉은 나비[紅蝶].

깊은 어둠 속에서 붉은 나비가 살며시 내려앉았다.

파득파득.

그 연약하고 가녀린 날개를 움직일 때마다 분가루 같은 날개 가루가 허공에 흩날렸다. 귓속으로 환상과도 같이 초선의 노랫소리가 들려온다. 동시에 붉은 나비가 우아하게 날아올랐다. 그 우아한 날갯짓은 환상과 현실의 경계를 깨뜨리고 말았다. 온몸의 피가 소용돌이처럼 몰아치듯 휘돈다. 하지만 이상하게도 아무런 저항감도 들지 않는다. 그저 옷자락에 땀이 밸 정도의 열기만이 치밀어 올랐다. 붉은 나비는 어둠의 산속을 빠르게 한 바퀴 돌았다.

"그만!!"

눈 속에 다시 빛이 비친다. 흐릿한 촛불이 그의 땀이 흐르는 이마에 그림자 져 일렁이고 있다. 초선은 멍한 눈으로 금의 연주를 멈추고 사내를 바라보았다.

"손님……?"

사내는 뜨겁게 달아오른 뺨에 차가운 검집을 대며 입을 열었다.

"재미있군. 마음을 울리는 금이라…….."

"예?"

의아한 눈으로 초선은 고개를 갸웃거렸다. 알 수 없는 일이다. 지금까지 수많은 사내들 앞에서 연주를 했지만 이토록 격렬한 반응을 보인 남자는 처음이었다. 도대체 자신의 연주에서 무엇을 느꼈을까?

"그대에게 금을 배워보고 싶군."

"예? 무슨……?"

"대신 그대를 자유롭게 해주지."

"그런……."

말도 안 되는 소리라고 초선은 생각했다. 웬만한 재력을 가진 사람이 아니고서는 그녀를 돈으로 산다는 것은 꿈도 못 꿀 일이었다. 아니,

만금을 준다고 해도 자신을 누구에게 판다는 것은 불가한 일이 아닌 가? 천치가 아니고서야 큰돈이 되는 장사를 망칠 리 없다.

"저는 꽤… 비싸답니다."

"돈이 아니야. 검으로 하지."

키잉!

눈 깜짝할 사이에 사내의 검이 뽑혀 찬란하고 깨끗한 검광을 발했 다. 순간 초선이 몸을 부르르 떨며 외쳤다.

"손님, 그것은… 그것은 손님에게도 위험한 일입니다."

"……."

사내는 말없이 마지막 술잔에 든 술을 창가의 월견초에 뿌렸다. 촉 촉하게 흩뿌려지는 물기와 함께 그의 검이 허공에 유려한 곡선을 그렸 다. 은밀하게 사람을 매혹시키는 잔혹한 빛. 초선은 놀란 눈으로 흐트 러진 호흡을 가다듬었다. 대기를 가르는 검의 숨결이 살결에 여실히 느껴진다. 그런 말도 안 되는…….

"나는 조조 맹덕이다."

더 이상의 설명 따위는 필요없었다. 초선은 고통과도 같은 미친 듯 한 전율에 그저 멍하니 조조를 올려다보았다.

"맙소사! 패국의 조조…….''

스스로조차 의식하지 못한 그녀의 중얼거림만이 밤 공기를 잔잔하 게 갈랐다.

〈3권으로 이어집니다〉

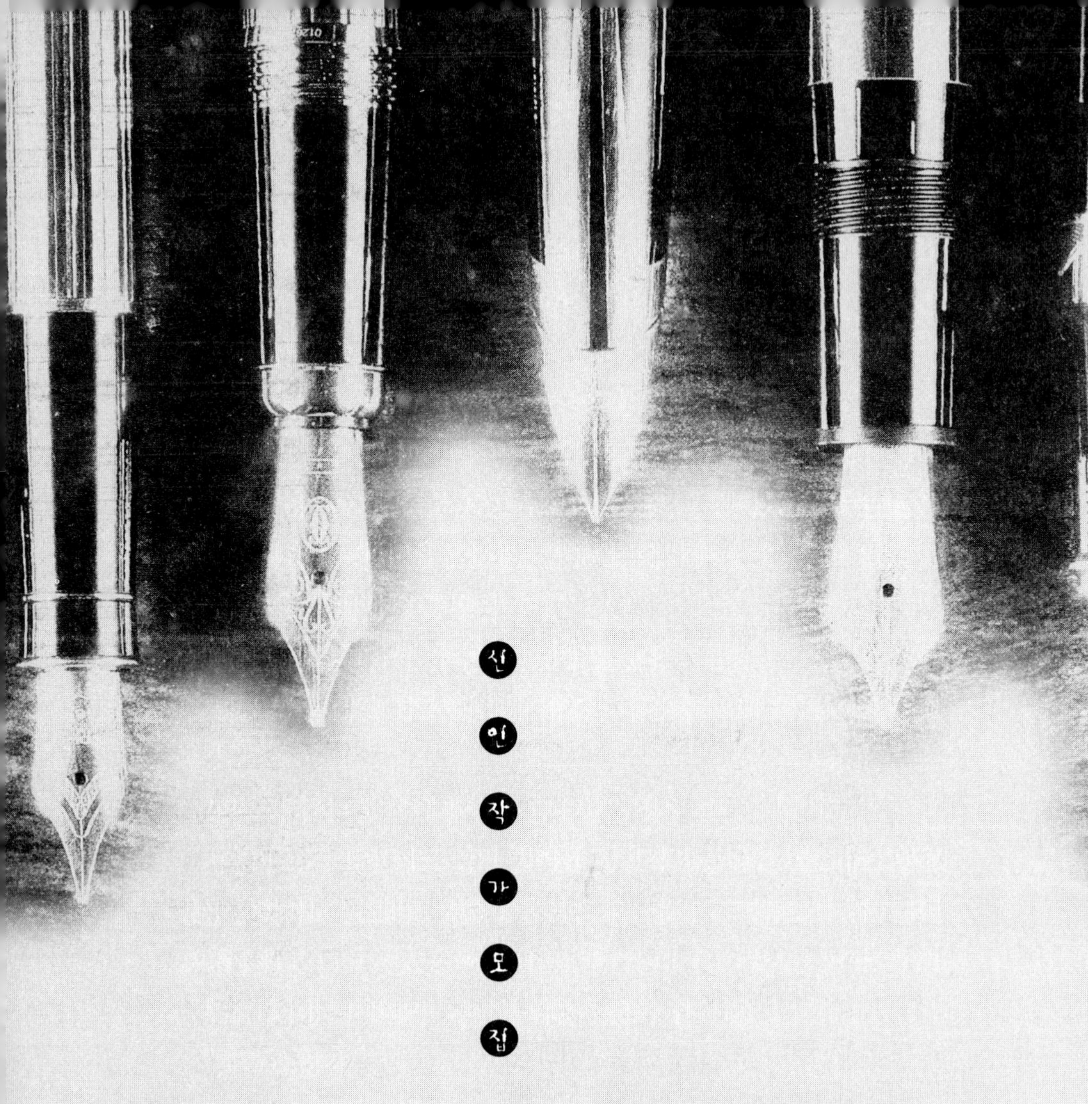

신
인
작
가
모
집